de Bibliotheek

Breda   Teteringen

PAPA TANGO

MARIA BOONZAAIJER

PAPA TANGO

SIRENE

© 2009 Maria Boonzaaijer
Omslagontwerp Studio Jan de Boer
Foto voorzijde omslag Millennium/Imagestore
Uitgave in Sirene november 2009
Zetwerk Stand By, IJsselstein
Druk Bercker, Kevelaer
Alle rechten voorbehouden

www.sirene.nl

ISBN 978 90 5831 511 3
NUR 301

Voor Manuel en Hebe

Si se calla el cantor
calla la vida
porque la vida
la vida misma es todo un canto

Si se calla el cantor
mueren de espanto
la esperanza
la luz y la alegría

Als de zanger zwijgt
dan zwijgt het leven
want het leven zelf
is één groot lied

Als de zanger zwijgt
sterven van ontzetting
de hoop, het licht
en de vreugde

– Horacio Guarany

VOLVER (tango)

Yo adivino el parpadeo
de las luces que a lo lejos

van marcando mi retorno.
Son las mismas que alumbra-
ron
con sus pálidos reflejos

hondas horas de dolor.

Y aunque no quise el regreso

siempre se vuelve al primer
amor.

La quieta calle donde el eco dijo:
'tuya es su vida, tuyo es su que-
rer'

bajo el burlón mirar de las
estrellas
que con indiferencia hoy me ven
volver.

TERUGKEREN

Ik ontwaar de twinkeling
van de lichtjes die vanuit de
verte
mijn terugkeer aanduiden.
Het is hetzelfde schijnsel

dat met zijn bleke weerspie-
geling
intense uren van smart heeft
bijgelicht.

En hoewel ik die terugkeer
niet echt wilde
kom je toch altijd terug bij je
eerste liefde.

De stille straat waar de echo
zei: 'zijn leven is van jou,
naar jou gaat zijn begeerte
uit'
onder de spottende blik van
de sterren
die onverschillig toekijken,
hoe ik vandaag terugkom.

Volver...	Terugkeren...
con la frente marchita	met een verwelkt gelaat
las nieves del tiempo	de sneeuw van de tijd
platearon mi sien.	heeft mijn slapen grijs ge-
	maakt.
Sentir...	Voelen...
que es un soplo la vida	dat het leven slechts een
	zuchtje wind is
que veinte años no es nada	dat twintig jaar niets voor-
	stelt
que febril la mirada	dat mijn dwalende blik
errante en las sombras	koortsachtig in de schaduw
te busca y te nombra.	naar je zoekt en je naam
	roept.
Vivir...	Leven...
con el alma aferrada	met de ziel vastgeklemd
a un dulce recuerdo	aan een zoete herinnering
que lloro otra vez.	waar ik weer om huil.
Tengo miedo del encuentro	Ik ben bang voor de ontmoe-
	ting
con el pasado que vuelve	met het verleden waar mijn
	leven
a enfrentarse con mi vida.	weer mee geconfronteerd
	wordt.
Tengo miedo de las noches	Ik ben bang voor de nachten
que poblados de recuerdos	die bezaaid met herinnerin-
	gen
encadenan mi soñar.	mijn dromen aan banden
	leggen.

Pero el viajero que huye

tarde o temprano detiene su
andar.

Y aunque el olvido que todo
destruye
haya matado mi vieja ilusión

guardo escondida
una esperanza humilde
que es toda la fortuna
de mi corazón.

Volver...

Maar de reiziger die weg-
vlucht
houdt vroeg of laat zijn pas
in.

En hoewel de vergetelheid
die alles vernietigt
mijn oude illusie heeft vermoord
bewaar ik diep verborgen
een nederig sprankje hoop
dat de hele rijkdom is
van mijn hart.

Terugkeren...

– Alfredo le Pera / Carlos
Gardel

Proloog

Moeder was in mijn leven alomtegenwoordig en onwrikbaar aanwezig. Zo zeker als ons grachtenhuis. Zij wás het grachtenhuis. Onveranderlijk. Niets werd er ooit verplaatst. Mocht niet. Anders zou de akoestiek veranderen in de hoge kamers. Alles had zijn vaste plek. Over alles heerste haar woord, haar stem, haar blik, haar wil. Ook over mij. Ik was een bijzonder meubelstuk. Een kostbaar bezit dat opgepoetst werd, hard en meedogenloos. Waarmee gepronkt kon worden.

Pas later in mijn leven heb ik mij afgevraagd waar wij de pretentie vandaan haalden om Bach recht te doen, Mozart, Rossini.

Moeders zijn vanzelfsprekend. Maar vaders zijn de bomen, de wind, de zee, de vogels. Ze zijn in beweging. Altijd. Ze trekken weg en komen weer terug. Soms.

Mijn vader kwam niet terug.

1

Het zou veel tijd en vooral veel geduld kosten. Dat had de kno-arts in Amsterdam mij bezworen vlak voor mijn reis naar Argentinië. Het kwam wel vaker voor, een vorm van afasie, vooral na heftige tijden.

'Ook bij zangers?' bracht ik er fluisterend uit.

'Een psychiater zou zeggen dat het op een conversie lijkt.'

Het zat dus tussen de oren.

Hij zag dat ik woedend werd en hij hief zijn hand op. 'Goed, goed, ik begeef mij niet op zijn terrein.' Zijn stem klonk als een rollende steen over een hellend grindpad: 'U gaat er dus een tijdje tussenuit? Heel verstandig.'

Hij had mijn moeder gekend en hij was wel eens bij een van onze concerten geweest. Ik wist dat hij een liefhebber van Verdi was.

Mijn vraag liet hij onbeantwoord. Ik was voor hem een medisch raadsel. Zangstem uitgevallen. Rochelende spreekstem. Bij de deur ried hij mij aan: 'Liever helemaal niet praten. Dat is het beste. En fluisteren is uit den boze.'

Ik houd van stemmen. Ik laat me snel in verrukking brengen door een warme diepe mannenstem. Maar stemmen kunnen ook mijn lijf belagen, mij breken en slaan, mij vermoeien en me doen verstijven. Soms haat ik mensen om hun stem.

Er zijn ook stemmen waarin ik me kan nestelen. Als mijn vader zong werd het leven een schommelend wiegje hoog boven de grond. Of een holletje onder zijn jas. Zijn tenor liep zonder moeite over in mijn lijf. Mijn vader was een *tanguero*.

'Je hebt een toverstem, pappie.'

'Ik ben de tangotovenaar, meisje.'

'Pas maar op voor tovenaars,' zei mijn moeder.

'Ik heb mijn stem van jou gekregen, papa.'

'Claro que sí.'

'Hoho. In mijn familie is ook genoeg zangtalent.'

Mijn moeder zei dat alsof ze het familiekapitaal beheerde.

De stem van mijn moeder was als de stoot van een trompet. Altijd op volle kracht. Ze kon uithalen als de fortissimo's in de symfonieën van Gustav Mahler. Daarmee vulde ze ons hele grachtenhuis.

Spaanse vrouwen hebben andere kelen. Mijn moeder kwam uit een oude Madrileense familie die succesvol was geweest in de kunst- en antiekhandel en die al twee generaties afwisselend in Madrid en Amsterdam woonde. Daar had het Spaanse bloed zich gemengd met dat van Hollanders: een voortzetting van de Tachtigjarige Oorlog op relationeel vlak. De familiedrama's in onze familie zijn niet van de lucht. Bijna al mijn tantes en nichten beschikken over stalen stembanden waarvan het resultaat je door merg en been gaat. Logisch dat daar huwelijken aan kapotgaan. Moeder brak overigens met de familietraditie. Ze koos voor de muziek en trouwde niet met een Hollandse antiekhandelaar, maar met een Argentijnse musicus die verdwaald rondliep in Amsterdam. Maar ook Spanje en Argentinië staan op gespannen voet met elkaar vanwege het verleden. Mijn ouders hielden de historische twistpunten alleen al door hun stemgeluid ijverig in stand.

Moeder doceerde piano en zang aan het conservatorium. Ooit had ze gehoopt mijn vader te bekeren tot Mozart. Ze beschouwde tango, flamenco en fado als folkloristische vuilnis. Alleen de klassieken deden ertoe. Ze bemoeide zich ook met mijn zangstudie, zelfs toen ik als vroege student op het conservatorium werd aangenomen. Ze permitteerde het zich om onverhoeds het leslokaal binnen te vallen en met metalen stemgeluid commentaar te leveren op de gehanteerde zangmethode en op mijn vorderingen. Mijn stem joeg alle kanten op als zij binnenkwam, behalve de goede. Mijn eigen zangdocent had een andere benadering. Zij leerde mij hoezeer de stem aan kwaliteit won door ontspanning in de kaken.

'Lach als je zingt, Marisa.'

Het werkte.

Vanaf dat moment kon ik tenminste lachen.

Ik herinner mij dat mijn vader op dezelfde lijn had gezeten. 'Speel vanuit je ziel, Vicky,' zei hij tegen mijn zusje Victoria.

Dat werkte. Zelfs ik kon horen aan Vicky's vibrato dat ze de viool liet lachen.

Maar dan ging moeder tegen hem tekeer: *'Por Dios*, Martín Grande! Laat dat kind eerst behoorlijk een toonladder spelen en val haar niet lastig met "je ziel". Ze weet niet eens wat dat is!'

Moeder bedoelde het goed.

Uiterlijk lijk ik op moeder. Ik ben net zo donker, mager en klein als zij in haar jonge jaren. Mijn haar krult net zo hopeloos en ik heb haar rechte houding. Maar mijn ogen zijn groter en mijn lippen voller. En mijn stem is veel hoger dan die van haar.

Maar nu was mijn stem verdwenen.

Ik had sinds die ijzige januaridag dat moeder stierf geen noot meer gezongen. Meer dan drie maanden geleden.

Eerst had ik het gewoon niet op kunnen brengen. Wat viel er te zingen bij deze onnodige dood na zo'n triest, opgeklopt leven, al werd daar tijdens de begrafenis ijverig omheen gepraat.

Ik was sprakeloos op mijn moeders begrafenis. Ik voelde mij als Cordelia uit *Koning Lear*, een rol die ik ooit op het gymnasium speelde.

'Ik kan mijn hart niet op mijn lippen tillen.'

Ik had dingen willen zeggen over moeder, die mooier zouden klinken dan de waarheid toeliet. Maar mijn stem was verlamd geweest, mijn stembanden hingen er doelloos en slap bij en mijn lichaam kon niet genoeg lucht bergen om ook maar enige ademsteun te geven.

Het mocht gewoon niet meer.

Kort na mijn moeders onverwachte dood kreeg ik een dubbele longontsteking. Begonnen als een verkoudheid, opgelopen tijdens haar begrafenis; geëindigd als een slag van het noodlot.

Voor een zanger is verkoudheid een ramp. Ik moest altijd een sjaal dragen van moeder. Er lagen talloze exemplaren opgestapeld in de vestibule, bedoeld om me te beschermen tegen de noordelijke, verraderlijke kou en de eeuwige tocht in het Amsterdamse grachtenhuis.

Ik werd 'Stolalola' genoemd door Philip, een koosnaampje dat hij gelukkig nooit gebruikte waar anderen bij waren. Maar geen stola had mij kunnen beschermen tegen longontsteking.

Philip was onze manager. Zijn contacten in de operawereld bezorgden mij regelmatig optredens. Mijn moeder en ik waren op zijn aanraden samen belcantoprogramma's gaan samenstellen. Hoewel mijn moeder liever als pianosoliste naam had gemaakt, had zij zich toch laten ompraten door Philip.

'Met zo'n stem valt goud te verdienen.'

Dus stortte ze zich als een leeuwin op mijn vorming als belcantozangeres. Op het conservatorium had ik volgens haar zeggen maar weinig geleerd. Mijn enorme stemontwikkeling erna was het werk van moeders handen. Dat zei ze mij minstens eenmaal per week. En Philip liet mij master-classes volgen bij bekende operadiva's. Van hen heb ik het vak geleerd. En de kick van de coloratuur.

Philip kwam zijn belofte na. Hij liet ons optreden in Spanje en Italië. Ik had niet veel in te brengen. Ik was hun goudmijn. Het deerde mij niet, zolang ik maar kon zingen. Buiten het zingen was het leven grijs en mislukte alles. Mislukten mijn relaties. Vraag me niet waarom.

Mijn liederen en aria's werden mijn enige vrienden. Met hen bedreef ik een wonderlijke liefde. Zij gaven mij de energie om het leven aan te kunnen.

Ik kreeg goede recensies. Mijn timbre en mijn vibrato werden geprezen. Marisa Grande. La Gran Marisa. Maar mijn voordracht was onrijp, schreef een chagrijnige recensent na een recital tijdens een zomerfestival. Hoewel ik diep in mijn hart wist dat hij gelijk had, voelde ik mij behoorlijk gekwetst.

Het was Philip geweest die mij vol begrip had voorgesteld een sabbatical op te nemen. Hij had bijna elke dag aan mijn bed gezeten, in die koude weken in het Academisch Ziekenhuis toen ik daar lag te staren in een lege toekomst. Hij zat er met zijn afhangende schouders waardoor hij in onze gemeenschappelijke kennissenkring de bijnaam had van mandfles. Zijn roze hangwangen en zijn zilveren elegante snor trilden. Zijn blauwe ogen waar de oogleden altijd half overheen zakten stonden waterig. Het was of sinds de dood van mijn moeder die oogleden alsmaar zwaarder en dikker waren geworden, de snor met de punten zieliger naar beneden hing en die grote haardos witter was.

Hij legde zijn hand op de mijne: 'Met je stem komt het wel in orde, kindje. Maar je bent overwerkt en je hebt erg veel meegemaakt de laatste maanden.'

Hij keek schuldbewust.

'Ik heb jullie veel te hard laten werken.'

Hij verweet zichzelf de dood van mijn moeder. Ik wist dat.

Maar ik kon dat mijzelf net zo goed verwijten. Had ik er bij moeder beter op moeten aandringen tijdig naar een arts te gaan met die buikpijn?

'Je stem zal weer stralen.'

Ik had mijn hoofd omgedraaid om niet in die ogen te hoeven kijken. Ik wist dat hij loog. Ik had niets gezegd. Ik mocht niet praten. Absolute rust voor mijn stem. Drie maanden lang, minstens. God! Hoe viel daarmee te leven?

Het waren geen knobbeltjes op mijn stembanden. Het was op een of andere manier een totale blokkade. De god van de muze had mij het zwijgen opgelegd. En ik durfde ook gewoon niet meer. Als ik sprak, hoorde ik mijn stem als die van een ander, van een volslagen vreemdeling. En die haatte ik.

Het is voorbij, dwong ik mezelf te denken, het is allemaal voorbij, meid.

Mozarts 'Voi, che sapete', twinkelend als champagne. Voorbij. Händels 'Rejoice' met die hemelse rijkdom aan snelle dansende melodielijnen. Klaterend water. Puur geluk. Voorbij. Weg engelenstem.

Een gevallen engel. Dat is er van je overgebleven.

Zie het onder ogen.

Breek met de muziek. Voorgoed.

'Ik zeg al die recitals af voor het komende halfjaar. Je moet er een paar maanden uit.'

Ja, ik moest eruit. Maar waarheen?

Ik was begonnen over Argentinië te dromen toen ik na mijn longontsteking terugkwam in het grachtenhuis. Het huis was stil en leeg, muziekloos. Ik verwachtte voortdurend de stem van mijn moeder te horen, ergens achter in een van de kamers, in de lange gang, of boven vanuit de badkamer.

Het was alsof mijn dode vader op de afwezigheid van mijn moeder inspeelde. Na jaren verscheen hij opeens weer 's nachts in mijn leven in een verontrustende droom. Niet één keer, maar drie nachten achtereen. En iedere keer zong hij een lied dat mij deed huilen. Vroeger huilde ik altijd als papa zong en op zijn bandoneon speelde. Hij lachte mij er nooit om uit. Maar toen hij moeder en mij verliet, heb ik niet gehuild.

'Je ziet die ploert nooit meer terug,' had moeder gesnauwd tegen mijn rug, die dag dat ik hem in de taxi zag stappen met Vicky in zijn kielzog. Ze hadden niet omgekeken, niet gezwaaid. Ze reden gewoon uit mijn leven weg.

'Want niet meer
Is ze onze dochter; nimmer zien wij weer
Haar aanschijn: – ga uw noodlot tegemoet,
Maar zonder onze zegen, liefde of groet.'

Twintig jaar geleden. Twintig jaar geleden reden ze gewoon weg uit mijn leven.

Ik voelde wat ik moest doen en belde Philip.

Hij kwam onmiddellijk.

'Ik ga naar Argentinië,' fluisterde ik vanachter mijn sjaal.

Ik zag zijn ogen wijd opengaan. Zijn wangen trilden.

Ik nam hem mee naar de serre. Het was begin april. In de tuin stond de Japanse kers in bloei. De serredeuren stonden een eindje open, zo zacht was het al. Een zanglijster in de berkenboom jubelde in de vroege avond. Verder was het stil. Hier drong het stadslawaai niet door.

Philip liet zijn zware lijf in de leunstoel zakken.

'Daar zou je moeder het niet mee eens zijn geweest.'

'Juist daarom,' zei ik hees.

'Ik had Italië voor je in gedachten,' zei hij, zonder op mijn woorden in te gaan. 'Ik ken een arts in Florence. Een heel goede...' hij aarzelde even. Ik durfde erom te wedden dat hij 'psychiater' wilde zeggen.

'... een heel goede kno-arts. Je kunt zo naar hem toe. Een kwestie van een telefoontje. En zijn vriend is logopedist. Een goed stel.'

'Nee.'

Nooit meer, Philip.

'Toe kindje, je wilt toch ook weer beter worden!'

'Argentinië,' herhaalde ik.

Philip bleef mij met verbazing aankijken.

'Argentinië,' zei hij alsof hij het woord in zijn mond proefde als wijn van een inferieur kaliber. 'Argentinië!' Hij spuugde het onmiddellijk uit. Hij rees op uit zijn fauteuil en begon door de serre te lopen.

'Heb je de kranten gelezen? Er is daar op het ogenblik een nieuwe crisis aan de gang. De ergste sinds tijden. Er zijn rellen geweest waarbij doden vielen. Waarom moet je zo nodig daarheen?'

Hij schudde zijn hoofd en hij probeerde zijn afhangende schouders op te trekken, maar dat lukte hem niet. Al vijfenzestig jaar hingen die schouders in een moedeloze lijn omlaag. Een bourgognefles, geen bordeauxfles. Ik keek altijd naar die schouders, kon het niet laten. Hij zag dat ik keek en daarom misschien begon hij zomaar weer te praten, op toegeeflijke toon: 'Argentinië is ín. Onze prins is getrouwd met een Argentijnse. De tango is opeens populair door een paar koninklijke tranen. Maar grote hemel, Marisa, ik dacht dat jij boven al die trends stond. Ik weet dat je romantisch bent, maar je gaat me toch niet vertellen dat je daarom...'

'Lieve help, Philip, ik ben half Argentijns!'

Philip zuchtte.

'Doe het niet, kindje, doe het niet!'

Hij stond bij de vleugel; zijn linkerhand trommelde op de zwarte, glanzende kast. Zo had hij vaak staan luisteren, als moeder en ik repeteerden; kritisch en geconcentreerd.

Ik weerstond zijn blik.

Zijn wangen die me altijd aan bakstenen deden denken, werden nu echt rood en zijn zware stem blafte: 'Je gaat toch niet die zúster van je opzoeken!'

Hij erkende dus dat ik een zuster had. Ver weg weliswaar,

en genegeerd als het werelddeel waarin zij woonde, maar het was mijn zuster. De enige die naast mij overgebleven was van ons gezin. En ik had niet eens haar adres.

Philip liep naar de serredeuren en deed ze met een klap dicht om de plotseling opkomende kilte buiten te sluiten.

'Je vader moest zo nodig terugkeren toen zijn land kapotging door een burgeroorlog. Samen met die zus van jou,' brieste hij en hij ging voor me staan alsof hij het me aanrekende: 'Volkomen onverantwoord!'

Ik was ook opgestaan. Philip had iets gezegd waardoor plotseling mijn droom zich weer aan mij opdrong.

Terugkeren... 'Volver'...

Een tango van Gardel. De lievelingstango van mijn vader.

Ik had het lied jaren uit mijn herinnering gebannen, maar in de droom was het binnengebroken en had het zich in mijn brein genesteld. Een tango met een hartverscheurende melodie, vooral als papa het zong. Maar de tekst had zich verscholen en hoezeer ik ook mijn best deed, ik kon hem niet oproepen. Toch voelde ik dat in die woorden een boodschap lag. Een boodschap van mijn verguisde vader. Een boodschap die mij onbegrijpelijk onrustig maakte. Ik moest naar Argentinië.

Philip sprak tegen mij. Ik hoorde zijn woorden in een onheilspellend crescendo maar miste de betekenis ervan. Ik zag zijn bezorgdheid voor mij, zijn verdriet om het verlies van mijn moeder, de trouw in zijn ogen. Arme Philip. Hij had altijd precies geweten samen met moeder wat goed voor mij was en alles voor mij beslist.

Hij kwam naar mij toe en sloeg zijn armen om mij heen. Ik schrok ervan hoe heftig hij mij tegen zich aan drukte. Ik voelde mij deinen tegen dat Pavarottibuikje. Ik meende zelfs zijn erectie te voelen.

'Ga niet,' zei hij schor. 'In godsnaam, ga niet.'

Philip wist niet waar mijn zuster woonde. Moeder had nooit met hem over haar tweede dochter gepraat, zei hij. Zijn leugen was zo doorzichtig als glas. Oké, Philip, ik zoek het zelf wel uit.

Dagenlang doorzocht ik het bureau, de kasten en de toilettafel van mijn moeder. Niets te vinden. Vicky bestond niet. Ik had geen zus.

'Zie je wel,' zei Philip.

'Toch ga ik naar Zuid-Amerika.'

'Maar je bent gehandicapt. Je mág zelfs niet praten. Hoe wil je...'

Ik haalde mijn schouders op.

'Laat me dan met je meegaan.'

Dat nooit.

'Ik zou contacten voor je kunnen leggen met de opera in Buenos Aires.'

Er kwam een bitter lachje uit mijn keel als het kreunen van een zieke hond. 'Ze zien me aankomen. La Gran Marisa.'

'Liefje...' Hij trok me naar zich toe. 'Ik ga met je mee. Misschien heb ik ergens toch een telefoonnummer.'

Zijn hand schoof naar mijn borsten. Ik was verlamd van verbijstering.

'Waarom wil je komen?'

Vicky's stem had hoog en stroef geklonken door de telefoon.

Ik was niet van plan haar de werkelijke reden te vertellen.

'Om uit te rusten.'

Het was lang stil gebleven na die woorden.

'Victoria, mama is overleden.'

De absurditeit van die vier woorden tegen een vervreemd zusje verhevigde het zwijgen. Ik dacht dat ze opgehangen had. Toen zei ze: 'Zo, ze is dus dood.'

Beschaamd fluisterde ik: 'Drie maanden geleden.'

'O. Was ze ziek?'

Ik knikte en voelde mijn keel steeds meer dichttrekken.

'Ik kom naar Argentinië.'

'Waarom? Toch niet om papa? Die is al twee jaar dood.'

Ik slikte het verwijt.

'Nee. Nee. Alleen maar rust.'

Ik hoorde haar ademen.

'Vicky, ik... ik moet eruit. Mijn stem is ziek.'

'Juist. Wanneer zou je willen komen?'

'Volgende week woensdag?'

'Is de nood zo hoog? Na twintig jaar?'

Ik durfde geen 'ja' te zeggen. Opnieuw bleef het een tijdje stil.

'Oké. Ik kan je in Buenos Aires ontmoeten. Wedden dat ik je zo herken, Marisa?'

Ik stond op dat moment met de hoorn tegen mijn oor gedrukt oog in oog met de enige foto die ik nog van mijn zuster had. Moeder had indertijd alle foto's van Vicky weggedaan. Gewoon verscheurd. Maar deze foto had ik ooit uit een album gepikt en verborgen gehouden. Deze foto van Vicky als tienjarig vroegrijp meisje met lang blond haar en grote brutale ogen. Ze hield haar viool in de handen geklemd. Ik stond naast haar, als magere elfjarige ongelukkige prepuber met vlechten. Toen moeder overleden was, had ik die foto na veel aarzelingen tevoorschijn gehaald en op het dressoir gezet.

'Ik heb allang geen vlechten meer,' zei ik. Mijn stem was ondertussen overgegaan in een gebroken mannenstem die tot mijn afgrijzen als echo terugkaatste in het internationale gesprek.

'*No importa*, we vinden elkaar wel,' zei Vicky en ze hing op.

Tot mijn opluchting kon Philip zich niet vrijmaken om mij te chaperonneren, zoals hij zei. Met tegenzin boekte hij een open ticket voor me. Ongevraagd bracht hij een stapel cd's voor me mee met verschillende interpretaties van liederen van Schumann, inclusief de partituren.

'Je neemt toch wel je discman mee?'

Ik werd misselijk toen ik er alleen al naar keek, maar zei niets. Ik liet de muziek achter in het grachtenhuis, onder mijn bed.

Op Schiphol zei hij tegen mij: 'Je vader is dood, kindje. Al twee jaar. Je vindt hem daar heus niet terug.'

Expres had ik gestaard naar zijn afhangende schouders. Maar hij had mijn kin opgetild zodat ik wel in die oude blauwe ogen moest kijken.

'Je bent jezelf niet. Dit is helemaal niets voor jou,' bromde hij met die rochel in zijn keel waardoor ik steeds moest denken: hóést alsjeblieft, Philip!

'Ik neem het je maar niet kwalijk. Maar in godsnaam, verwacht er niet te veel van. Het zou je weleens kunnen opbreken. En maak me geen verwijten als je over een week met hangende pootjes terugkomt. Arme Stolalola. Je weet toch wie je vader was.'

De bagageband braakte langzaam de koffers uit. Al na een paar minuten ontdekte ik mijn rode reiskoffertje.

Voor mij lag de aankomsthal van het Argentijnse vliegveld met het lokkende zonlicht. De eerste reizigers begaven zich daar al heen met hun vergaarde koffers om er door familie, vrienden of collega's begroet te worden.

Op dat moment trok mijn maag zich samen. De bordjes *baños* lokten mij meer. Ze beloofden uitstel van de ontmoeting.

In de lege toiletruimte rook het scherp naar schoonmaakmiddelen. Ik draaide de kraan open om het koude water te voelen stromen. En te proeven. Het smaakte naar chloor.

Ik maakte mijn tas open en haalde er een schoon shirtje uit. Ik wilde fris zijn als ik Victoria onder ogen kwam. Fris dit land betreden.

Dit verboden land.

Maar papa heeft mij geroepen, dacht ik. En ik moet gehoorzamen. God weet waarom. Van zijn leven hier weet ik niets. En van zijn dood al helemaal niets.

Ik plensde koud water in mijn gezicht en bekeek mijzelf in de spiegel, zag de wallen onder mijn ogen. Ik depte met een tissue de druppels water weg en pakte een potje dagcrème. Ik streek mijn lokken van mijn voorhoofd weg.

'Volver...
con la frente marchita...'

Een brokstuk tekst schoot los uit het graniet van mijn geheugen: terugkeren met een verwelkt, verdord voorhoofd, waar de desillusie op te lezen staat.

Ik stond onbeweeglijk en zag de zin uit het lied open en bloot. Ik wachtte, maar het lied liet zich niet verder lokken. Ik voelde een vreemde opgewondenheid. In Buenos Aires moest ik bij een muziekwinkel zoeken naar die tangotekst.

Met trillende handen bracht ik wat rouge aan op mijn wangen.

Vicky is de sleutel naar papa, maar zij moet denken dat ik voor rust en stilte kom, dacht ik. Op doktersadvies. Op bevel van mijn manager. Ver van alles vandaan. Geen recitals. Geen bekenden. En in godsnaam geen muziek. *Breek met de muziek. Voorgoed.*

Waar die stem vandaan kwam wist ik niet.

Ik sloot resoluut mijn tassen, greep het bagagekarretje en verliet de *baños.*

Er was geen weg terug.

De glazen aankomsthal was overvol met goed geklede mensen. Het koor van Argentijnse stemmen vulde de ruimte als minimal music. Een kreet, een lach, een naam steeg telkens ritmisch op en vormde een dynamisch accent in die vriendelijke polyfonie.

Lijven deinden tegen elkaar in uitbundige omhelzingen en regen zich aaneen tot families.

Argentinië, had Philip gezegd, een land in crisis.

Net als ik, dacht ik.

De mensenmenigte loste zich langzaam op. Het geroezemoes stierf weg. Er stonden mannen naar mij te kijken.

'Taxi, señora?'

Ik schudde mijn hoofd en liep door de grote zonnige hal. Een nieuwe stroom reizigers bewoog zich in mijn richting.

Vicky had mij laten weten dat zij mij zou ophalen. Maar misschien had ze vertraging gehad onderweg.

Ik werd ongerust. Ik had veel te lang in dat toilet staan treuzelen.

Op dat moment zag ik plotseling midden in de hal een lange blonde vrouw. Slank, eenvoudig gekleed in spijkerbroek en witte blouse, een jaar of dertig. Een open gezicht zonder enige make-up en grote blauwe ogen. Ze zag er zo on-Argentijns uit dat ze meteen opviel.

Ik hield mijn adem in. De vrouw stond naar mij te kijken.

Papa was lang. Lang, slank en blond. Hij was altijd trots geweest op de vermenging van Deens en Argentijns bloed in zijn aderen. Zijn lichte ogen en haar contrasteerden met zijn donkere huid. Dat had hem tot een opvallende man gemaakt. Vicky leek als tienjarig meisje al sprekend op hem.

We keken elkaar een hele tijd aan, zonder dat een van ons beiden iets deed.

Twintig zusterloze jaren. Hoe kon ik die zomaar overbruggen?

Toen deed de blonde vrouw een paar stappen naar voren. Ze zei met een vioolstem: '*Somos hermanas.*'

We zijn zusters.

Ze was langer dan ik. Mijn kleine zusje. Ik moest naar haar

opkijken. Die ogen, dacht ik. Die zijn hetzelfde gebleven. Nog altijd die strijdlust.

Ik stak aarzelend mijn hand uit. Maar Vicky sloeg haar armen om mij heen.

'Welkom in Argentinië.'

2

De rit in de taxi vanaf de luchthaven Ezeiza naar de stad Buenos Aires duurde meer dan een uur. Het verkeer was een heksenketel. Volgens Vicky was dat normaal. Naast haar op de achterbank gezeten voelde ik hoe mijn keel vacuüm werd getrokken. Onverbiddelijk en definitief. Ik heb de vervreemding onderschat, dacht ik. De stormvloed van emoties en herinneringen waar ik geen raad mee weet. Het wederzijdse wantrouwen, weggelachen door Vicky.

'Ik heb een kamer besproken in een klein hotel in het centrum; een tweepersoonskamer. In ieder geval voor één nacht. We kunnen altijd nog zien wat we doen. Ik neem aan dat je een poosje in Buenos Aires wilt blijven. In deze tijd is het geen probleem om een paar nachten bij te boeken. Er zijn op dit moment niet zo veel vreemdelingen in de stad.' Vicky grijnsde. 'Slecht imago vanwege de crisis.'

Een hotel. En ik was ervan uitgegaan dat ze in Buenos Aires woonde.

De taxi wurmde zich een weg door het centrum en stopte uiteindelijk in een drukke winkelstraat, waar talloze auto's dubbel geparkeerd stonden.

'Hier! We zijn er al!'

We stapten uit. De chauffeur zette mijn koffer voor de ingang van het hotel; een hoog, smal pand met een klein stenen bordes. Ik stond stil op het trottoir en keek om mij heen naar de stroom voorbijgangers.

Argentijnen. Bloed van mijn bloed.

Een man met een gedistingeerd baardje, een gezet postuur en een koninklijke houding kwam recht op mij af. Hij neuriede de 'Toreador' uit *Carmen*. Onwillekeurig bleef ik staan. Op het moment dat hij mij passeerde, hielden zijn ogen de mijne vast en zijn woordloze zingen ging over in een onverwacht en kietelend: '*Hermosa!*'

Struikelend volgde ik Vicky het hotel in.

'Neem een lekker bad,' zei Vicky.

Gehoorzaam begon ik me uit te kleden. In de spiegel zag ik mijn zusje nieuwsgierig naar mijn lichaam kijken. Ik draaide mijn naakte rug naar haar toe.

'Mooie billen heb je,' zei ze.

Ik liet me snel in het weldadig warme water glijden en sloot mijn ogen. Vicky trok zich zachtjes terug.

Ik deed een paar ademhalingsoefeningen om me optimaal te ontspannen.

Ik ben in Argentinië. Ik wilde het hardop zeggen om het feit te bevestigen. Maar mijn stem zat hermetisch op slot.

Ik liet het water tot aan mijn lippen stijgen. Tot aan mijn neus. Tot mijn ogen. Ik liet me zinken tot onder het schuim.

In een groot tweepersoonsbed van smeedijzer was ik een paar uur volledig van de wereld. Toen Vicky me wakker maakte, begreep ik niet waar ik was. Vicky sprong van het bed. Het boek waarin ze had liggen lezen gleed van het kussen. Ik zag de titel. *Misdaad en straf* van Fjodor Dostojevski.

'Zeg luister eens. Het is nog geen tien uur. Laten we samen een hapje eten om de dag te besluiten. We zitten vlak bij de Avenida Corrientes. Wij Argentijnen noemen dat de straat die nooit slaapt. Kleed je gauw aan. Ik weet een juweel van een restaurant.'

Onwillig hees ik me op één elleboog. Ik wilde liever doorslapen en een goede nacht maken.

Vicky rommelde al in mijn koffer.

'Je hebt ook niet veel bij je! Draag jij altijd alleen maar zwart?'

Traag kwam ik van het bed.

'Trek dit aan. Dit is warm genoeg. De avonden zijn hier al kil.'

Het protest borrelde in me op.

'Ken je de Mendozawijnen? Nee, natuurlijk niet. Ik zal je inwijden in de wijnen van Argentinië. Om ons weerzien te vieren.'

Ze liet zich niet van de wijs brengen. Ik kon het niet opbrengen om in die blauwe glinsterende ogen te kijken. Die daagden me uit. Net als vroeger.

Ik kon alleen maar antwoorden door te zwijgen.

Net als vroeger.

'Hier is het.'

We stonden voor een monumentaal pand in koloniale stijl. Een oude man in livrei stond kalm en waardig naast de ingang.

We liepen naar binnen. Het interieur had iets weg van een klein paleis. Ruime vertrekken met hoge plafonds en veel houtwerk. Grote kroonluchters en antieke meubels. We trokken onze jassen uit en betraden de eetzaal.

'Echt een gelegenheid voor jou,' zei Vicky. 'Chic. Maar het is niet zo duur en de keuken is fenomenaal.'

Vrijwel alle tafeltjes waren bezet. Ik keek met verwondering naar de goed geklede Argentijnen die geanimeerd zaten te praten. Vicky had mijn blik gevolgd.

'Voor een buitenstaander is het moeilijk te geloven dat we in de ergste crisis aller tijden zitten,' zei ze, 'iedereen doet gewoon of er niets aan de hand is en leeft op krediet. Kom, daar is een mooi plekje.'

Ze wees naar een tafeltje vlak bij een podium in het midden van de eetzaal, waar een pianist zacht en routineus tangomuziek speelde op een grote vleugel. Maar ik liep door naar een leeg tafeltje bijna in de hoek van het restaurant, ver verwijderd van de muziek. In de spiegels zag ik dat Vicky mij volgde.

We zaten tegenover elkaar en keken elkaar aan.

Somos hermanas.

Deze vrouw voor mij was een volslagen vreemde en hoe ik ook pogingen deed de familieband te voelen, ik slaagde er niet in. Ik had me moeten schamen. Maar ik voelde zelfs geen schaamte. Twintig jaar van wederzijdse ontkenning hadden hun werk gedaan.

Mijn stemblokkade heeft ook mijn gevoelsleven geblokkeerd, dacht ik. Waar moeten we in godsnaam beginnen?

Ik keek naar haar gezicht. Naar de hoge jukbeenderen, de volle bleke lippen. De intensiteit in die grote, onopgemaakte ogen. Puur, maar ook waakzaam. Het lange blonde haar van vroeger was nog lichter geworden. Papa heeft je in ieder geval niet verwaarloosd, dacht ik.

Vicky zei niets, rommelde in haar tas en stak een sigaret op. Ze inhaleerde diep en blies de rookwolken om zich heen. Plotseling begon ze te lachen.

'Wat een absurde situatie is dit. We zitten hier als twee dieren elkaar te besnuffelen en jij hebt nog geen woord gezegd. Ik begrijp dat je ziek bent geweest, maar wát is er in vredesnaam werkelijk met je gebeurd?'

Ik opende mijn mond om te vragen: wat bedoel je. Er kwam geen geluid uit. De boel zat potdicht.

'Al die jaren bedoel ik,' zei Vicky.

Twintig jaar.

Vicky's handen zochten de glazen asbak. 'Zelfs als jij zou kúnnen praten, vraag ik me af of je dat zou willen. Vroeger zei je ook nooit veel.'

De ober bracht een fles wijn.

'We hebben er lang over gedaan om elkaar weer tegen te komen,' zei mijn zuster ernstig nadat ze haar glas had neergezet. 'Er is hier zoveel gebeurd. Zoveel waar je niets van weet. Zoveel wat jullie beter niet konden weten.'

Ik weet ook niets, had ik willen zeggen. Daar heeft moeder voor gezorgd.

Onze ogen speelden een spel van aantrekken, afstoten, vasthouden, loslaten. Wegzwerven. Aanzuigen. Vastklinken.

'Als je wilt... Als je wilt, vertellen we elkaar over onze levens. Voor zover jij dat kan natuurlijk.'

Ze blijft gelukkig aan de praat, dacht ik. Wat zou ik over mijn leven moeten vertellen? Mijn vocale successen? Met wie heb ik daarover ooit gepraat? Zouden ze haar interesseren?

'Ik ken je helemaal niet. En toch ben jij mijn grote zus. Een stuk van onze jeugd hebben we gedeeld. Daar kunnen we niet omheen. En voor mijn gevoel maakten we altijd ruzie.'

Ik glimlachte. Daar had ze gelijk in.

'Als ik je ga vertellen over ons leven hier in Argentinië, weet ik niet eens of je dat wel kunt verdragen.'

Vicky wachtte even als om mij de kans te geven iets te zeggen. Ze liet de stilte gewoon tussen ons in hangen. Als een rookwolk om een vulkaan.

Mijn stem kraakte opeens als een oude deur die onverwacht openwaait: 'Ik wil dat je... dat je me vertelt wat voor soort man papa hier is geworden.'

Ik leunde uitgeput achterover na die volzin.

Haar reactie verbaasde mij. Misschien had ik verwacht dat ze zou zeggen: joh, papa is geen steek veranderd. Maar het leek wel of ze in paniek geraakt was. Ze schudde heftig haar hoofd.

'Nu niet. Vanavond niet.'

Ik haalde mijn schouders op. Het leek wel of ze opgelucht was.

Opnieuw sloeg de stilte toe.

Ik speelde met mijn glas en zag dat Vicky dat ook deed. Vingers laten glijden over de gladde, ronde buik van het glas. Hoeveel mensen op de wereld zouden er op dit moment precies hetzelfde doen? Zoekend naar woorden die niet voorhanden waren?

Opeens zag ik hoe verloren ze keek. Ik had haar hand wel willen pakken om haar gerust te stellen. Maar ik durfde niet.

Tot mijn opluchting naderde er een ober om onze bestelling op te nemen.

We aten empanada's; een gerecht gemaakt van krokant deeg, met een vulling van sterk gekruid vlees, uien en kaas. Vicky dronk flink van de wijn. Er verschenen blosjes op haar wangen en haar ogen leken nog groter. Haar hand tikte op de tafel het dwingende ritme mee van de tango die op de achtergrond te horen was.

'Ik wilde je morgen wat van Buenos Aires laten zien. Papa en ik hebben hier in het centrum gewoond, dat eerste jaar na onze aankomst. En ik neem je mee naar La Boca. Wel een beetje toeristisch, maar je zult er je ogen uitkijken. La Boca is een heel oude wijk. De geboortegrond van de tango.'

Tangomuziek.

Twintig jaar geleden was dat een eeuwig twistpunt tussen mijn ouders. Ik hoor moeder nog zeggen, tot woede van mijn vader: 'Dat gejammer. Die tangozangers kunnen nog niet eens de maat houden!' Het was verboden om me te laten ontroeren door papa's tango's. Maar zodra moeder de deur uit was, liet hij zijn bandoneon als een klacht door de hoge kamers van het huis klinken. Het had gesneden door mijn ziel. Het vibrato in zijn stem deed mij naar boven vluchten want ik wilde dat vreemde verdriet niet voelen.

Ik had als kind nooit begrepen hoe muziek zo mooi en tegelijk zo onverdraaglijk kon zijn. Hoe een ploert zo kon zingen.

Opnieuw zwegen we een paar minuten.

'Als je wilt, kunnen we hier ook naar een concert gaan,' hoorde ik Vicky weer. 'Er is in het Colontheater een prachtige voorstelling van een opera van Brecht. Ze hebben het libretto helemaal herschreven naar de situatie van dit moment. In deze crisis...'

Ik begon mijn hoofd te schudden voordat Vicky verderging met haar wrede voorstel. Vocalisten te zien en te horen functioneren in hun staat van genade! Vicky begreep niet dat de sopraan in mij te pletter was gevallen. Dat de muze mij had afgeschreven. Dat mijn diep gekoesterde liederen zich als teleurgestelde vrienden van mij hadden afgewend. En ik kon niet even nieuwe stembanden aanschaffen, zoals Vicky vioolsnaren kon kopen. Mijn instrument was onherstelbaar beschadigd. Voorgoed.

Ik zou moeten breken met muziek. Maar hoe moest ik dat in godsnaam doen? Hoe moest ik die aria's uit mijn lijf krijgen?

Ik greep een papieren servetje, zocht in mijn handtas een pen en schreef met grote letters: IK KOM VOOR RUST! VOOR MIJN STEM.

Met drie strepen onder dat laatste woord. Vicky fronste haar voorhoofd toen ze het las. Haar nagels tikten tegen het glas.

Ik voelde dat ik het helemaal verkeerd aanpakte en dat ze er geen woord van geloofde.

'Kom, we bestellen nog een wijntje.' Vicky wilde zich al omdraaien om de ober een seintje te geven. Maar ik schudde mijn hoofd en maakte een gebaar van slapen. Ik had altijd angstvallig mijn acht uur slaap moeten bewaken. Een zangeres zonder perfecte conditie en gezonde nachtrust verliest onherroepelijk aan kwaliteit. En alcohol is helemaal funest voor de stem. Ik was er nog niet aan toe om die zorg op te geven.

Vicky stak echter rustig een sigaret op. Ze bekommerde zich op geen enkele manier om de uitwerking ervan op mij. In het restaurant hing een zware wolk van sigarettenrook en ik begon er last van te krijgen. Ik zwaaide met mijn hand als om de walm weg te jagen en keek demonstratief op mijn horloge.

Vicky boog zich voorover. Haar ogen glinsterden uitdagend en ze zei: 'We moeten echt even blijven; zo dadelijk treedt de vaste tangozangeres van deze tent op. Zó geweldig! Zoals zij Piazzolla zingt! Dat mag jij niet missen.'

Snel keek ik om naar het podium, waar nu een jonge knappe pianist zat. Zijn gitzwarte haar glom in het licht van een spot. Hij speelde met grote gebaren op de vleugel een aantal vloeiende akkoorden waarin een nieuwe tango dreigde. Naast hem was een bassist bezig zijn instrument te stemmen. Een langharige violist stond te praten met een bandoneonist die met een sigaret tussen zijn lippen de balg van zijn instrument uittrok.

'Ik ken die lui,' zei Vicky. 'Uit de tijd dat ik hier muziek studeerde. Kom, ik stel je aan hen voor.'

Ik schoot overeind en greep mijn tas. Dat nooit! En die zangeres wilde ik niet eens zíén.

'Wat bezielt je!' Vicky keek naar mij op. Ik keek hulpeloos terug. Ik zag ergernis in die blauwe ogen komen.

'Sorry, Vicky.'

Het klonk als een knarsend tandwiel.

Toen draaide ik me om en liep langs de tafeltjes, langs het podium, waar op dat moment de schijnwerpers aangingen. Ik zag een mooie geblondeerde vrouw van mijn leeftijd, gekleed in een strakke glitterjurk, de zaal binnenkomen om het podium te betreden. De diva passeerde mij rakelings en even ontmoetten onze ogen elkaar. Een seconde lang keek ik in die concentratie die mij zo bekend was; het magische moment voor een optreden. Haar ogen leken mij te herkennen als een in ongenade gevallen collega.

Ik vluchtte het restaurant uit. De deur sloeg achter mij dicht. De koude lucht van Buenos Aires vulde mijn longen. Ik trilde. Het moest de wijn zijn. Ik was niet gewend zoveel te drinken.

Met mijn rug tegen een etalage keek ik naar de mensen die passeerden.

Ik ben moe, dacht ik. Ik kom voor rust. Ik ben net zwaar ziek geweest. Ik moet slapen. Ik heb een jetlag.

De deur van het restaurant zwaaide open en Vicky wandelde naar buiten. Ze had een roze papier in haar hand, dat ze al lopend las met een rimpel in haar voorhoofd. Blijkbaar de rekening. Maar ik had geen zin ernaar te vragen, zo moe was ik.

Zwijgend liepen we naar het hotel over de boulevard die nooit slaapt.

Ik sliep die nacht wel, boven verwachting goed zelfs, diep en droomloos. Maar tegen de ochtend begonnen de dromen als flarden mist op te doemen in mijn geest.

Ik voel dat mijn vader in de buurt is. Plotseling is zijn gezicht vlak bij mij. Ik hijg van angst. Hij spert zijn mond open zodat ik in zijn keel kan kijken.

'Kijk, ik heb het ook,' fluistert hij en zijn stem klinkt als knerpend grind.

'Weet je wie dat gedaan heeft?'

Geschrokken draai ik mij om. Maar het is niet moeder die daar staat. Het is Philip en ik wil opgelucht naar hem toe gaan. Hij heeft een grote wijnfles in zijn handen.

'Een Mendoza,' zegt hij, 'dat zijn de beste.'

Hij knijpt de fles langzaam en weloverwogen samen in zijn handen, zodat het glas alle kanten op springt en de rode wijn, vermengd met bloed, over zijn vingers stroomt. Dan grijpt hij een scherf van de grond en pakt mij vast.

'Kom, Stolalola,' zegt hij, 'je moet dit eten. Je wou toch immers

naar Argentinië, mijn klein depressievelingetje.'

Als ik weiger, begint hij de glasscherf in mijn mond te duwen.

'Je wilt alles weten over je vader, hè,' schreeuwt hij, 'over die ploert van een vader van je!' Ik probeer te gillen. Het lukt niet. Op dat moment word ik wakker.

Doodstil bleef ik liggen. Van veraf hoorde ik een stem murmelen, als bijengezoem. Bijen die bedreigd werden. Die een samenzwering aan het opzetten waren. Ik probeerde de moed te vinden om mijn ogen te openen en om mij heen te kijken. Bleek zonlicht scheen in de hotelkamer. Vicky had de gordijnen opengetrokken en zat, enkel in een wit shirtje en een slipje, met haar rug naar mij toe aan de toilettafel, waarop *Misdaad en straf* achteloos opengeslagen lag. Haar lange, blote benen hingen over de zijleuning van de stoel. Op zachte toon voerde ze een telefoongesprek.

'Heus, Daniela,' hoorde ik haar fluisteren, 'dat heb ik je toch beloofd. Maak je geen zorgen. Ik zeg geen woord.'

Ik kuchte voorzichtig. Mijn keel voelde aan alsof ik glassplinters had doorgeslikt. Het wordt alleen maar erger, dacht ik moedeloos. Dit wordt weer een dag zwijgen.

Vicky keerde zich om en zag dat ik wakker was. Ze beëindigde in rad Spaans het gesprek en gooide het mobieltje op bed.

'Je was niet wakker te krijgen!'

Ze rekte zich uit. Haar navel gluurde naar mij als een derde oogje. De lichtbruine huid glansde strak over de ribbenboog. Het bed schokte toen ze zich met een plof op de warboel van dekens en lakens liet vallen. Op haar buik liggend keek ze naar mij.

'En... heb je goed geslapen, je eerste nacht in Argentinië?'

Ik knikte. Haar gezicht kwam dichterbij.

'Heb je soms gedroomd?'

Ik zweeg.

'Je praatte in je slaap.'

'Ik?'

'Ja. Je praatte hardop.'

'Kan niet.'

'Ik werd wakker van je.'

Ik keek naar het plafond. Ik herinnerde mij de droom. Ik kuchte de glassplinters opzij en slaagde erin te vragen: 'Wat... wat zei ik dan?' mij concentrerend op de medeklinkers; de klinkers waren pijnlijker.

De blauwe ogen van Vicky hielden niet op mijn gezicht af te tasten. Ik trok het laken iets op. Ik begon te zweten. Vicky rolde zich naast mij op haar rug en keek met grote ogen naar het plafond.

'*Hondas horas de dolor*,' hoorde ik haar zeggen, 'ik weet zeker dat jij dat zei.'

De strepen zonlicht op de muur tegenover het hoge raam bewogen heftig heen en weer.

Ik hoorde Vicky slikken.

Hondas horas de dolor.

Het was of er vanuit een geheim gebied een vogel met grote snelheid aan kwam vliegen. Hij vloog te pletter tegen de muur waar de schaduwen dansten met razernij.

Het lied, dacht ik gealarmeerd. Dit is een zin uit het lied. Uit de tango 'Volver'.

Ik keek voorzichtig opzij. Vicky lag doodstil. Haar ogen stonden wijd open, alsof ze verstard was van ontzetting.

Ik wist niets te doen.

Hondas horas de dolor.

De tango liet mij niet met rust. De woorden hamerden nog steeds in mijn hoofd. Ook toen we eenmaal buiten liepen.

Ik had als klein meisje geen idee gehad van de portee van die woorden. Wat weet een meisje van uren van diepe smart?

Vicky was stil geweest bij het ontbijt. Stil en afwezig. Zelf had ik nauwelijks gegeten van de mierzoete croissants die Vicky *media lunas* noemde. Ik had genoeg aan een kop koffie.

Nu liepen we over de Plaza de Mayo. Ik zag tegenover mij het Casa Rosada, het roze gepleisterde presidentiële paleis.

Hondas horas de dolor.

Er liep een vrouw voorbij met een witte doek om haar hoofd.

'Over pijn gesproken,' zei Vicky.

Hier was het dus waar de Dwaze Moeders en Grootmoeders wekelijks hun hardnekkige en droevige processie hielden. Een stille stoet van protest tegen de vergetelheid. Nog steeds. Alsof twintig jaar niets voorstelde.

... que veinte años no es nada...

Ik deinsde achteruit voor een duif die vlak voor mijn voeten opvloog. Of was het voor het lied dat mij een nieuwe tekstregel toeslingerde? Ik bleef midden op het plein staan.

Mijn hoofd was een opslagplaats van talloze gedichten, liederen, libretto's. Ik dacht dat ik er controle over had. Ik kon ermee spelen en er kracht uit putten. Ik had er het leven mee aangekund.

Maar het leek of ergens in mijn hoofd de rollen werden omgedraaid.

Twintig jaar stelt niets voor, smaalde het lied.

Ik keek naar Vicky, die voor het paleis drentelde.

Als twintig jaar niets voorstelde dan zouden Vicky en ik elkaar kunnen bereiken.

Het was gaan motregenen en de kilte trok op vanaf de natte straattegels. Ik trok mijn sjaal strak om mijn lichaam heen. Ik keek op naar de slungelige, druipende palmbomen en vond ze niet passen tussen de andere bomen met hun herfstkleuren. De roze kleur van het paleis, als van een grote schuimtaart, vond ik helemaal detoneren.

Vicky kwam naar mij toe geslenterd.

'In al die vrouwen leeft na twintig jaar nog steeds een sprankje hoop,' zei ze peinzend.

'Terugkeren. Uit het niets, Marisa. Dat gebeurt. Een *desaparecido* die terugkeert uit het niets.'

'Dat is te hopen.' Ik wist niets anders te fluisteren.

'Ja,' zei Vicky. 'Ja, dat is te hopen.'

We keken elkaar aan. Toen zei ze: 'Maar niet altijd, Marisa.'

'Waarom niet?'

'Omdat terugkeren soms gevaarlijk is.'

'Over wie heb je het?'

Maar ze draaide zich af. Had ze het over mij? Opeens drong het lied zich aan mij op:

*'Guardo escondida una esperanza humilde
que es toda la fortuna de mi corazón.'*

Mijn lippen bewogen onwillekeurig met de woorden mee. 'Een verborgen sprankje nederige hoop,' fluisterde ik, 'dat is het enige geluk dat mijn hart kent.'

Het lied sijpelde als motregen door de kieren van mijn geest om zich te verbinden met mijn diepste emoties. Een wirwar van tekstregels, buitelende woorden, sloeg ondersteboven en achterstevoren op mij neer. Ik had Vicky's hand wel willen grijpen.

'Wat is er met je?' vroeg ze.

'Niets.'

Ik kon hier niet lopen met een lied om mijn nek.

Ik richtte mijn aandacht dus op de mensen om mij heen. In al die vreemde Argentijnen verwachtte ik de gestalte van mijn vader te ontdekken.

Je hebt je verstopt, papa, achter dat grote standbeeld.

Maar hij kwam niet tevoorschijn. Wie er ook langs mij liepen, mijn vader niet. Hoe vaak had ik niet gehoopt hem te zien, in Amsterdam, komend vanachter het concertgebouw. Weer teruggekeerd. Om mij te verrassen. Zonder dat mama er iets van wist.

Een nederig sprankje hoop.

Maar niemand die langs mij liep, veranderde in mijn vader. De gezichten onder de donkere paraplu's keken ernstig en geheimzinnig. Sommige mannen draaiden zich naar mij om. Ik keek terug maar wendde snel mijn gezicht af als er wenkbrauwen geïnteresseerd omhooggingen.

Ik schudde de regendruppels van mijn sjaal en keek naar het verkeer dat luid toeterend voorbijschoot.

'Het is vandaag donderdag. Wil je vanmiddag zo'n demonstratie van de Dwaze Moeders bijwonen?' vroeg Vicky.

'Nee.'

Ooit had ik in de bibliotheek een artikel gelezen over het kolonelsregime, de vuile oorlog en de verdwijningen, en ik was te geschokt geweest om er ook maar met iemand over te kunnen praten. Er was trouwens niemand geweest met wie ik daar over praten kon. Moeder en Philip weerden de politiek als een besmettelijke ziekte. Daarna las ik het rapport *Nunca más* over de berechting van de betrokken militairen.

En ik weet nog dat ik dacht: papa, aan welke kant sta jij? Waarom praat moeder nooit over jou?

Het begon harder te regenen.

We liepen een van de overvolle straten in.

'Ik moet geld pinnen,' zei Vicky, 'jij misschien ook?'

Ik schudde mijn hoofd.

Philip had mij aangeraden veel contant geld mee te nemen in verband met de Argentijnse economische crisis. Hij had mij op Schiphol ook nog een envelopje met Amerikaanse dollars toegestopt.

'Ik wel,' zei Vicky. 'Ik heb vioolsnaren nodig.'

We staken de straat over. Ik keek om mij heen naar de indrukwekkende gevels van de vele gebouwen en paleizen in Franse art-nouveaustijl. Ik vond ze mooi, statig en elegant, al waren er veel panden bij die een schoonmaakbeurt nodig hadden. We liepen al enige tijd in de regen toen een luid geroep mijn oor trof. Er klonk gefluit en een onregelmatig ge-kletter van metaal op metaal.

'Verbaas je nergens over,' zei Vicky. 'Dit is hier op het ogenblik volstrekt normaal.'

Ze wees naar een groep mensen die op de hoek van een straat voor een wit stenen bankgebouw opeengepakt stond. Op de hoge deuren van zwaar houtwerk waren plakkaten en spandoeken gehangen met teksten, in zwarte letters erop ge-verfd: DIEVEN! NEE TEGEN DE CORRALITO!! WIJ WILLEN ONS SPAARGELD!!! POLITIEK IS CORRUPTIE.

Ik bleef staan. Ik dacht aan de woorden van Philip die avond in het grachtenhuis: 'Argentinië verkeert in een crisis. Er zijn rellen geweest waarbij doden vielen.'

Zelfs op afstand voelde ik de dreiging van deze kleine mensenmassa die haar frustratie beheerst en plechtig ver-tolkte in een eentonig ritmisch gedreun op potten en pan-nen. Met vastberaden gezichten, keurig gekleed, zich niet bekommerend om de regen stonden ze daar misschien al uren.

Ik bleef in de buurt van Vicky, die zich resoluut midden in het gewoel begaf.

Ze excuseerde zich toen ze tegen een vrouw van middel-bare leeftijd aan geduwd werd.

'Geeft niet, liefje.' De vrouw had een beschaafde stem. 'Dat de politici ons onder de voet lopen is veel erger.'

Vicky drong zich verder tussen de demonstranten door en keek niet om.

'In Córdoba kon ik gisteren niet pinnen,' hoorde ik haar zeggen, 'is het hier nu ook al zo?'

'Alle banken zijn al twee dagen dicht, señora,' schreeuw-de een man terug om boven het lawaai uit te komen. 'Dicht, leeg, failliet, hoe u het ook noemt. We kunnen in elk geval niet meer bij ons geld komen.'

'Wat een puinzooi.'

Ze draaide zich om naar mij.

'Ik moet absoluut nieuwe vioolsnaren hebben. Er is er al een geknapt en de rest is vrijwel versleten. En als ik ze nu niet koop, kan ik het wel vergeten. Ze zijn al drie keer zo duur als vorige maand.'

Als ik had kunnen praten had ik haar toegeschreeuwd weg te rennen. We werden langzaam maar zeker ingesloten door de menigte. Ik had zoiets nog nooit meegemaakt. De opgekropte woede die als een walm tussen de mensen hing, benauwde mij.

Demonstreren is iets wat alleen linkse activisten doen. Dat was mij altijd bijgebracht. Maar deze mensen pal naast mij hadden onder Videla geleefd. Geleden. Familieleden verloren. Of ingestemd met het regime.

Ik had het gevoel dat op dit moment het verleden opnieuw zou kunnen losbarsten.

Het lawaai om mij heen was oorverdovend. Ik probeerde weg te komen van de vrouwen die vlak naast mij als bezetenen op grote zwarte braadpannen sloegen.

Het zijn slagwerkers in een orkest, stelde ik mezelf gerust. Dit is slechts de eerste akte van een heftige Argentijnse opera.

Een jonge radioverslaggeefster met koptelefoon op en een grote microfoon in haar hand kwam onze richting uit.

'Kunt u zeggen voor de luisteraars waarom u demonstreert?' vroeg ze.

De omstanders begonnen onmiddellijk dwars door elkaar te praten.

'Heel de wereld moet weten hoe schandalig de regering ons behandelt,' riep een vrouw met schelle stem boven de anderen uit.

'Wij hebben altijd hard gewerkt en meegeholpen aan de economische opbouw van ons land. Mijn man is ontslagen vorig jaar. Maar al zijn spaargeld zit hier!'

'Dit is een keurige wijk. En kijk eens wat er van ons geworden is!'

'Protesteren. Dat is het enige wat we nog kunnen doen. Vreedzaam protesteren!'

'We willen geen burgeroorlog!'

'God nee! Geen burgeroorlog!'

'Maar als de regering zo doorgaat...!'

'Als ze ons blijven tarten...!'

'Wat moet de regering dan doen volgens u?' klonk de stem van de verslaggeefster weer.

Iemand schreeuwde: 'We hebben recht op ons geld. We hebben recht op eerlijke politici, geen dieven, geen misdadigers, geen corrupte bende.'

'Dan zal dit bitter weinig helpen,' hoorde ik iemand achter mij fluisteren. Ik draaide mij om en keek in het magere cynische gezicht van een onberispelijk geklede man.

'Wat haalt dit uit, mevrouw,' vervolgde hij op zachte toon, 'de politici trekken zich echt niets aan van wat het volk vindt. Die doen maar en gaan gewoon door met ons te bestelen. Dat er een volk bestáát, zal hun een zorg zijn.'

Hij veegde een druppel van zijn neus.

'Wij krijgen de regering die we verdienen. Wij Argentijnen houden toch van elegantie? Als dat stelen maar elegant gebeurt, dan vinden we het nog mooi ook.'

Ik rook vaag een geur van sigaren en dure aftershave.

'Maar ik zeg maar niets, want niemand wil horen dat dit allemaal volstrekt zinloos is.'

Hij had zo'n rochel in zijn stem dat het leek of hij in twee registers tegelijk sprak. Ik draaide me abrupt om en keek om me heen of ik Vicky zag.

Hij bleef op bezwerende toon tegen mij aanpraten. Hij deed mij aan Philip denken.

Opeens voelde ik iets van solidariteit met de trieste, natte mensen voor het logge bankgebouw; met hun onmacht, hun nutteloze woede, hun gevecht om hun waardigheid en hun angst voor de toekomst.

Waar ik ook keek, Vicky was nergens te bekennen. De lan-

ge gestalte van mijn zusje leek wel opgeslokt door het ge-
drang. Tot mijn schrik zag ik dat naast het bankgebouw een
aantal politieagenten stond opgesteld. Jonge mannen met
uitdrukkingloze ogen en gespannen kaken. De witte stok-
ken in hun hand waren nat en glimmend van de regen.

Vicky, dacht ik, klam van het zweet.

Toen zag ik haar.

Ze stond te midden van een paar mannen van wie ik enkele herkende als de musici van de avond tevoren in het
restaurant. De langharige violist had een groot bord om zijn
nek. De musici zongen een lied en traden al zingend steeds
dichter op de guardia civil toe recht tegenover hen. Ik zag de
paniek groeien in de ogen van de jonge agenten. Ik hoorde
Vicky scheldwoorden schreeuwen. Ik hoorde de woede in
haar stem. De provocatie. De frustratie. Ik hoorde haar ka-
potte vioolsnaren.

Tevergeefs probeerde ik bij haar te komen maar de menigte drong mij terug. Ik wilde roepen maar er kwam geen geluid uit mijn keel.

Een man met een indiaans voorkomen maakte zich los uit
het groepje en probeerde zingend bijval te veroveren bij de
omstanders. Plotseling stond hij pal voor mij. Ik keek in een
sterk gezicht met een gekwelde uitdrukking.

'Argentinië is ziek,' schreeuwde hij in mijn oor, 'Argentinië is ziek tot op het merg. Wij Argentijnen hebben de hoop
verloren. Dat is het ergste. Wij hadden beter naar onze dich-
ters moeten luisteren!'

Ik deed een stap achteruit. Hij begon met schorre stem om
zich heen te zingen: *'Libera tu esperanza con un grito en la voz.'*

Maaiend met zijn armen veroverde hij de ruimte om zich
heen. 'Argentinië!' zong hij, 'bevrijd je hoop met een schreeuw
in je stem!'

Het lawaai van de pannen nam wat af. Mensen draaiden
zich om en begonnen mee te klappen.

Verbeten zong de man door, met zijn armen in de lucht, de

mensen om hem heen aanmanend met hem mee te doen. Even was er een aarzeling, een gêne, maar toen barstte de menigte los als een slavenkoor. Het lied steeg op langs de hoge muren van het bankgebouw en golfde de straten van Buenos Aires in als een aanzwellend protest. Het trilde in mijn oren en deed mijn hart kloppen.

Weer was ik Vicky uit het oog verloren.

Plotseling kwam er van de andere kant een golfbeweging in de mensenmassa. Een paar politieagenten drongen zich een weg door een groepje demonstranten. De zingende man werd midden in zijn extase ruw door iemand naar voren geduwd. Hij wankelde, viel tegen mij aan en greep mijn schouders om niet op de grond terecht te komen. Ik schrok maar hield dat zware schokkende lichaam aan mijn borst. Hij barstte in snikken uit. Hij tilde zijn hoofd op en bracht zijn gezicht vlak bij mijn gezicht. Het was drijfnat van tranen en de regen.

'Luistert u naar het lied, señora, de schreeuw in het lied, de schreeuw in het lied.'

Een moment lang voelde ik een hevige ontzetting. Het was of hij mij waarschuwde. Maar waarvoor? Achter hem doken twee politieagenten op, die hem bij de schouders grepen en hem van mij losscheurden.

Opeens was daar Vicky, die zich losrukte uit de greep van een agent en in mijn oor siste: 'Kom, we smeren 'm.'

3

De hele rit zat Vicky met de taxichauffeur te schelden op de slechte economische situatie.

De hele rit zat ik mijn woede op haar te verbijten.

'Foeteren helpt niet.' Vicky lachte alweer toen ze de taxi uit stapte. 'En kijk eens, hier schijnt de zon tenminste.'

We stonden aan de rand van La Boca. Ik keek verbaasd om mij heen naar de kleine felgekleurde huisjes. De scheve deuren van de souvenirwinkeltjes stonden gastvrij open. Er dreven flarden nostalgische muziek die meegenomen werden door de wind. In de straat zwierven een paar honden rond, op zoek naar etensresten.

Ik had het gevoel alsof ik de set op wandelde van een film uit de jaren dertig. Mijn oog viel op grote verbleekte zwartwitfoto's van een man met gladde achterovergekamde haren. Ik herkende hem van vroeger. Carlos Gardel, de keizer van de tango. Een heilige volgens mijn vader. Van alle kanten glimlachte de heilige mij toe.

'Volver' was een tango van Carlos Gardel.

Een heftig verlangen om over mijn droom te praten beving mij. Ik greep Vicky bij de arm.

'Momentje,' zei Vicky, 'ik kijk even of ik hier soms kan pinnen. Je weet maar nooit.'

De mensen in La Boca waren oud en van een trieste plechtigheid. Geconcentreerd legden een paar mannen een kaartje aan een smeedijzeren tafeltje voor de deur van een smal huis. De gesloten gezichten straalden iets van een noblesse uit. Een trots te midden van de nederigheid van dit bizarre decor uit een kindertoneelstuk. Een historisch bewustzijn te midden van de bonte huizen met golfplaten daken en versleten lattenwerk. Het was alsof de tijd hier had stilgestaan. Ik zag op de hoek een mimespeler onbeweeglijk als een gouden standbeeld op een sokkel staan. Misschien was hij daar een eeuw geleden al op gestapt om stralend en stil getuige te zijn van crisis op crisis.

Ik liep langzaam in de richting die Vicky was gegaan, de hoofdstraat in. Links en rechts stonden stalletjes met kunstwerken. Overal aanbiedingen van tangolessen. Ik voelde mij opeens onbehaaglijk. Het was zoiets als het betreden van vijandelijk gebied. Ik bleef stilstaan toen er plotseling een bandoneonist in het midden van de lange straat een tango begon te spelen. Met die passie die mij zo bekend was. Ik keerde me af en zag Vicky staan. Vicky zag mij niet aankomen. Ze stond heftig te gebaren met haar mobieltje tegen haar oor gedrukt.

'Ik weet niet wat ik moet doen,' hoorde ik haar zeggen, 'de situatie wordt steeds pijnlijker.'

Ik draaide me om en liep terug naar de muziek.

Even later kwam Vicky naast mij staan.

Binnen een afgebakende ruimte midden in de straat bewoog een danspaar zich als een traag tweekoppig dier op de meeslepende tonen van een oude tango. De vrouw droeg extreem hoge hakken. Haar bleke, knappe gezicht was gesloten, de vuurrode mond stond strak. Haar lange haar deinde elegant in het spannende ritme van de tango. Ze leek weg te dromen in de armen van de oudere man met een koninklijk gezicht.

De bandoneonist die hen begeleidde, speelde met zijn ogen dicht, in vervoering. Ook mijn vader had ik dikwijls zo zien spelen, in die houding van diepe concentratie. Zijn hoofd gebogen naar zijn instrument als in een vertrouwelijk gesprek met een boezemvriend.

Vicky had mij bij de arm gepakt. Om ons heen waren meer mensen komen staan. Een stel Amerikaanse toeristen dat eerst luidruchtig commentaar had geleverd, keek nu dood-stil toe, geïmponeerd door de grandeur van de twee dansers. Een oude vrouw met een boodschappentas zong zacht de melodie mee. Het leek of alles en iedereen in deze straat on-der de betovering was gekomen van de twee artiesten die in hun dans een droevig verhaal vertelden dat door elke om-stander herkend werd. Zelfs het geluid van het verkeer had zich opgelost in de galmen van de tango.

Ik werd bevangen door een vreemd oud verdriet maar ook door een verlangen om op deze muziek te dansen. Toch durfde ik niet mee te deinen op het ritme zoals Vicky deed. Ik kon niet anders dan mijn rug stokstijf en kaarsrecht hou-den. Heel even had ik het gevoel dat moeder mij in een on-verbiddelijke greep hield. Ik kon geen kant op. De dansers naderden mij zo dicht dat ik hun zweet rook. De donkere ogen van de man kruisten mijn blik. Het was alsof hij mijn verlangen had opgevangen. Ik wendde mijn blik af.

Maar de muziek sneed door mijn ziel en ik ervoer de uit-halen van de bandoneon als lange snikken die mij de adem benamen. Ik wilde me omdraaien om mijzelf te redden.

'Marisa!' Vicky's stem, uitdagend, dwong mij tot stilstaan. 'Hij wil met je dansen.'

De tangodanser stond voor mij. Zijn zwarte melancholie-ke ogen waren strak op me gericht. Hij maakte met zijn ar-men een uitnodigend gebaar. De bandoneon ging over in een andere toonsoort en sneed een nieuwe tango aan. Ik meende het thema te herkennen.

Het leek of Vicky schrok. Ze greep mijn arm en wilde me wegtrekken. Maar het was te laat. Ergens in mijn geest wa-ren beelden wakker geworden die zich alleen 's nachts lieten gelden. De danser neuriede het thema mee en ik hield mijn adem in. Ik zag over de schouder van de man dat zijn jonge partner op een klein krukje zat, haar rode rok omhoogge- schoven zodat de benen in visnetkousen tot en met de dijen zichtbaar waren. Ze rookte een sigaret en in de blik die ze mij toewierp lag een bevel. Ook het kleine publiek rondom de dansvloer keek mij vol verwachting aan.

Het lied sprong verheugd in mij op. En die vervloekte tan- go verzamelde alle rondgestrooide tekstregels en vlocht zich ineen tot een eerste openbaring daar midden op straat.

Ik moest wel in de armen van de danser glijden.

'Volver...'

Ik moest mij wel in de rustige bewegingen van de danser la- ten gaan. Intuïtief volgden mijn benen het ritme. Ik meende mijn vader te horen met zijn zoete Argentijnse Spaans.

'Sentir...'

De dijspieren van de man waren sterk en vertelden mij pre- cies wat ik moest doen, waarheen ik moest gaan. Mijn hoofd gleed naar achteren en ik voelde de krachtige druk van de arm in mijn rug die mij ondersteunde in een zwaai bijna tot de vloer, waarna hij mij in een snelle draai meenam. Er klonk een goedkeurend gemompel in het publiek en zelfs hier en daar een zwak applaus. Ik voelde hoe de man zwaar, maar beheerst ademde en ik probeerde mijn eigen adem daarop af te stemmen, beschaamd dat ik zo hijgde. Toch had ik het ge- voel dat ik uren met deze man door kon dansen. Hij liet mij zweven en mijn lichaam begreep hem.

Papa, wat dans je heerlijk.

'pero el viajero que huye
tarde o temprano detiene su andar'

Toen brak de betovering en alle kracht vloeide uit mijn benen weg. Ik leunde zwaar op de danser en mijn ogen zochten mijn zuster tussen de toeschouwers. Maar Vicky had zich omgedraaid en baande zich een weg door het publiek. De bandoneon speelde door. De danser tegenover mij stond stil met zijn mond halfopen. Zijn tanden blikkerden. Het lied hing te wachten tussen zijn geopende lippen om verder gezongen te worden.

Ik maakte me los en struikelde over de voeten van de toeschouwers.

'Wacht! Wacht! Wácht!'

Vicky hield haar pas in. Ik hijgde, hoestte en bracht er uit: 'Wat is er aan de hand! Waarom sla je op de vlucht?'

Vicky's gezicht was ongewoon bleek en ik zag een angst in haar ogen die ik niet begreep. Maar mijn eigen woede begreep ik evenmin.

'Vicky!' Ik greep haar bij de schouders. 'Waarom doe je dat! Waarom loop je weg!'

De schreeuwende kleuren van de huizen leken ons te belagen. La Boca werd opeens een spottend lachende mond. Zelfs de zwerfhonden blaften beschuldigend tegen mij. Wat had ik verkeerd gedaan?

'Het is die tango,' fluisterde Vicky, 'Volver...'

We keken elkaar aan. Ik liet haar los. Ik zag mijn zusje zoals ik haar in mijn droom over papa had gezien. Ze speelde viool en haar tranen dropen van de snaren.

'Wat weet je van papa's dood?' vroeg ze plotseling.

Maar ik kon niets zeggen. Opeens kreeg ik het koud.

'Wat weet jij van papa's dood!' schreeuwde Vicky mij toe.

Onwillekeurig week ik achteruit.

'Niets.' Mijn stem klonk rauw als het krassen van een vogel.

'Niets?'

'Niets. Niemand heeft me ooit iets verteld.'

Alleen mijn moeder had iets gezegd, toen mijn vader stierf. Iets verschrikkelijks.

En ik had dat weg gezongen.

De laatste bandoneonakkoorden van de tango losten op in de straatgeluiden.

'Je hebt dus geen idee wie papa was. Je weet helemaal niets van ons. Je vraagt ook helemaal geen zak. Waarom ben je eigenlijk gekomen?'

Ik bracht mijn onwillige stembanden tot actie en raspte: 'Jij hebt ook niets over mama gevraagd, Vicky.'

'Alsof dat mens mij nog interesseert. Ze is nooit een moeder voor me geweest.'

Ik keek in die blauwe, strakke ogen. Hoe kon ik haar in vertrouwen nemen?

'God, Vicky, ik mag in feite helemaal niet praten.'

'Je kunt best praten. Je praat nu toch ook.'

'Ik praat niet,' zei ik, 'ik kras. Het is geen gehoor. En bovendien kom ik hier voor rust.'

'Je bent alleen maar met jezelf bezig. En wat die stem betreft: ik vind hem prachtig. Je hoort jezelf kennelijk niet. Maar die hese, gebroken stem, daar is niets mis mee.'

'Ik was sopraan, Vicky!'

'Dan ben je behoorlijk naar beneden gedonderd. Je zit nu aan je basis. Hier in Argentinië. En dat is vast niet voor niets.'

'Wat bedoel je.'

Vicky keek weg.

'Papa heeft het vaak over je gehad. Over die sopraanstem van jou.'

'Je liegt! Ik bestond niet meer voor hem!'

Mijn stem schoot onbeheerst de hoogte in. Vicky giechelde.

'Sorry, sorry,' zei ze snel, 'ontplof niet zo. Ik zweer het je. Je moest eens weten hoe vaak jouw naam hier viel.'

Hou op, Vicky. Papa heeft me in de steek gelaten. En jij ook.

Maar ik wilde ook dat ze me alle bijzonderheden vertelde van mijn papa. Zij was mijn zuster en zij was de baas over mijn vaders verleden.

'Waar woonden jullie, die eerste tijd hier in Buenos Aires,' vroeg ik stroef.

'Hipólito Yrigoyen,' zei Vicky terwijl ze doorliep en een nummer mompelde dat ik nog net opving. 'We gaan terug naar het centrum.'

Ze ging op de stoeprand van de straat staan om een taxi aan te houden.

'Ik wil het huis zien waar jullie dat eerste jaar hebben gewoond.'

'Nee, in geen geval. Nee, nee.'

'Waarom niet?'

'Dat heeft geen enkele zin.'

Een zwarte taxi kwam met grote vaart aanrijden en maakte een elegante zwaai als een grote hommel die gaat landen op een bloem. Hij stopte vlak voor Vicky. Vicky keek mij aan.

'Het huis bestaat niet meer. Althans, het is nu een hotel. Kom, we gaan naar het Colontheater voor een rondleiding. En daarna naar het Recoletakerkhof, waar Eva Perón begraven ligt.' Ze opende de deur van de taxi en draaide zich naar mij om: 'Je kwam hier toch voor rust?'

In de taxi leunde ze naar achteren, haar ogen theatraal gesloten alsof ze schoon genoeg van me had. Ik sloeg met een klap de deur dicht, sprong naar achteren en stak de straat over.

'Hipólito Yrigoyen,' zei ik tegen de chauffeur van de andere taxi.

4

Hipólito Yrigoyen bleek een nauwe drukke zijstraat van de brede Avenida 9 de Julio te zijn. Die boulevard was een van de hoofdaders van Buenos Aires; volgens de taxichauffeur de breedste boulevard ter wereld.

Hij zette mij af voor een smal hoog huis met een vuilwitte gevel. Van de hoge voordeur was de lak half afgebladderd.

Ik keek op naar de gietijzeren balkonnetjes op de derde, vierde en vijfde verdieping. Met kloppend hart drukte ik op de bel en even later sprong de zware deur open. Hier ga ik dan, op bezoek bij papa, dacht ik. Op bezoek in een verboden verleden. Waar ben ik in vredesnaam mee bezig? Het was alsof iemand anders het van mij had overgenomen en ik gehoorzaamde blindelings.

De deur sloeg dicht met een zachte plof. Ik keek in een donkere verlaten hal met een hoog plafond waaraan spinnenwebben zachtjes deinden in een tochtstroom. Donkere lambriseringen langs de wanden. Een geur van oud hout. In de hoek een paar opengescheurde vuilniszakken. Een vaalroze loper op de stoffige, granieten vloer. Maar de trap naar boven had een leuning van kunstig houtsnijwerk.

Langzaam liep ik de trap op. Ik voelde me slecht op mijn gemak. Ik was een indringer.

Het was stil boven. De trap maakte een volle draai; het werd lichter, schoner en breder. De houten trapleuning was overgegaan in een jugendstilachtig smeedijzeren hekwerk.

Ik keek op, recht in de ogen van een jonge vrouw. Ze stond voor een houten kantoortje met een deur van glas in lood.

'Ja?'

'Ik... Mijn vader heeft hier gewoond. Martín Grande. Twintig jaar geleden.'

Ze staarde me aan. Ik voelde me een dwaas. Twintig jaar geleden was ze nog niet eens puber.

'Martín Grande? De *tanguero*?'

Met bonkend hart knikte ik. Ik had Vicky niet nodig op mijn zoektocht.

'Het laatste jaar van de dictatuur... ' begon ik om haar op weg te helpen.

'We spreken niet graag meer over die tijd,' zei ze kort.

'Maar mijn vader... heeft u mijn vader gekend?'

Ik kreeg een hoestbui. Toen die over was, had ik tranen in mijn ogen.

'Wacht,' zei de vrouw, 'mijn moeder,' en ze liep het kantoor binnen. Ik hoorde haar zacht praten. Ik draaide mij om en keek de hal in. En wachtte.

'Ben jij een dochter van die *tanguero*? Ik ken alleen dat kleine blonde meisje van toen.'

Achter mij stond een korte gezette vrouw van ver in de zestig. Ze had een bril op met een zwart montuur. De glazen ervan maakten haar ogen groot en dreigend.

Ik slikte. 'Dat is mijn zuster. Ik ben zijn oudste dochter. Uit Amsterdam.'

Ze mompelde terwijl ze mij aan bleef staren: 'U lijkt bar weinig op hem.' Het klonk als een beschuldiging. Het idiote was dat ik me ook schuldig voelde.

'U hebt mijn vader dus gekend?'

Ze zei niets en ik dacht dat ze me niet gehoord had.

'Don Martín,' herhaalde ik. Ik zocht naar een papieren zakdoekje in mijn zak om de tranen die uit mijn ogen rolden af te vegen. Ik schaamde me dood.

'Die andere, die bullebak, die herinner ik me vooral. Tragisch, tragisch...'

'Mijn zusje?' vroeg ik verschrikt.

'Nee, nee, die onbeschofterik, kom hoe heette hij...' Ze zuchtte en haalde haar schouders op. Ik dacht dat ze weer terug wilde gaan naar het kantoortje en vroeg snel: 'Zou ik de kamer mogen zien waar mijn vader gewoond heeft?'

'Waarom?'

Ik wist geen antwoord.

'De kamer is bezet,' zei ze stroef. Haar onnatuurlijk grote ogen bleven me maar opnemen. Ze deed me denken aan een uil.

'Alstublieft,' zei ik.

'Er zit op het ogenblik een gast in, een Duitser,' zei de vrouw, 'maar hij is nu even weg. Komt u dan maar mee.'

We liepen naar de patio; een witgeschilderde ruimte waar ver boven onze hoofden een glazen dak het zonlicht doorliet. Er stonden grote aarden potten vol tropische planten met vreemd gevormde bloemen. Ze verspreidden een zoete geur. De vrouw bleef staan bij een klaterend fonteintje. Ze keek naar het spel van het water. Het duurde wel een minuut voordat ze iets zei. Ik ging naast haar staan. Ik voelde de spatjes van het water op mijn gezicht en handen.

'Uw vader heeft hier maar een jaar gewoond.' Ze zweeg even. 'Dit huis is al veertig jaar van mij. Ik verhuurde het indertijd aan een kunstenaar en woonde zelf beneden.' Ze keek om zich heen. Ik volgde haar blik langs de witte muren.

'Hij had deze galerij vol marmeren beelden staan.'

Ik kon me daar iets bij voorstellen. De ruimte leende zich uitstekend voor kunstwerken. Maar daarvoor kwam ik hier niet.

'Toen was de patio nog niet overdekt. Soms stonden die beelden in de regen. Ik vond dat maar niets. Al die naakte schreeuwende indiaanse vrouwen.' Ze schudde haar hoofd.

'Er woonde toen ook nog een tijdje een soort waarzegger. Don Claudio heette hij. Een indiaanse instrumentenbouwer uit het noorden. Uit Tucumán. Hij had die kamer daar.'

Ze wees naar een witte deur waarvoor een grote terracotta pot stond met een bloeiende rozenstruik. De rozen waren dieprood van kleur en sperden hun hart dramatisch open.

'Die andere kamer,' en ze wees naar een vertrek aan de rechterkant van de patio, 'die kamer had openslaande glazen deuren. Daar stond de piano. Als de vrouw van die kunstenaar daarop speelde, galmde het door het hele huis van onder tot boven. Wat kon dat mens spelen. Bolero's, *zambas*. En tango's natuurlijk, maar die waren toen zowat verboden.'

'En mijn vader?'

Ze wachtte even en zei toen: 'Uw vader trok zich daar niets van aan. Hij zong alle tango's van Gardel en hij kende honderden andere. Als die twee samen muziek maakten, raakte je volslagen betoverd.'

Roerloos luisterde ik naar haar.

Een hotelgast in badjas liep gapend langs de galerij, een handdoek om zijn nek en een toilettas onder zijn arm.

Ik zag mijn vader ook zo rondlopen in zijn donkerrode kamerjas. Gapend, galmend en gelukkig. Ik slaagde erin te vragen: 'Waarom is mijn vader hier weggegaan?'

Er zoemde een vlieg om de planten. Hij landde op een blad en bleef handenwrijvend zitten, alsof hij ook vol spanning op het antwoord wachtte.

'Hij moest wel.'

'Waarom?'

Ze nam haar bril van haar neus en begon de glazen zorgvuldig op te wrijven aan haar schort.

'Het is allemaal zo lang geleden,' zei ze, 'je wilt die dingen het liefst vergeten. Maar nu u het me vraagt, zie ik het weer allemaal voor me.'

'Ja?'

'En ik weet niet of ik dat prettig vind.'

Haar ogen waren opeens klein en verdrietig zonder bril.

'Wat is er dan gebeurd,' fluisterde ik. Ze zette de bril weer op haar neus. Toen ze begon te praten, was het alsof ze alleen maar tegen zichzelf sprak. Ik moest moeite doen om haar te verstaan.

'Die beeldhouwer, dat was een vreemde snoeshaan. Je wist nooit wat je aan hem had. Opvliegend, ja, je werd er bang van. Ze hebben hem gearresteerd die nacht. Opgepakt. Zoiets gebeurde om de haverklap. Ze kwamen altijd 's nachts. We hebben hem nooit meer gezien.'

De vrouw bewoog haar handen plotseling onrustig. Misschien kwam het door de witte muren, maar ze zag er bleek uit.

'Ik praat niet graag over die jaren, mevrouw,' zei ze plotseling, 'het was een verschrikkelijke tijd.'

Het klaterende water van de fontein klonk als een vreugdeloze schaterlach.

'Altijd die angst.'

'Ja,' zei ik. 'Ja. En mijn vader?'

'Ze moesten hier weg. Het was te gevaarlijk. Uw vader nam die vrouw mee. De politie had hier alles kort en klein geslagen. Al die beelden in brokstukken. Zo erg.'

De vlieg kroop rond op het blad, sloeg z'n vleugels uit en belandde op mijn hand.

'Waar is mijn vader naartoe gegaan?' fluisterde ik.

De jonge vrouw kwam de patio binnenlopen.

'Als je in die kamer wilt kijken, moet je het nu doen,' zei ze tegen haar moeder. 'En hou het kort. Die Duitser komt zo weer terug.'

De kamer was hoog met witgepleisterde wanden. Er stond een breed bed met een brokaten sprei erop. Lange gordijnen van donkerblauw fluweel hingen vanaf het versierde plafond naar beneden en zakten in draperieën neer op de stoffige houten vloer. Tegen de muur stond een notenhouten buffet met een spiegel in het midden. Daarachter was een kleine badkamer. De kamer ademde een trotse naaktheid uit, een chique armoede. De Duitser had zijn spullen keurig geordend. Ik probeerde er niet naar te kijken. Ik vroeg me af waar papa zijn bandoneon zou hebben neergezet. En Vicky haar vioolkist. De vrouw streek met haar handen langs het buffet.

'Dat stond er al toen uw vader hier woonde met dat kleine meisje. Het is een oude Spaanse kast, uit de koloniale tijd.' Ze liep naar het raam, opende het en stapte op het kleine balkon.

'U kunt van hieruit de Avenida 9 de Julio zien.' Samen stonden we daar en keken naar rechts, waar we het verkeer zagen razen over de brede boulevard.

'Mijn zusje moet hier vaak gestaan hebben.'

De vrouw keek me van opzij aan. 'Hoe weet u dat?'

Ik haalde mijn schouders op. Ik zou hetzelfde gedaan hebben, dacht ik. Maar de woorden kwamen mijn keel niet uit.

'Ze wachtte hier altijd op haar vader. Ik kon haar vanaf beneden over de balustrade zien hangen.'

'Was mijn vader vaak weg?'

'Ja. Hele dagen soms. Een vriendelijke man, uw vader. Ja, dat herinner ik me. Hij heeft me wel eens verteld dat hij werk zocht als zanger en dat hij zo nu en dan een orkest dirigeerde, als invaller.'

'Net als in Holland.'

'Maar hier was het gevaarlijk.'

'Waarom?'

'Wat hij deed was clandestien.'

'Mocht er dan geen muziek gemaakt worden?'

'Alleen bepaalde muziek. Zeker geen tango's. Als je sommige liederen zong, kon je opgepakt worden.'

'Maar hij was niet bang?'

'Alle mensen waren bang in die tijd, mevrouw.'

Ik zag mijn tienjarige zusje voor mij, hangend tegen het smeedijzeren balkon, verloren in Buenos Aires, zoals ik mij verloren had gevoeld in Amsterdam. Ik had mij zo vaak afgevraagd hoe het haar vergaan was, maar even dikwijls was mijn nieuwsgierigheid gesmoord door moeders norse weigering op mijn vragen in te gaan.

'En mijn zusje?'

De vrouw draaide zich om.

'Een bijdehandje, dat was ze. En vioolspelen! Het liefst in de patio. Vanwege de akoestiek. Net een kathedraal, zei ze altijd. Een talentvol meiske. En die vrouw speelde mee op de piano.'

'Die vrouw?'

'De vrouw van die beeldhouwer. Vraag me niet hoe ze heette.'

We stonden weer tussen de witte muren van de patio. Ik had duizend vragen. Ik kon mij onmogelijk losrukken van dit huis. Maar de vrouw keek op haar horloge.

Wat treurig, dacht ik. Papa en Vicky die hier woonden, terwijl ik in die tijd gewoon naar school ging in Amsterdam en alleen maar bezig was met zanglessen. En mama, die langzaam mijn leven in bezit nam zonder dat ik protesteerde.

Het geluid van het klaterende water was opeens oorverdovend. Er schreeuwde onrecht in. Nooit had ik een brief van hen gekregen. Nooit een brief uit Buenos Aires. Indertijd had ik het als vanzelfsprekend geaccepteerd. Maar nu was het onverteerbaar.

De witte muren werden wazig door de tranen in mijn ogen. Het liefst was ik op de bank gaan zitten bij de fontein. De hele middag daar zitten en dit eerste spoor van mijn vader diep op mij in laten werken, diep mijn lichaam in masseren.

'Córdoba.'

De vrouw knipte plotseling met haar vingers. 'Hij ging naar Córdoba, uw vader.'

Ze keek naar beneden, naar de vloertegels en zocht in haar

herinnering. 'Hij wilde daar per se heen. Maar ze liepen recht in de val.'

'Wat bedoelt u?'

De vrouw ontweek mijn blik. Ik hoorde een zware mannenstem achter mij. 'De Duitser,' fluisterde ze en ze liep terug naar het kantoor.

Ik volgde haar langzaam. Hoe kon ik haar ertoe brengen haar verhaal voort te zetten? Deze vrouw wist veel. Wat ze me in een halfuur verteld had, was meer dan Vicky in een etmaal losgelaten had.

Ik gluurde het kantoor in. De vrouw zag me, maar schudde haar hoofd. Haar dochter keek geïrriteerd naar me. Ik begreep de boodschap.

Langzaam begon ik de trap af te lopen. Naar beneden waar het licht uitgevallen was. Mijn hand gleed over de gladde trapleuning alsof ik daarlangs een oud spoor volgde van mijn vaders hand.

De diepte in.

5

Ik liep tussen de mensenmassa over de Avenida 9 de Julio. Het was intussen gaan regenen en ik had het koud. In een zijstraat dook ik een cafeetje in en bestelde een kop hete koffie. Ik ging bij het raam zitten en dacht na over wat ik te weten was gekomen. Het was me vreemd te moede. Eindelijk was ik mijn vader op het spoor. Mijn vader die mij lang geleden zomaar achtergelaten had in Holland. Alsof het zo hoorde. Een vader die zijn eigen weg ging. Hoeveel vaders deden dat niet? Hij had zijn redenen gehad. Na zijn aankomst in Argentinië had hij een jaar lang in dat bovenhuis gewoond. Daar woonden ook een beeldhouwer met zijn vrouw en nog iemand. Een indiaan of zo. Op een nacht werd die beeldhouwer gearresteerd. Mijn vader ging daarna naar Córdoba, samen met die vrouw. En natuurlijk ook Vicky. Ze liepen daar in de val, volgens de verhuurster. Wat had ze daarmee willen zeggen?

Ik zou terug moeten, dacht ik, om het haar gewoon te vragen. Uiteindelijk was die gebrilde vrouw niet zo onwillig geweest om over het verleden te vertellen. Maar waarom kon ik het niet gewoon aan Vicky vragen?

In het cafeetje was een telefooncel, maar toen ik Vicky probeerde te bellen nam ze niet op.

Ze is woedend, dacht ik, maar ze heeft het ernaar gemaakt. Haar wispelturigheid. Haar tegenstrijdigheid en terughoudendheid waar het papa betreft. Ik herinnerde mij haar reactie in La Boca bij het horen van de tango 'Volver'.

Ze is bang, besloot ik. Het lijkt wel alsof ook zij een droom heeft gehad waarin die tango zich heeft opgedrongen. Dat is natuurlijk een belachelijke gedachte. Maar waarom kunnen we daar niet gewoon over praten met elkaar?

Ik nam me voor haar bij de lunch in vertrouwen te nemen en het ijs te breken. Dan maar met een rochelstem.

Plotseling moest ik denken aan wat Vicky die avond tevoren gezegd had: 'Er is hier zoveel gebeurd. Zoveel wat jullie maar beter niet konden weten.'

Ik begon me langzaam te realiseren dat het leven van mijn vader omgeven was door geheimen. Maar had ik als oudste dochter niet het recht om daarin gekend te worden?

Ik nam een tweede koffie en daarna liep ik opnieuw naar de telefooncel. Maar Vicky had haar mobieltje uitgezet.

Ik moest terug naar het hotel.

'Uw zuster is een uur geleden vertrokken naar het vliegveld,' zei de hotelmanager.

Ik rende de trap op naar onze kamer. Vicky's tas was verdwenen. Al haar spullen waren weg. Op het tafeltje waar *Misdaad en straf* had gelegen, lag een briefje met een groot en slordig handschrift:

Marisa, het werkt niet tussen ons. Het heeft nooit gewerkt.
Ga terug naar waar je vandaan komt en meng je niet in onze le-
vens.
Ik ga naar huis.
Vicky

Ik bleef lang op het bed zitten. Mijn lichaam gloeide. Mijn keel deed pijn. Ik zei schor: Vicky. Vicky. Potverdomme. Kreng.

'Uw zuster heeft maar een half adres achtergelaten.' De hotelmanager keek het gastenboek door. 'Er staat hier enkel dat ze uit Córdoba komt.'

'Córdoba?'

Mijn hart sloeg dubbel.

'Ja, mevrouw. Villa Giardino. Een dorp in die omgeving.'

'Hoe ver is dat hiervandaan? Córdoba?'

'Ongeveer zevenhonderd kilometer, mevrouw.'

Ik liet mij in een van de fauteuils zakken. Mijn lichaam voelde opeens slap. Daar zat ik dan. Helemaal alleen in een koud Buenos Aires. Wat moest ik doen? Ik hoorde Philip zeggen: wedden dat je binnen een week met hangende pootjes terugkeert?

'Volver', dacht ik. Terugkeren, onverrichter zake. Dat kan de bedoeling niet zijn. Nooit. Vicky wil de familieband definitief doorsnijden. Maar dan ben ik echt een wees. Dan heb ik zelfs geen zuster meer. Dan ben ik helemaal alleen. En Vicky is de sleutel naar papa. Ik heb haar nodig. Papa wil dat ik hier ben. Hij heeft zijn lijflied op mij afgestuurd om mij iets te zeggen. Maar wat?

'Die binnenlandse vlucht van vandaag haalt u niet meer, mevrouw,' zei de manager. 'Maar er gaan wel nachtbussen naar Córdoba. Dan bent u daar morgenochtend.'

Ik keek naar hem op vanuit de fauteuil. Zijn woorden drongen maar half tot mij door. Opnieuw hoorde ik Philips stem: 'Dit is helemaal niets voor jou.' Hij had gelijk.

De manager boog zich over de balie naar mij toe. Er blonk iets meewarigs in zijn ogen. Voordat hij iets kon zeggen, fluisterde ik: 'Kunt u alstublieft voor mij een zitplaats reserveren in die nachtbus?'

Het was al bijna middernacht toen ik vanaf het grote Retiro-busstation in de bus stapte richting Córdoba.

Er waren niet veel mensen op de perrons. Ook de bus was vrijwel leeg en de chauffeur leek ontstemd dat hij voor zo'n handjevol passagiers zevenhonderd kilometer in de nacht moest rijden.

Ik had een zitplaats in het midden en installeerde me zo comfortabel mogelijk.

'Het is een heel eind,' had de hotelmanager gezegd, 'maar de bussen in Argentinië zijn uitstekend. U zult goed kunnen slapen en u wordt morgenochtend wakker met de zon boven de pampa.'

Ik had hem een flinke fooi gegeven. Hij had er geen bezwaar tegen gehad dat ik de hele middag op mijn kamer was gebleven om urenlang te slapen. Ik had me ziek gevoeld; de hotelkamer was niet verwarmd. In de avond had ik een hapje gegeten in het restaurant. Mijn pogingen om Vicky te bereiken liepen op niets uit. Zelfs geen voicemail.

Ik klapte de rugleuning helemaal naar achteren. Mijn schoenen zette ik op mijn tas onder mijn stoel. Het flesje water was binnen handbereik. Veel drinken, had mijn kno-arts gezegd, water is olie voor de stembanden.

Maar zouden mijn stembanden ooit nog genezen?

De deuren sloten zich met een diepe zucht. Onder me voelde ik de trilling van de motor. Ik strekte me uit en trok de deken over me heen die door de chauffeur aan de passagiers was uitgereikt.

Meevoeren liet ik me, steeds verder weg uit mijn vertrouwde bestaan dat toch al volledig overhooplag. Ik had geen flauw vermoeden van wat me te wachten stond.

Ik had mijn huis in Amsterdam achtergelaten waar niemand meer was. Niemand. Nu liet ik toe dat de bus mij de Argentijnse nacht in droeg. Naar het onbekende huis van Vicky. Naar Córdoba, waar mijn vader indertijd heen was gevlucht, samen met die vrouw. Ze waren daar in de val gelopen.

Op de achtergrond van mijn gedachten begon een stem aan te zwellen. Bekend en gevreesd. De stem van mijn moeder, die als een verre misthoorn mij waarschuwde voor een onbestemd gevaar.

Van slapen kwam de eerste uren niet veel. In mijn hoofd raasden de gedachten achter elkaar door. Het had mij geschokt de kamer te zien waarin mijn vader met Vicky gewoond had. De vrouw met de uilenbril staarde me voortdurend aan. Ik hoorde haar woorden: 'Het was zo'n verschrikkelijke tijd.' Waarom was papa twintig jaar geleden dan toch teruggegaan naar Argentinië? Juist in die verschrikkelijke tijd? Was zijn huwelijk met mijn moeder dan nog veel verschrikkelijker geweest?

'Volver'.

Ik staarde naar het zwarte gat van het landschap buiten. Ik liet gelaten toe dat het lied mijn gedachten met zich meetrok.

Papa heeft me geroepen. Hij heeft me geroepen om terug te keren. Om mij af te keren van mijn eigen bestaan, het onbekende tegemoet.

Waarom, papa? Waarom nu pas? Waarom juist nu; nu jij dood bent en ik mijn stem kwijt ben?

Ik zag het huis in Hipólito Yrigoyen voor me. Ik zag mijn vader drentelen in de patio. Aan de vleugel speelde de vrouw van de beeldhouwer. Ze speelde het intro. Hij viel in met die vochtige stem:

'Yo adivino el parpadeo
De las luces que a lo lejos
Van marcando mi retorno...'

Welke sterren hadden zijn terugkeer naar Argentinië gemarkeerd? Hoe had de hemel toegekeken, toen hij zijn gezin verliet om zijn geboorteland weer te betreden? Zijn noodlot tegemoet. Volgens moeder.

Noodlot? Mijn vader was op zijn manier religieus geweest. Hij had een diep ontzag gehad voor het mysterie van leven en dood. Muziek was voor hem een uitzonderlijk geschenk van God aan de mensen. Het was papa geweest die mijn stem een engelenstem had genoemd.

Geloofde mijn vader in het noodlot?

Hij zou erom gelachen hebben. Niet alleen muziek was een cadeau. Ook de lach. Hij zat een keer op een zomeravond met zijn Argentijnse vrienden in de tuin van het grachtenhuis tussen de rododendronstruiken. Een van zijn vrienden maakte een grap over Argentinië waar hij om moest schateren. Moeder had daarna opgemerkt dat het ongepast was te spotten met je vaderland.

Maar papa zei: 'Als je niet meer kunt lachen om je eigen land, ben je er beroerd aan toe.' Hij had eraan toegevoegd dat mama als echte Spaanse haar land veel te serieus nam. In de woordenstrijd daarna had hij geroepen dat God zelf zich af en toe op de knieën sloeg als hij naar Argentinië keek en helemaal dubbel lag als zijn oog op Spanje viel.

Toen hij weg was, verdween de lach voorgoed uit het grachtenhuis.

'... bajo el burlón mirar de las estrellas
que con indiferencia hoy me ven volver...'

Volgens het lied hadden de sterren koud en onverschillig zijn terugkeer gadegeslagen. Koud en onverschillig zoals hij zelf in die taxi was gestapt met Vicky. Zonder nog ooit naar mij om te kijken. Een ploert was hij, zei moeder. En ze had gelijk. Vicky kon tien keer zeggen dat mijn naam hier in Argentinië veel was gevallen, maar wat had ik daaraan?

Wij werden als kinderen eerlijk verdeeld. De muziek had ons gezin moeten binden. Er wordt wel gezegd dat muziek helend is. Maar de muziek joeg ons gezin uiteen.

'... y aunque no quise el regreso...'

Maar waarom was hij dan teruggegaan? Wat was er dan geweest dat zo sterk was, dat hij met zijn jongste dochter de gevaren trotseerde van een land onder dictatoriaal bewind? Hij was een *'loco'*, volgens de familie van mijn moeder die wist wat het was onder een dictatuur te moeten leven. Een *loco*, een gek die als een paard het vuur in liep. Waarom?

Ik moest dat Vicky vragen. Vicky wist dat. Zij wist ook waarom 'Volver' zijn lijflied was geweest. Ik herinnerde mij dat ik als klein meisje van vijf al aan mijn vader smeekte: 'Papa, tango!' en dan begon hij altijd dát lied te zingen. En dan riep mijn moeder lachend: 'Nee, papa Schubert!'

In die tijd lachte mama nog.

En dan zong hij 'Der Erlkönig', maar dan werd ik bang van de piano. Ik hoorde in die rollende akkoorden een onheilspellend onweer. Vooral aan het eind, dat *'Mein Vater, mein Vater!'* gaf mij een gevoel van ontzetting. En als mijn vader dan in de laatste regel zong: *'In seinen Armen das Kind war... tot'* kon ik mijn tranen niet inhouden.

Ik draaide mij op mijn andere zij en kon geen goede houding vinden. Iets in mij riep: denk aan je rust. Denk aan je stem. Denk aan jezelf. Blijf erbuiten!

Ik haalde het briefje tevoorschijn dat Vicky in het hotel had achtergelaten en las het voor de zoveelste keer. *'Meng je niet in onze levens.'* Opeens kreeg ik het gevoel dat Vicky niet bedoelde dat ik me niet meer met het leven van papa en haar moest bemoeien. In haar woorden lagen de levens van andere mensen besloten. Anderen, die ik niet kende. Anderen met wie Vicky getelefoneerd had en tegen wie ze had gezegd: 'De situatie wordt steeds pijnlijker.'

Op de achtergrond begon een schuldgevoel aan me te knagen. Ik had Vicky helemaal niet gevraagd of ze getrouwd was. Of een gezin had. Of een vriend. Ik wist niets van haar. Voor mij was ze nog steeds het zusje dat ooit door mijn vader op sleeptouw was genomen. Geen volwassen vrouw met een eigen leven.

Ik werd soezerig en sliep in.

Midden in de nacht werd ik wakker van een man die ergens achter mij zat te hijgen. Onderdrukt en snel. Ik durfde niet om te kijken. Ik moest denken aan de tijd toen ik werk had in een operakoor. Op onze nachtelijke busreizen na de voorstellingen gebeurde ook wel eens het een en ander om de adrenaline af te laten vloeien.

De man hijgde als een blaasbalg en liet plotseling een dof gekreun horen. Toen was het weer stil en hoorde ik alleen de motor ronken. Na een paar minuten hoorde ik de man opstaan en naar achteren lopen. Als Vicky naast me had gezeten, hadden we er waarschijnlijk om kunnen giechelen. Nu vond ik het triest.

Ik herinnerde mij Vicky's onbevangenheid omtrent haar eerste seksuele ontdekking.

'Heb je dat ook, Marisa, het knopje in je kutje gaat gloeien als je eroverheen wrijft?'

'Sst! Laat mama het niet horen!'

'Ach wat! Het is toch grappig! Papa weet het ook al!'

'Hou je kop!'

Zelf was ik twaalf toen ik mijn eerste extase beleefde. Ik had een onvoldoende gekregen voor een wiskundetoets; het zoveelste bewijs dat ik een aartsdromer was volgens de betreffende lerares. De meiden van de brugklas hadden me ermee gepest. Ze konden me toch al niet uitstaan omdat ik zingen het belangrijkste in mijn leven vond en niet meedeed aan hun gefluister over borsten, menstruatie en jongens. Ik was na de les naar de kleine kloosterkapel gevlucht die bij de nonnenschool hoorde. Ik zong daar vaak want de wanden gaven mijn stemgeluid met dubbele helderheid terug. Op dat moment was het er stil geweest en ik had daar in mijn eentje in het halfduister op de harde bank gezeten. Plotseling had ik een vreemde jeuk gekregen tussen mijn dijen. Omdat ik alleen was, kon ik ongestoord krabben. Voor het eerst voelde ik de vochtigheid van mijn schaamlippen en merkte

ik dat er pluizig haar groeide. Onwillekeurig wreef ik hefti-
ger; tot mijn verbijstering ging ik onbeheerst hijgen, schokken zelfs. Even later zat ik met trillende beenspieren naar het
kleine altaar te staren waar het Heilig Hartbeeld naar mij
scheen te knipogen. Ik wist niet wat mij overkomen was. Ik
was in complete verwarring.

Na zowat een halfuur kwam er een non binnen die mij bezorgd vroeg of het wel goed met mij was. Ik durfde mijn
ogen niet op te slaan en glipte zonder een woord te zeggen
de kapel uit.

Vanaf dat moment zong ik graag in een kerk.

De bus reed onverstoorbaar door de nacht. Ik werd uren later wakker van de oranjerode zon die statig vanachter de horizon vandaan kwam.

Weidse vlaktes lagen te glanzen in een mist van roze mor-
genlicht. Het landschap was kaal en verlaten, indrukwekkend in zijn eenzaamheid. De nevel hing als vegen van licht-
gevende stofdeeltjes over de grassen. Zwarte vogels vlogen
hier en daar boven kleine groepjes struiken. Verspreid over
de pampa liepen koeien in slow motion door het hoge gras.
De vlakte werd af en toe verscheurd door stoffige dorpjes;
niet meer dan een verzameling armoedige huisjes. De lucht
was wolkeloos en lichtblauw.

Ik rekte mij uit. Moeizaam bewoog ik de leuning van mijn
stoel omhoog. Ik nam een slok water. Mijn keel voelde minder opgezet en pijnlijk.

Zevenhonderd kilometers waren onder mij door geraasd
vannacht.

6

Buiten voor de busterminal van Córdoba gonsde het van de reizigers. De zon scheen. Het was hier warmer dan in Buenos Aires, terwijl het nog vroeg in de ochtend was.

Ik zette mijn bagage voor me en rechtte mijn rug om de stijfheid van mijn spieren tegen te gaan. Recht staan was de beste remedie tegen vermoeidheid. Dat was een van de vele wijze lessen van mijn zangdocent. Ik ving blikken op van mannen die mij opnamen. Net als in Buenos Aires overviel mij de sensatie dat ik stond te wachten op mijn vader. Maar opnieuw weigerden al die starende mannen de gestalte aan te nemen van Papa Tango.

Córdoba.

Opeens kwam er een vroege herinnering in mij op. Mijn vader had die naam eens genoemd en gezegd dat het de mooiste stad van Argentinië was. En dat het een studentenstad was.

Er zou hier vast wel een conservatorium zijn. Hoe zou het zijn geweest als ík met papa mee zou zijn gegaan in plaats van Vicky. Zou ik dan hier mijn opleiding hebben gevolgd?

Ik nam mijn bagage op en begon te lopen. Ik was van plan een restaurantje te zoeken om te ontbijten en van waaruit ik contact kon opnemen met Vicky. Maar eerst ging ik op zoek naar een apotheek om te kijken of ze een middeltje hadden tegen een schorre stem. Tegen beter weten in. In Holland had

73

geen enkel drankje geholpen. De laatste raad die ik gekregen had was een eetlepel honing.

Toen ik ten slotte een apotheek vond, was die nog gesloten. Ik hield een taxi aan die me naar het centrum bracht.

Córdoba was een provinciestad. Het had niets van dat wereldse en mondaine van de hoofdstad. Ik voelde me hier meer in het hart van Argentinië dan in het Europees georiënteerde Buenos Aires. Het leek wel of alle mannen hier een snor hadden.

In een kleine brasserie belde ik mijn zuster. Ze nam meteen op. Dat had ik helemaal niet verwacht en ik schrok van haar snauwende 'ja?' Ik wist opeens niet meer wat ik moest zeggen en schraapte nadrukkelijk mijn keel.

'Ja?' klonk het opnieuw.

'Vicky? Met Marisa.'

Een woedende stilte.

Toen brieste ze: 'Je hebt mijn briefje gezien, neem ik aan? Dat was toch duidelijk? Ik wil geen contact met je.'

'Vicky, toe,' hoorde ik mezelf zeggen, 'het spijt me erg dat ik gisteren zomaar weggegaan ben.' Ik voelde me belachelijk, want het was Vicky geweest die steeds weggevlucht was van mij.

Eigenlijk zou zij haar excuses moeten aanbieden. Maar Vicky zei: 'Dat verandert niets aan het feit dat ik je niet meer wil zien. Je kunt hier niet zomaar onze levens komen verstoren. Je weet niets van papa en het is beter dat het zo blijft.'

'Maar ik kom juist omdat ik papa wil leren kennen.'

'Je beweerde dat je voor rust kwam. Nu kom je opeens voor papa. Je hebt geen idee wat je vraagt. Ik sta niet toe dat je zomaar in het verleden gaat zitten wroeten. Je bent een vreemde. Het gaat je allemaal niets aan.'

'Vicky,' fluisterde ik, '*somos hermanas*.'

Ze lachte schril. 'Niet meer. Nooit meer.'

Tot mijn ontzetting begon ik te huilen.

'Ik ben in Córdoba. Ik wilde naar je toe komen.'

Ze schreeuwde: 'Je bent... wáár?'

'In Córdoba.'

'Zit je dan verdomme niet in Amsterdam?'

'Ik ben met de nachtbus naar Córdoba gekomen. Ik moest je spreken.'

Het bleef stil.

'Bel me over een uur terug. Ik moet de anderen raadplegen,' zei ze en ze hing op.

Ik wachtte meer dan twee uur. Toen kwam er een man de brasserie binnen. Hij vroeg: 'Bent u de zus van Vicky?'

'Ja,' zei ik, verbaasd dat hij Hollands sprak.

Hij gaf mij een hand en een kus op mijn wang: 'Hallo. Ik ben Jarno en ik kom u ophalen.'

'Marisa,' zei ik. Het klonk naar niets.

De man was een jaar of dertig en zag er niet erg Argentijns uit. Maar ik wist dat ik in Argentinië de meest uiteenlopende nationaliteiten kon aantreffen. Hoorde hij bij 'de anderen' die Vicky had moeten raadplegen?

'Ik ben Vicky's buurman en ik behoor ook tot de familie. Kom, de jeep staat klaar.'

'We wonen niet in Córdoba zelf, de stad, bedoel ik,' zei Jarno, 'maar wel in de provincie Córdoba, in een dorpje vlakbij, Villa Giardino.'

We zaten voor in een open jeep. Ik had een sjaal omgedaan vanwege de wind. De motor maakte een hels lawaai.

Ik keek naar zijn scherpe profiel en zijn drukke gebaren. Hij maakte op mij de indruk van een vogel die over alles heen vloog. Hij was slank, spits en snel. Zijn haar was rossig en krullend en hij had zich niet geschoren. Zijn slordige Spaans werd tot mijn verbazing begrepen door een politie-agent, die hem toestemming gaf tegen de stroom van een eenrichtingstraatje in te rijden. Handig vermeed hij opstoppingen en reed gewoon over de stoep als het niet anders kon.

Was hij Vicky's vriend? Een huisgenoot? Of een collega? Ze waren ongeveer even oud. Hij hoorde bij de familie, had hij gezegd. Als ze elkaar al lang kenden, dan had hij dus ook mijn vader gekend.

Die gedachte stak mij.

Jarno schakelde terug terwijl hij een scherpe bocht nam. Hij hanteerde de pook veelvuldig en met enthousiasme zodat ik regelmatig naar voren schoot of door elkaar geschud werd.

''t Is een ouwe bak,' schreeuwde hij boven het lawaai uit, 'maar we komen wel thuis.'

Ik wilde vragen hoe lang de rit zou duren, maar ik waagde mijn stembanden er niet aan.

Jarno keek achterom en stoof de oprit van de snelweg op. We hadden Córdoba achter ons gelaten en reden nu tussen beboste heuvels. De zon begon warm te worden. Op verschillende plekken langs de snelweg waren restaurants waar met grote letters het woord '*asado*' stond.

'Kijk,' wees Jarno, 'dat is iets wat je zeker moet meemaken. Je kent Argentinië pas als je te gast bent bij een *asado*.'

Alsof ik dat niet wist. Ik herinnerde me nog heel goed van vroeger dat gehannes in de tuin met de barbecue, het gemopper van de buren over de rookoverlast en papa's klacht over de slechte kwaliteit van het Hollandse rundvlees.

'Ik ben onderhand goed in *asados*,' vervolgde Jarno. 'Maar ik woon hier dan ook al zo'n tien jaar; en ook al is dat zowat de helft minder dan Vicky, ik ben toch helemaal Argentijns geworden.' Hij lachte. 'Ik ben een van die dwaze Hollanders die zijn hart heeft verloren aan dit onmogelijke land.' Hij keek opzij naar mij en grijnsde vriendelijk.

'Holland hoeft voor mij niet meer.' Hij week net op tijd uit voor een auto die rakelings passeerde. 'Ik geef de voorkeur aan de ongeorganiseerde gekte van Argentinië boven de georganiseerde gekte van Holland. Echt, ik zou niet meer kunnen leven in een land waar je van alles zeker bent van de wieg tot het graf.'

Ik knikte en voelde me ongemakkelijk in het lawaai van de stilte tussen ons. Wat zou hij van mij denken. Een stomme zus van Vicky uit Europa. Na een paar kilometer reden we opnieuw langs een groot bord *asado*.

'Een *asado* is een vorm van kunst,' begon Jarno weer te schreeuwen, 'van religie bijna. De *asador* is als een priester die een ritueel uitvoert. Dat moet altijd een man zijn. Denk maar niet dat jullie als vrouwen je daarmee mogen bemoeien. Geen sprake van! Mannen rond een *asado*... stoor ze niet! Het zou de smaak van het vlees maar bederven! De vrouwen zorgen voor het brood, de salades, de hele mikmak eromheen. De mannen kopen ook meestal het vlees. Dat is in deze tijd van de crisis wat beperkt, want zelfs voor ons Argentijnen wordt een *asado* nu een beetje duur.'

Hij keek opnieuw opzij of ik wel luisterde. Ik knikte maar en glimlachte.

'En laten we vooral de wijn niet vergeten.' Jarno ging maar door. 'Merlot. Mendoza. Wat maken wij ons druk om een crisis. Het hele leven wordt een stuk minder pijnlijk met een goeie merlot.'

Zijn stem verdween weer achter de geluidswal van de motor. Ik observeerde hoe hij onverminderd doortetterde met een hoge nasale stem. Alsof hij zichzelf niet meer kon stoppen, nu hij eenmaal op gang was. Alsof het van geen enkel belang was dat ik hem zou verstaan. Zijn lippen bewogen, zijn mond lachte, zijn ogen flitsten over de weg. Zijn geschreeuw leek een bezwering van iets wat niet boven water mocht komen.

'Tengo miedo del encuentro.'

Opeens loerde het lied over mijn schouder mee. Ik drong het terug en het lied zweeg mokkend.

Het was weer even stil.

'En hoe vind je Argentinië?' Plotseling had Jarno zich weer tot mij gewend. Ik schrok van de vraag. Zijn blik was vriendelijk maar ik wilde wel dat hij zijn ogen op de weg hield.

'Prachtig,' zei ik met een gebarsten stem.

'Uw zus zei dat u uw stem kwijt bent,' zei Jarno. 'Daarom zegt u niet zo veel?'

'Precies,' fluisterde ik.

'Het klinkt anders heel sexy, zo'n lage stem. Chavela Vargas is er niets bij. Zingt als een kerel maar die is dan ook al minstens tachtig. Kent u die? Ze is Mexicaanse. Of Mercedes Sosa. De stem van Argentinië. Wereldberoemd. En Adriana Varela. Een echte tangozangeres. Die zal u geweldig vinden. Je hoort gewoon de rook en de drank in die stem. En seks. En ellende. Allemaal Argentijnse wijven die de zang hier groot hebben gemaakt. Echte tangostemmen, rauw als het leven zelf. Maar zij hebben dan ook gelééfd.'

Hij wachtte tot een grote vrachtwagen ons passeerde en schreeuwde toen: 'Mijn chef is een vrouw, ook met zo'n lage stem en ik moet zeggen dat ik voor haar rén. Haha! Puur vanwege die stem.'

Hij draaide zich weer half om naar mij.

'Ik ben percussionist in mijn vrije tijd, maar overdag werk ik voor een computerbedrijf. Een van de weinige die hier tegenwoordig nog winst maken. Maar laat ik dat vooral niet te hard roepen.'

Jarno remde af voor een auto die plotseling naar links uitweek om een truck in te halen. 'Bij ons gaan ook ontslagen vallen, binnen twee maanden. Ik zie het aankomen.'

Hij permitteerde zich een tikje op mijn knie.

'Ach, weet u. Beter in Argentinië ontslagen worden, dan in Holland de kont likken van de baas.'

Ook hij maakte aanstalten om de truck in te halen. Het verkeer reed hard op de snelweg. Jarno begon te fluiten en stak zijn hand uit om de radio aan te zetten.

7

Het huis waar Vicky in woonde heette Casa Feliz en stond aan de rand van het dorp op een heuvel. Het keek uit over de siërra.

Het liefst was ik in de jeep blijven zitten om het uitzicht in mij op te nemen. De stille paarse bergen aan de horizon, de strakblauwe hemel, de lucht die trilde boven het dorre gras. Maar Jarno liep al over het grindpad naar mij toe en opende de deur.

'Vicky's auto staat er nog niet,' zei hij. 'Ik laat u het huis wel zien.'

Langzaam liet ik mij uit de jeep glijden. Jarno gebaarde naar het huis met een trots alsof hij de eigenaar was.

'Het is al minstens twee eeuwen oud,' vertelde hij. 'Ooit was het een boerderij, eigendom van een zonderling uit uw familie, zei uw vader altijd. U ziet wel: oorspronkelijk in de stijl gebouwd van de Spaanse kolonisten.'

Ik likte mijn droge lippen. 'Heeft mijn vader hier ook gewoond?'

'Jazeker, wat dacht u. Bijna twintig jaar.'

Tot zijn dood dus. De wind die langs mijn haren streek had ook om zijn hoofd gewaaid. Ik ademde diep de prikkelende geur in van gras en houtvuur. Nooit van mijn leven zal ik die geur meer vergeten die toen in die heldere herfstmiddag rondom Casa Feliz hing.

'Het huis was verschrikkelijk vervallen toen uw vader

hier met Vicky kwam wonen. Hij heeft het in de loop van al
die jaren grondig opgeknapt. Ziet u die scheve muur? Volgens uw pa te wijten aan een kleine aardbeving van wel een
halve eeuw geleden. Dat heeft-ie gewoon zo gelaten.'

Jarno ging mij voor naar de voorkant van het huis. Daar
was een klein bordes met ronde bogen, begroeid met klim-
oprozen die in de felle herfstzon nog uitbundig stonden te
bloeien.

Vanaf het bordes zag ik de siërra weer in die lichtpaarse,
onaardse gloed.

Aan de linkerkant van het huis was een brede veranda,
getooid met een witgeschilderd hekwerk. Daarachter lag
een tuin. Er stonden fruitbomen en er was een groot krui-
denbed. Ik zag een kleine weide waar drie paarden dicht tegen elkaar aan stonden onder een paar bomen. Hun blonde
staarten zwaaiden langs hun ronde heupen. Aan de rand
van de wei scharrelde een stel kippen.

Casa Feliz.

Ik had nooit geweten dat papa beschikte over een landhuis
ergens in Córdoba. Niemand had mij dat ooit verteld. Bijna
twintig jaar lang had Vicky papa hier voor zichzelf gehad. Ze
hadden mij nooit laten delen in hun leven, in al dit moois.
Nooit een brief, een foto. Niets.

Ik leunde tegen het witte hek. Ik kon Jarno onmogelijk
aankijken.

'Hé, wat is er?' Jarno legde een hand op mijn schouder.
'Huilt u?'

Maar ik huilde niet. Ik was alleen maar overmand door
beelden die herinneringen zouden moeten zijn, maar het
niet waren. Papa, die hier op de veranda zat met zijn bandoneon. Papa, die in de tuin werkte om onkruid weg te halen
en groente te planten; die de bomen snoeide en hout hakte.
Vicky, die aan de fruitbomen schudde en de appels opraapte.
Vicky, die viool speelde bij die pilaar, in de schaduw van de
tamarinde.

Ik herstelde me en vroeg: 'Mag ik het huis vanbinnen zien?'

Toen ik over de drempel stapte, trof mij de stilte. De Argentijnse stilte van het platteland. Dat moest het zijn. De stilte van oude geesten die zich had genesteld tussen zware plafondbalken, in brede raamkozijnen, in de holten van de dikke gepleisterde muren en in spleten tussen de vloertegels van leisteen. Bundels zonlicht hingen schuin en zwijgend in de kamers.

Ik liep langs donkere boerenmeubels, gegroefd door het verleden, maar goed onderhouden. De stille getuigen van mijn vaders familie. Ik legde verlegen mijn hand op de leren rugleuning van een rookstoel. Hij bleef nors naar het venster staren. Boos omdat mijn vader zo lang op zich liet wachten. Het was alsof alles hier op hem wachtte.

'Kom,' zei Jarno.

In de keuken hing een zoete geur van vers baksel. Er stond een zwart gietijzeren fornuis waarin een laag vuur brandde.

'Tweehonderd jaar oud,' zei mijn rondleider. 'Uw vader heeft dit allemaal gerestaureerd. Ik heb hem geholpen met het metselwerk.'

Een stenen aanrecht was voorzien van een massieve gootsteen met daarboven koperen kranen. Het water had generatie na generatie gestroomd over bandoneonistenhanden van hetzelfde bloed. Onder het aanrecht stonden gedeukte zinken pannen als gezichten van bejaarde tantes. Aan de muur was een ouderwets houten rek opgehangen, waarin schalen en borden met heldere bloemmotieven prijkten. Familiestukken. Aan het plafond hingen aan zware haken koperen pannen en wilgentenen manden, netten met uien en trossen knoflook. Boven de grote houten eettafel balanceerde aan een ketting een rond wiel met daarop acht witte kaarsen.

Aan alles kleefde het verleden.

'Dit is de leeskamer.'

Jarno ging mij voor naar het volgende vertrek.

Het was sober ingericht. De muren waren gepleisterd in een donkerroze kleur, een beetje slordig, met nog verfspatten hier en daar van het witte plafond tussen de balken. Eén wand was bedekt met overvolle boekenplanken. In de hoek stond een groot marmeren beeld van een indiaanse vrouw met opengesperde mond. Wat schreeuwde zij?

Ik draaide mij van haar af om verder te kijken. Er was een enorme open haard met een ruwhouten balk als schouw waarop een toren van boeken stond. Stapels boeken ook op de twee fauteuils van rood versleten fluweel, aan weerszijde van de haard. In een nis was een raam met glas in lood; daarvoor stond op een antiek kersenhouten dressoir een gouden kandelaar. Bij ons thuis had hij ook voor een raam gestaan op een antiek tafeltje. Papa en mama hadden hem samen gekocht op een veiling. Ik had altijd graag gekeken naar die gouden glans, die ranke vormen.

Voor de open haard lagen een hond en een kat broederlijk te slapen.

'Nog een paar bewoners van het huis,' zei Jarno, 'maar behalve de mieren, die soms uit het plafond vallen, zijn er nog meer.'

Ik merkte dat hij gespannen op mijn reacties lette, maar ik vermeed zijn blik.

Hier heeft papa zijn geliefde schrijvers gelezen, dacht ik. Borges, Graham Greene, Dostojevski en Søren Kierkegaard. Ik wist het opeens weer, die vreemde combinatie in de literaire smaak van mijn vader. Zou hij hier ook Vicky voorgelezen hebben uit *De idioot* of *De gebroeders Karamazov*, in die fauteuil bij de haard met de hond aan zijn voeten en de kat strelend met zijn lange, elegante handen?

Toen zag ik zijn foto aan de muur. De schok was zo groot dat ik wankelde. Ik beet hard op mijn lippen om niet in huilen uit te barsten. Wat was hij oud geworden. Zijn snor zo wit. Wallen onder zijn ogen. En zijn haar langer in de nek. Zijn romp zoveel zwaarder. Maar zijn lach was nog even onweerstaanbaar. Mijn vader. Met zijn bandoneon. Hij zong op de foto. Hij lachte mij toe. Ik hoorde zijn tenor in mijn lijf alsof hij naast me stond. Ik voelde zijn vibrato.

Wat had ik hem dat graag willen zeggen. Maar ik stond daar letterlijk met stomheid geslagen en ook hij was gevangen in de foto en kon niets anders doen dan die lach voortzetten. Hoe langer ik keek, hoe meer verdriet ik begon te zien in zijn oogleden.

'Ja,' zei Jarno. 'Dat is hem. Papa Tango. De maestro. Het is verdomme godgeklaagd.'

Ik hoorde een stem achter een zware houten deur. Een dwaze hoop ging door mij heen: papa zou binnenstappen en mij omarmen en zeggen dat hij blij was mij te zien. Ik hield mijn adem in.

Er was iemand in de deuropening verschenen. Ik kon het gezicht niet goed zien vanwege het tegenlicht. Het was een jonge vrouw, een meisje nog, met lang zwart haar. Ze was klein van stuk, slank en met een donkere huid. Ze had indiaanse trekken. Ik schrok van haar grote zwarte ogen die mij vanuit de schaduw aankeken. Ze droeg een klein jongetje op haar arm van ongeveer een jaar. Jarno liep naar voren.

'Daniela,' zei hij, 'Daniela, je zou toch niet...'

'Ik dacht dat ik Vicky hoorde,' antwoordde het meisje met een timide stem, 'ze blijft zo lang weg.'

'Heeft ze nog niet gebeld?'

'Tucumán,' fluisterde ze, 'ze heeft contact met Tucumán.'

Het was alsof dat woord de schaduw dieper maakte. Ik kreeg het vreemde vermoeden dat die vrouw daar al die tijd al naar mij had staan kijken. Nu stonden we alle drie elkaar op te nemen. Ik voelde mij naakt in een bundel zonlicht. Niemand van ons zei iets. Zelfs Jarno lachte niet. Hij speelde enkel met het vingertje van het kind en scheen te wachten op een verlossend woord van een van ons. Er zoemde een vlieg in de stilte.

Ik keek van Jarno naar Daniela en ving een blik tussen hen op. Bijna onmerkbaar schudde hij zijn hoofd.

'Dit zijn de andere bewoners van Casa Feliz.' Zijn stem had weer die luchtige intonatie.

Ik kon het niet volgen. Ik was moe en niet meer in staat helder te denken. Wie was dit meisje en wat had zij met dit huis te maken? Maar ik bracht het niet op om mijn stem tot activiteit te dwingen en vragen te stellen. Mijn ogen zwierven naar de foto van mijn vader. Zijn lach stelde me niet gerust.

Daniela gaf het kind over aan Jarno. Ik zag de navelpiercing in haar platte bruine buik die onder het randje van het witte shirtje uitkwam. Wat is ze jong om al een kind te hebben, dacht ik.

'Hij heet Martín,' Jarno streelde hem over zijn wangetje. Het kind met de naam van mijn vader keek mij rustig aan met grote ogen. Het was een mooi kind met een donkere huid, gitzwarte krullen, een klein kuiltje in zijn kin en een opmerkelijke haarinplant, als een v-teken. Hij had de ogen van zijn moeder. Groot, zwart en tragisch.

Daniela draaide zich om en liep de kamer uit. Het leek wel een vlucht.

Jarno bracht mij naar de logeerkamer, een eenvoudig vrijwel leeg vertrek met lichtgroen gepleisterde muren, een houten bed en een ruwe, handgemaakte kast van groentekistjes. Het was de kamer met de scheve muur. Op de donkergroene plavuizen lag een geknoopt indiaans kleedje. Jarno had mijn koffer naast het bed gezet en sloot zachtjes de deur achter zich. Ik bleef bewegingloos staan en keek hoe de zonnestralen door een kier van de houten luiken naar binnen vielen.

Mijn slapen klopten.

Ik ben een vreemde in mijn vaders huis, dacht ik. En om mij heen zijn allemaal vreemden. En straks komt Vicky en ook wij zijn vreemden voor elkaar. Wat doe ik hier? Wat zal Vicky straks zeggen?

Tucumán. Ze heeft contact met Tucumán. Wat had dat te betekenen? Waarom maakten die woorden van dat vreemde meisje Daniela mij ongerust? In welk verband had die vrouw met de uilenbril in het huis van Hipólito Yrigoyen die naam genoemd? Ik wist het niet meer.

Ik trok mijn kleren uit en liet ze op de plavuizen glijden. Een grote spiegel met in de hoek een barst toonde een vreemd volwassen vrouwenlichaam. Ik zag haar borsten. Schuw keek ik ernaar. Haar buik was plat en glad, met een navel die helemaal verzonken lag. Als papa mij in bad deed, zei hij dat er in mijn navel wel een edelsteen paste. Mijn blik zwierf verder naar beneden en ik schrok van het zwarte krullende haar in de schaamstreek.

Ik kon niet stoppen met kijken.

Ben ik dat? Ben ik die vrouw van dertig jaar?

De slankheid van dat lijf en de spankracht van de huid leken al jaren hetzelfde te zijn. Slank, glad en blank. Te mager had mijn moeder altijd gezegd. Maar ik had mijn lichaam altijd van binnenuit beleefd, vanuit het zingen, vanuit de adem. Mijn lichaam was een koepelkerk geweest waar de klank heerste. Ik had altijd weerstand gevoeld om oefeningen te doen in de spiegel.

Nu staarde ik naar mijn lichaam. Zo mager. Geen ruimte meer voor klanken. De koepelkerk was ingestort als een kaartenhuis.

Ik kon er niet toe overgaan om mij te bewegen, laat staan om mij te bedekken. Ik voelde de kilte van de vochtige lucht, weldadig op mijn huid. Een spin zakte van het plafond.

Zo stond ik, ik weet niet hoe lang te wachten. Zoals ik vroeger wachtte op papa; het badwater al weggelopen en ik rillend in de badkamer tot hij mij kwam afdrogen, als hij klaar was met Vicky naar bed brengen.

Twee jaar. Het was pas twee jaar geleden dat mijn vader gestorven was.

Al die jaren had hij hier gewoond. En ik had nooit geweten hoezeer ik naar hem verlangde. Hoe die ijverig gekoesterde haat een vorm van liefde was geweest. Twintig jaar van zelfgekozen verbanning.

De woorden van de tango daalden mijn denken binnen, zoals de spin van het plafond daalde.

> '... que febril la mirada
> errante en las sombras
> te busca y te nombra...'

Gehoorzaam aan de woorden van het lied zwierf mijn blik door de schaduwen in de kamer en zocht naar mijn vader, naar iets herkenbaars van hem, een geur, een stem. Maar het was doodstil in het huis. Er klonk zelfs geen muziek.

Niets.

> 'Niets?'
> 'Niets, vader.'
> 'Door niets wordt niets verkregen.'

Ik liet mij op het bed vallen. Mijn vader had mij verstoten. Net als koning Lear zijn dochter. En nu was mijn vader dood. Een drama waar ik nog niets van wist. Waar Vicky angstvallig over gezwegen had. Waarover moeder indertijd een opmerking had gemaakt die ik mij niet wilde herinneren.

Dood.

Mijn vaders liefde was opgebruikt door Vicky. Ik zou mijn vader nooit kennen. Dat was de straf door naar mijn moeder te luisteren.

8

's Middags zat ik op de veranda. De poes lag te slapen op mijn schoot. De schommelstoel kraakte zachtjes als ik een beweging maakte. Het rook buiten naar rozen en naar tijm.

Mijn hoofdpijn trok langzaam weg. Misschien door de kruidenthee die Jarno voor me had gemaakt. Vicky was er nog steeds niet.

Ik leunde tegen het kussen achter mijn hoofd en keek hoe Daniela een paar theedoeken ophing aan een waslijn in de tuin. Ze deed het snel en slordig. Iedere keer als ze zich uit- rekte, werd haar blote buik met de piercing zichtbaar. Ze vermeed het mijn kant op te kijken. We hadden nog bijna geen woord gewisseld met elkaar. Tijdens de eenvoudige maaltijd van versgebakken brood en kaas had er een span- ning geheerst; voortdurende blikken over en weer tussen die twee zwijgende jonge mensen. Maar ik was te moe om me dat aan te trekken.

Als dat meisje een vriendin is van Vicky, dacht ik, wat voor soort vriendschap is dit dan? Speelt ze soms ook viool? Net als Vicky? Is Daniela getrouwd met Jarno? En wat is hun relatie dan met Vicky? En met mijn vader? Was die extreme timiditeit toe te schrijven aan het feit dat ze gedeeltelijk indi- aans was?

Daniela liep snel naar de andere kant van de tuin en ver- dween uit het zicht.

Een klein muisje schoot weg langs de stenen rand van de

veranda, tussen de bloembakken. De poes had niets in de gaten en sliep rustig door. Over de vloer slingerde zich een stoet mieren die door een onbekend bevel aangespoord uit het huis marcheerden. Kleine vogeltjes vlogen af en aan, op zoek naar voedsel. Tegen de donkergroene dennenbomen lichtten de gele herfstbladeren van de loofbomen op.

Over een paaltje vlak bij de veranda hing een paardentuig. Er stonden rijlaarzen naast. Misschien waren die van papa. Misschien had hij hier 's avonds in deze stoel gezeten en uitgekeken over de siërra in dezelfde stilte die ik nu onderging.

Twintig jaar lang. Het gonsde in mijn hoofd. *'Veinte años no es nada.'*

Het is verdomme wel veel, viel ik uit tegen het lied. Verschrikkelijk veel.

Mijn slapen begonnen weer te kloppen. Het verlangen alles over mijn vader te weten te komen groeide met het uur dat ik in zijn huis was. Groeide bijna mijn hoofd uit.

Ik voelde om me heen de lucht vol verzwegen verhalen.

Ik sloot mijn ogen en ontspande mijn voorhoofd. De stilte deed me goed. De Argentijnse stilte.

Ik moest even geslapen hebben want met een schok werd ik wakker. De stoel schommelde hevig. Ik keek om me heen of iemand mij een duw had gegeven maar er was niemand te zien.

Toen hoorde ik hun stemmen.

Ze waren in de keuken; de deur was niet helemaal dicht. Er stond ook een raampje open, dat op de veranda uitkwam. Ik kon de waterkraan horen lopen. En daardoorheen hoorde ik Daniela praten. Er was angst in haar stem. Ik was er zeker van.

'Maar wat heb je haar dan verteld in Buenos Aires?'

'Niets. Echt niet. En geloof me: ze weet ook nergens van.' Dat was Vicky. Vicky was thuisgekomen! Ik wilde overeind komen om naar binnen te gaan en haar te begroeten, maar iets hield me tegen.

Er verschoof een stoel.

'Maar wat moeten we dan...' begon Jarno.

'Het is ook onbegrijpelijk,' viel Vicky hem in de rede, 'maar hij raadt het ons ten sterkste aan. Opening van zaken. Uiteindelijk. Met iedereen erbij.'

'Nooit!' Daniela's stem was zo scherp dat het mij zeer deed in de keel. 'Vicky, dat kan hij niet van ons vragen. Niet van mij!'

'Vanavond komt de hele bende repeteren en allemachtig... als ze er zomaar over beginnen te praten, barst de hel los.' Dat was de stem van Jarno.

'Ben je gek,' viel Vicky uit, 'vanavond is alleen het begin. Een kennismaking. Een test. Iedereen houdt zijn bek. Dat heb ik ze goed ingewreven. En ik moet hem vannacht bellen over de afloop. Hij is op dit moment in de *estancia* in Tafi del Valle.'

'God, die beroerde afstanden,' zuchtte Jarno. 'Het bevalt mij helemaal niet.'

'Wat denk je dat ik ervan vind?' Vicky's stem was opnieuw een snauw. 'Niemand van de groep zit hierop te wachten, maar don Claudio eist dat we gaan. Allemaal...'

Er rinkelde serviesgoed, waardoor ik Vicky niet meer kon verstaan. Ik hield me doodstil en voelde pijn in mijn nekspieren van de spanning. Ze praatten opeens door elkaar. Er sloeg een deur. Ik hoorde snelle voetstappen in de gang wegsterven. Ik durfde me nog steeds niet te bewegen. Iemand verschoof met een ruk een stoel over de plavuizen.

De kat sprong opeens van mijn schoot en stoof weg.

'De vraag is of ze het aankan.' Dat was Vicky weer. 'Ik ben overtuigd van niet. Niet alles in één keer. Dat wil ik haar echt niet aandoen.'

'Als iemand het haar moet vertellen, dan ben jij dat.'

De nasale stem van Jarno ging door: 'Vergeet niet dat ze er recht op heeft.'

Er klonk gerammel; een la die opengetrokken werd.

Op dat moment begon de kleine Martín te huilen. Ik hoorde dat Vicky sussend tegen hem sprak. Toen weer Jarno's stem: '... en wat betreft dat kereltje... '

'Ja! Zelfs daar heeft hij op aangedrongen. Snap jij dat nou? Zo'n tour de force voor Daniela!'

'Maar kon je hem dan niet overtuigen... '

'Nee!'

Iemand zette met een klap een pan op het aanrecht.

'*Por Dios*, Jarno! Snap je nou hoe ik me voel! Het is een chaos in mij hoofd. De hele situatie is een chaos. Voor iedereen. En we gaan er allemaal aan onderdoor.'

Ik zat roerloos. Ik wist dát ik op moest staan, maar mijn benen weigerden. Toen was het of iemand mij uit de schommelstoel trok en voor ik het wist stond ik in de deuropening van de keuken.

Vicky en Jarno stonden bij de houten tafel. Als bevroren keken ze naar mij.

Ik gaf hun mijn blik terug, een voor een. Mijn stembanden stonden strak. Ik maakte een gebaar om de ban te verbreken. Het hielp niet.

Met alle kracht die ik kon verzamelen, fluisterde ik: 'Victoria, wat is hier aan de hand?'

Ze kwam naar me toe, maar raakte me niet aan. Haar gezicht was bleek en ze had donkere kringen rond haar ogen. Maar er was iets van zachtheid in haar blik. Dat trof me. Ik had haar graag willen omhelzen; ik had graag tot een gezin behoord dat met gemak over scheuren in de familiebanden heenstapt. Je hebt van die gezinnen waarin het er niet toe doet hoe lang je elkaar niet gezien hebt. Ik had graag over onze mislukte ontmoeting in Buenos Aires heengestapt.

Ik had graag van haar gehouden.

Misschien voelde ik toch nog ergens wrok tegen haar. Want ik zei iets wat helemaal verkeerd was. Ik had al spijt toen ik de woorden uitsprak met mijn verschrikkelijke stemgeluid: 'Zevenhonderd kilometer ben ik hiernaartoe gereden. Zoals jij zevenhonderd kilometer naar Buenos Aires vloog om mij te ontmoeten. We staan quitte.'

Ze deed een stap naar achteren en schudde langzaam haar hoofd. 'O nee,' zei ze, 'denk dat maar niet. Je moest eens weten hoe ongelijk we staan.'

'Wat bedoel je,' fluisterde ik.

Ze keek naar Jarno en zei: 'Roep Daniela. We gaan naar de leeskamer.'

Jarno leek zich opgelucht los te maken uit de ban van onze armzalige poging tot hernieuwde kennismaking. Ik volgde Vicky naar de gang en voelde me loodzwaar. Wat had ik hier in vredesnaam teweeggebracht?

In de leeskamer was het kil. Het dode gat van de haard staarde mij aan. Ik zocht een plek van waaruit ik de foto van mijn vader kon zien en ging zitten. Daniela was stilletjes binnengekomen met een theeblad. Daarop stond een ketel heet water, een bekertje met een pijpje en een plastic bus vol groene kruiden.

'Laten we eerst maté drinken.'

Vicky nam veel tijd om het hete water in het bekertje op de kruiden te schenken. Het bekertje was van hout, met leer bewerkt en er stonden lama's op afgebeeld. Door het pijpje zoog Vicky zorgvuldig het vocht op. Daarna goot ze opnieuw water op de kruiden om vervolgens het bekertje door te geven aan Jarno. Ik volgde het ritueel in stilte. Na Daniela's beurt dronk ik de kruidenthee. Het was bitter in mijn mond, maar niet onaangenaam. Het bracht een vage herinnering aan mijn vader, die op die manier theedronk.

Ze keken alle drie naar de grond. Ik voelde me niet verantwoordelijk voor de stilte.

Vicky zuchtte. Haar blik ging van Daniela naar Jarno en bleef ten slotte rusten op mijn gezicht.

'Daar ben je dan. In Casa Feliz. Je hebt ons opgespoord uiteindelijk. Gefeliciteerd. Wat dacht je hier in Argentinië te vinden, Marisa? Een gelukkig huis? Een zus die je om de hals valt? Ik heb mijn best gedaan met jou in Buenos Aires, maar god, wat ben ik op je afgeknapt!'

Ik haalde diep adem. Geen woede, hield ik mezelf voor, geen woede. Verpest het nu niet. De hemel zij dank heb ik geen stem. Anders zou ik haar uitfoeteren omdat ze dit tegen mij zegt nota bene waar die andere twee bij zijn. Dit is haar welkom. Accepteer het. Gezegend gedwongen zwijgen.

'Heb jij ook maar enig idee hoe het is om te leven na het... ongeluk van papa?'

'Ongeluk?'

Ik ging met een ruk rechtop zitten. Een akelige hoestbui was het gevolg van mijn onbeheerste reactie. De tranen stonden me in de ogen. Een ongeluk! Dat had ik nooit geweten!

Vicky keek onbewogen toe hoe ik mijn zakdoek pakte. Ik voelde me te kijk staan en leed aan de bitterheid in haar stem.

'Ergens in Argentinië is er iemand die toejuicht dat jij hier bent. Die zegt dat het zo moet zijn dat jij juist nu naar ons toe gekomen bent. Ik begrijp daar niets van. Maar aangezien ik die persoon ten volle vertrouw, vertrouw ik ook zijn oordeel.'

'Hoe is papa verongelukt?' fluisterde ik.

'Niet zo snel. Het is verstandiger als we je de dingen in etappes vertellen.'

De anderen schoven ongemakkelijk in hun fauteuil heen en weer. Ik zag dat Jarno Daniela's hand beetpakte.

'Laten we beginnen met... hoe papa en ik indertijd in dit huis terecht zijn gekomen. In Casa Feliz. Twintig jaar geleden. Dat was in 1982, het jaar dat wij samen in Buenos Aires aankwamen. Gisteren vertelde ik je dat papa en ik een tijdje in een huis in de straat Hipólito Yrigoyen hebben gewoond.'

Was dat pas gisteren geweest dat Vicky en ik in de hoofdstad liepen en dat ik in mijn eentje het huis met de witte patio had bezocht? Het leek wel een week geleden.

'Ik ben er geweest, Vicky,' bekende ik.

'In Hipólito Yrigoyen? O god, ik was al bang dat je daarheen zou gaan, maar... dat je het hebt kunnen vinden! Ben je ook boven geweest? Met wie heb je gesproken? Wat hebben ze je daar verteld? Wat ben je te weten gekomen?' Ze keken me alle drie gespannen aan.

'Een vrouw heeft me jullie kamer laten zien. Ze vertelde over een beeldhouwer en een indiaan, die daar woonden. En over de kunstwerken in de patio.' Mijn ogen zwierven naar de foto waarop mijn vader mij toelachte.

'En dat jij op het balkon op papa wachtte,' fluisterde ik.

'Heeft ze je ook verteld wat er met die kunstenaar is gebeurd.'

'Eh... opgepakt. Ja. Maar...'

'En verder?

'Ze had het over een vrouw... '

'Laura.'

Ik haalde mijn schouders op. Was ik hier degene die een verhaal moest vertellen?

Vicky zoog nog eens aan de maté en vervolgde: 'Ze heette Laura. De vrouw van de beeldhouwer. Ik wou dat je haar gekend had.'

Ik vond dat een onzinnige opmerking.

'Laura wilde niet in Buenos Aires blijven. Dat was te gevaarlijk. Ook zij kon elk moment opgepakt worden. Ze werd ervan verdacht een linkse activiste te zijn.'

'En dat was niet waar.' Daniela zei dat zo plotseling dat ik ervan schrok.

'Sst,' zei Jarno.

Vicky vervolgde: 'Alles wees erop dat de beeldhouwer dood was. Papa en ik hebben Laura meegenomen naar Córdoba. Naar dit huis. Naar Casa Feliz. Casa Feliz was erg verwaarloosd, maar toch bivakkeerden we de eerste maanden hier, zonder meubels. We leefden op de grond. Maar het was een opluchting voor ons alle drie om na Buenos Aires in dit huis te zijn.'

Er viel een lange stilte. Niemand bewoog.

'En toen?'

'Maar Laura werd geschaduwd. Dat wist ze. Ze was nergens veilig. Zelfs hier in dit gat was ze niet veilig. Dit huis werd in de gaten gehouden. Dat merkten we al na een paar weken.'

De kleine Martín greep naar de maté. Vicky gaf hem een streng tikje. Hij keek verbaasd naar haar maar accepteerde het.

'Papa had steeds gezegd dat het hier minder gevaarlijk was. Dat geloofden we.'

Het bleef opnieuw stil. Zelfs Martín kraaide niet. Ik wist dat ik nu een vraag moest stellen, maar ik kon het niet.

'Laura was zwanger.'

Ik keek Vicky strak aan. Ik weigerde te denken. Ik liet mij meevoeren met Vicky's verhaal. Dat verhaal was de baas.

'Van papa.'

De schok kwam toch. De volgende woorden drongen maar half tot mij door.

'Laura werd gearresteerd. Het was verdomme het laatste jaar van de dictatuur. Maar ze werd toch opgepakt.'

Het zonlicht viel op Daniela's gezicht. Het meisje keek me recht aan en zei: 'Net toen ik geboren was.'

Het wilde nog steeds niet tot me doordringen. Het was volstrekt logisch en het had vanaf het begin in dit huis om ons heen gehangen. Maar het ging allemaal veel te snel.

Ik zocht in dat donkere gezicht tegenover mij naar iets herkenbaars, iets gemeenschappelijks dat er moest zijn ondanks ons gescheiden verleden. En toch was het niet alsof ik naar een vreemde keek.

'Dus je moeder is Laura. En Laura is...'

'Verdwenen. Voorgoed.'

We stonden allebei tegelijk op uit onze stoel. Ook Vicky veerde overeind. Ze sloeg haar arm om Daniela heen, die voor me stond. Ze duwde Daniela naar me toe en keek me met grote ogen aan. Voor ik het wist hield ik het meisje in mijn armen.

Een zusje, God nog aan toe.

De wereld zag er opeens anders uit.

Ik wilde naar buiten. Ik wilde alleen zijn. De anderen begrepen het.

Ik zat op het hek van de paardenwei, met mijn rug naar het huis. Ik keek naar de onschuldige paarden. Die waren dicht bij me komen staan. Ze deden niets anders dan de vliegen van hun heupen verjagen met hun lange staarten.

Al had ik Daniela in een eerste spontaan gebaar omhelsd, meteen daarna was het protest in mij omhooggeschoten.

'En dit is nog maar het begin,' had ik Vicky horen zeggen. Maar ik had niet meer kunnen verdragen op dat moment. Ik had Daniela losgelaten en gestameld dat ik even alleen wilde zijn. Alleen in de tuin.

Ik was woedend.

Op mijn vader, mijn moeder, op Vicky, op Daniela, zelfs op Jarno. Om alles wat zij jarenlang geweten hadden, maar waarvan ik buitengesloten was geweest. Hier had zich een drama afgespeeld, terwijl ik in Amsterdam niets anders deed dan mij met devotie wijden aan mijn stém. Goeie God. Wie had mij wijsgemaakt dat mijn lyrische sopraan het belangrijkste ter wereld was? Wie had mij op dit eenzame spoor gezet?

Ik ben verraden, dacht ik. Ik ben gestimuleerd om mijn leven te verknoeien. Om twintig jaar lang te leven op een luchtspiegeling. En papa heeft mij wakker geschud.

Ik schrok.

'Volver'. De droom.

Was het mijn vader wel geweest? Was het niet het lied zelf

dat mij vanuit het rijk van de muziek een teken had gegeven? Er woonden zoveel liederen in mijn ziel; weerbarstige liederen die ik ooit had veroverd; toegankelijke liederen, die ik kon omhelzen en verwelkomen om mijn eigen leegte niet te voelen. Maar deze eigenzinnige tango had zich zomaar aan mij opgedrongen en bewoonde mij brutaal; bezette mijn denken zonder mijn toestemming. Was met mij meegereisd als een verstekeling.

Volg het spoor van je vader en omarm je halfzusje.

Maar waarom had dit lied mij willen laten delen in het geheim van mijn vader? Waarom werd ik opgezadeld met nog een andere zus? Was het niet genoeg dat mijn vader mij in de steek gelaten had en een vreemde was geworden? Moest ik het levende bewijs van zijn ontrouw aanschouwen? En moest ik dat levende bewijs zonder slag of stoot aanvaarden, omarmen en liefhebben?

Ging het hierom? Had mijn vader dit willen vertellen?

Moest ik hiervoor naar Argentinië gaan?

Een van de paarden stak mij zijn mooie hoofd toe. Ik strekte mijn hand uit en wreef over de neus. Ik woelde met mijn vingers in de manen en keek in zijn grote donkere ogen.

'Wat moet ik doen,' vroeg ik het paard.

Het paard keek ernstig terug.

Teruggaan naar Amsterdam en Philips raad opvolgen? Of simpelweg mij omdraaien en teruggaan naar Casa Feliz? Gehoorzaam zijn aan de loop der dingen?

Of hier blijven zitten en wachten? Hoe lang was dat vol te houden? Wie nam het initiatief? Zou ik gewoon naar binnen gaan en vragen om een glas water? Hoe moest ik die mensen aankijken die plotseling allemaal familie van mij waren. Ik voelde me een indringer. Een gehandicapte indringer omdat ik mijn stem verloren had. 'Ben je je stem verloren?' Ik herinnerde me het hatelijke zinnetje dat mijn tantes tegen mij zeiden, toen ik nog klein was en te verlegen om ook maar ja of nee te antwoorden op hun stomme vragen. Zo'n zinnetje dat de verlegenheid alleen maar erger maakt. Ja, ik was verdomme mijn stem verloren.

'Wat moet ik doen?' vroeg ik opnieuw aan het paard en aaide hem achter zijn oren.

Mijn koffers pakken?

Dat leek het beste. Het interesseerde me opeens niet meer hoe mijn vader was verongelukt. Een auto-ongeluk natuurlijk. Op slag dood. Nou én. Mijn moeders commentaar was hard geweest. 'Zijn verdiende loon,' of iets dergelijks. Ze had gelijk.

De wind deed mijn haren opwaaien. Het voelde kaal in mijn rug. Ik keek achterom. Er stond niemand op de veranda. Niemand voor de ramen. Ze hadden mij alleen gelaten. Opeens voelde ik me verloren. Ik moet mijn solo doen, dacht ik. En ik kan het niet. Ik heb hier geen techniek voor. Ik heb niemand die mij regisseert. En ik heb geen stem. Hoe moet dat gaan vanavond?

Een hele tijd bleef ik zo zitten, mijn hielen tikkend tegen het hout. Mijn handen openhalend aan de ruwe planken. Toen hoorde ik gelach op de veranda. Bezoekers. Ook dat nog. Die moesten waarschijnlijk ingelicht worden over de onverwachte familie-uitbreiding.

Ik besloot op het hek te blijven zitten.

'Marisa?'

Ik schrok van Jarno's hoge stem pal achter mij. 'Mag ik even bij je zitten?'

Ik keek het paard aan dat mij niet hielp. Het stak zijn hoofd naar Jarno en wreef heftig over zijn schouder. Ze durven zelf niet naar me toe te komen, dacht ik. Mijn zusjes sturen Jarno op mij af.

Zonder op antwoord te wachten, klom hij op het hek naast mij. Hij keek naar beneden en schopte met zijn gympen tegen het hek.

'We begrijpen best dat het een schok voor je is.'

'Er is veel uit te leggen,' zei ik stroef.

'Ja.'

Samen staarden we naar de bergen. De zon stond laag. Het begon al kil te worden. Ten slotte keek ik opzij naar zijn profiel. Hij kauwde op de binnenkant van zijn wangen. Ik voelde plotseling sympathie voor hem. Als hij met Daniela getrouwd was, was hij mijn zwager.

Hij zei: 'Vicky wil morgen met je op reis naar het noorden.'

Ik schudde mijn hoofd. Een reis door Argentinië alsof ik een toerist ben, dacht ik. Het voelde volkomen misplaatst.

Hij sprong weer van het hek af in het gras en ging vlak voor mij staan, naast het grote paardenlijf.

'Je moet de plek zien... waar je vader omgekomen is.'

Verbijsterd keek ik hem aan.

'De plaats waar... Hoezo in het noorden? Niet hier in Córdoba?'

'Nee,' zei hij, 'niet in Córdoba.'

'Ik weet niet eens hoe hij verongelukt is,' fluisterde ik.

Ik wilde niet aan hem denken als iemand die verongelukt was. Dat overkwam anderen. Niet mijn eigen vader. Ik schudde mijn hoofd. In gedachten zag ik de kaart van Argentinië voor me. Het noorden klonk ver weg. Wat had mijn vader ertoe gebracht daarheen te gaan?

Plotseling greep Jarno mijn handen en keek mij doordringend aan.

'Je moet gaan. Ze vinden het nodig,' zei hij. 'Ik ben er eigenlijk op tegen. Maar ik heb hierin niets te vertellen. Alleen... Pas alsjeblieft op Daniela.'

'Ga jij dan niet mee?'

'Ik weet nog niet of ik vrij kan nemen.'

Zijn branie van die ochtend was verdwenen. Er stond een bange man voor me. Ik schaamde me omdat ik Daniela nog steeds als een soort dienstmeisje zag. Maar ze was mijn zusje.

'Ja,' fluisterde ik, 'ja, ik wil mee. Ik wil die plek zien. En ik pas op Daniela.'

Ik kon altijd morgenochtend nog besluiten om terug te gaan naar Amsterdam. Maar Jarno's woorden hadden de onrust in mij groter gemaakt. Opnieuw was het alsof mijn vader mij riep. Ik hoorde het in de wind die de bladeren van de bomen zacht deed ritselen. Papa, Papa Tango...

Ik draaide mij om naar het huis. De veranda leek opeens vol; er stonden een paar mannen leunend op het hek naar mij te kijken.

'Wie zijn dat?'

'Vrienden van je vader.'

9

Laat er alsjeblieft niet nog weer een onverwachte broer, oom of neef tussen staan, bad ik toen ik met Jarno langzaam naar de veranda liep.

De mannen keken mij nieuwsgierig aan. Eerbiedig bijna. Ik werd er verlegen van. Ik ben altijd verlegen als mensen naar mij kijken. In de loop der jaren had ik daarmee leren omgaan door mij te realiseren dat ik gezegend was met een engelenstem. Mijn enige zekerheid. Het enige waarmee ik indruk maakte op mensen. Nu stond ik daar leeg en kaal. Zonder stem stond ik niemand te zijn. Nou goed, een rudimentaire klank die nergens op leek. Ongecontroleerd in een schuchter 'hallo' als teken dat ik in ieder geval lichamelijk aanwezig was.

Toen rechtte ik mijn rug en dacht: ik ben de oudste dochter van mijn vader.

En ik keek naar die getaande gezichten.

Deze mannen hadden mijn vader gekend. Wat zal papa boven hen uitgetorend hebben met dat lange lijf van hem, dacht ik.

In hun donkere ogen stond oud leed te lezen. Leed van een land met een onbarmhartig verleden. Mijn ogen gingen langs hun grijze koppen, hun gedrongen gestaltes, hun benen als boomstronken, hun buiken uitpuilend boven de zware leren broekriem. Een Argentijns operakoor. Ik had altijd een rilling van ontzag gevoeld voor de verontrustende viriele kracht van een mannenkoor, samengebald in dat dreunende zware gezang. Een bundeling van mannelijke potentie.

Ze keken of ze op het punt stonden uit te barsten in een vierstemmig cantabile.

Jarno zei: 'Dit zijn onze muzikale vrienden: Jerónimo, Pablo, Ramón, en dat is Mauricio.'

Ze begroetten mij met hun Argentijnse warmte, met een kus op mijn wang. Ik werd duizelig van al die bruine bebaarde en gladde wangen die roken naar aftershave, hooi, sigarettenrook en knoflook.

Toen zag ik plotseling nog een man de veranda opkomen.

Die stem.

God, die stem van hem die als een lichtflits mijn hart binnendrong.

Die stem deed mij sidderen; bracht kriebels in mijn onderbuik alsof ik op de hoogste bergtop van de aarde stond en recht naar beneden keek in een duizelingwekkende diepte.

'Antonio,' zei hij en hij lachte zacht als een gorgelende bergbeek. Deze lange, gespierde Argentijn, jonger dan de anderen, tegen de veertig; slordige zwarte lokken, donkere huid, ogen als kolen met krullende zwarte wimpers, grote bruine handen, zei van alles tegen mij maar het drong niet tot me door. Die stem kwam ergens uit de diepte van dat prachtige lijf. Hij liet bijna plagend zijn woorden in het ronde Argentijns sissen als een zoet gerecht in een zware braadpan: al die '*sj*'s' en die '*–ados*' die tot '*aos*' werden afgerond: '*encantao*' in plaats van '*encantado*'. En terwijl hij sprak bleven zijn donkere ogen maar op mij gericht en maakten me volkomen hulpeloos.

Ik blijf, dacht ik. Ik ga morgen niet terug naar Amsterdam.

Jarno zei: 'Antonio is pianist en gitarist. Maar vanavond is hij ingehuurd voor een *asao*.'

Dat woord verbrak de spanning. Het hele mannenkoor

lachte zwaar en dreunend. Ik zag hoe iedereen precies scheen te weten wat hij of zij moest doen in de kleine chaos die ontstond.

Een *asado*.

Vanaf mijn plaats op de veranda zag ik de voorbereidingen aan. Ik volgde Antonio met mijn ogen. Hij bewoog zich losjes en ontspannen, als een danser, nee, als een dier. Ik hoorde hem bevelen uitdelen met die basstem waarvan de resonans mij deed trillen, zelfs op afstand. De mannen begonnen te sjouwen met houtblokken en wijnflessen. Toen hij naar me keek, draaide ik me snel om en tuurde door het keukenraam. Binnen waren Vicky en Daniela druk in de weer. Ze zetten grote schalen met sla en tomaten op de ruwhouten tafel. Ik durfde niet naar ze toe te gaan om hen te helpen. Vicky's handen grepen naar de knoflook die in strengen aan het plafond hing. Plotseling stopten die handen. Vicky had mij gezien. Langzaam kwam ze naar het raam, duwde het verder open en bracht haar gezicht vlak bij dat van mij. We keken elkaar lang in de ogen. Plotseling vroeg ze: 'Je gaat toch niet weer weg?'

'Nee,' zei ik schor, 'nee, ik blijf.'

Toen greep ze mijn gezicht met beide handen die naar knoflook roken. Ze gaf me een kus, die op mijn oog terechtkwam.

Buiten liep iedereen bedrijvig door elkaar.

Ik draaide me om en zocht met mijn ogen opnieuw de man die Antonio heette. Op het grasveld laaide een vuur hoog op. Daar was hij. Hij hield zich bezig met de grote roosters voor het vlees.

Twee meisjes van een jaar of acht kwamen aanrennen uit de paardenwei. Een van hen had de kleine Martín op haar arm. Het waren mooie donkere meisjes met lange vlechten in hun haar. Ze liepen te schreeuwen van plezier. De hond liep blaffend om hen heen. Plotseling hoorde ik Antonio naar hen roepen dat ze rustiger moesten zijn. Ze kwamen dicht bij hem staan om te kijken hoe hij het vuur opstookte, maar hij joeg hen lachend weg.

Jarno liep op het vuur af, de matébeker in zijn hand en een thermoskan. Nadat hij Antonio had laten drinken, bood hij mij de beker aan. Bittere kruiden. Inwijdingsdrankje. Inwijding in de geheimen. De geheimen van mijn vader. Ik zoog aan het pijpje en gaf de beker aan Jarno terug; ik voelde dat de maté een vreemde, maar opwekkende werking had.

Het vuur danste uitbundig. Antonio plaatste de blokken hout zodanig dat er een grote oranje concentratie van hitte ontstond. Grote stukken in het midden. Kleinere eromheen. Afgevallen gloeiende takken erbovenop. Steeds maar weer nieuw voer voor het vuur.

Ik was er ondertussen dichterbij komen staan en probeerde mijn opwinding de baas te blijven door diep adem te halen. Het was prettig om aan het eind van de middag de hitte van de oplaaiende vlammen te voelen en mijn verkleumde handen te verwarmen.

Er lagen grote, sappige stukken vlees op het rooster. Hoewel ik geen grote vleeseter was, snoof ik vol genot de geur op. Ik keek naar de hond, die met kwispelende staart op bevel van Antonio naast het vuur ging zitten. Zijn ogen volgden nauwgezet de bewegingen van de *asador* en zijn tong hing als een grote roze lap uit zijn bek.

Een van de kleine meisjes kwam naar mij toe met een glas rode wijn.

'Voor jou,' zei ze, 'van Vicky.'

'Dank je,' fluisterde ik verrast.

Ze bleef me nieuwsgierig aankijken.

'Ben jij een heks?' vroeg ze.

'Wegwezen,' zei Antonio, 'natuurlijk is zij een heks. Een heel mooie zelfs.'

Ze rende weg naar haar zusje.

'Het is een heks,' hoorde ik haar roepen.

Ik nam een grote slok wijn.

Antonio knipoogde naar mij.

'Vind je ze niet goddelijk?' vroeg hij.

Verward keek ik hem aan.

'Mijn dochtertjes,' lachte hij.

Ik ging zitten op een grote tak en begon ook te lachen. Ik moest wel. Die lach van hem was als een rollende donder over een zomerlandschap.

'Señorita?'

Achter mij stond de man die Mauricio heette. Ik keek naar hem op. Hij had gitzwart haar, indiaanse trekken en een gezet lichaam. Een opvallend langwerpig litteken liep vanuit zijn hals door tot over zijn kin. Hij keek een beetje scheel.

'Ik heb uw vader altijd erg bewonderd.' Het zweet stond op z'n voorhoofd. De donkerbruine stem met een zware trilling aan de onderkant bleef steken.

'Hij had het vaak over u, zijn oudste dochter.'

Ik staarde naar dat litteken. Ik had het gevoel dat ik deze man al eens eerder gezien had. Opeens herinnerde ik me de zingende man in Buenos Aires, die in de protestdemonstratie tegen me aan gevallen was. Die stem, dat natte gezicht vol emotie. Onwillekeurig week ik achteruit op mijn gammele zitplaats, maar Mauricio deed gewoon weer een stap dichterbij.

'U bent toch zangeres?'

'Was.'

'Uw vader was een groot zanger. Groter dan ik ooit ontmoet heb. En ik heb met heel wat zangers gewerkt in mijn leven. Ik ben de bandoneonist in uw vaders orkest.'

'O ja?'

'Ik mocht uw vaders plaats innemen met mijn bandoneon, maar zoals hij speelde, zal ik het nooit kunnen.'

Hij wreef met zijn zwart gelaarsde voet over de houtsnippers op de grond.

'We maken samen veel muziek. Misschien dat we daarom zulke goede vrienden zijn. Eén grote familie.'

Hij keek met een blik vol warmte naar de anderen.

'Uw vader heeft ons met elkaar verbonden in de muziek. Tot de dood ons scheidt, zei hij altijd. En nu is hij de eerste die dood is.' Hij veegde twee tranen weg, die over zijn rechterwang liepen. 'Ik mis uw vader nog iedere dag. Ik kan nog steeds niet geloven dat... dat hij er niet meer is. Ik verwacht nog steeds dat hij zo dadelijk de veranda op komt stappen met zijn bandoneon.'

Hij keek om naar Jarno en de andere mannen, die een paar meter verder met elkaar stonden te praten.

Ik kreeg een brok in mijn keel. Ik zag hoe mijn vader binnen de cirkel van deze eensgezinde mensen zijn plek had. Het leek of zijn geest tussen hen hing. Ik zag de lange gestalte van Vicky van de keuken naar de veranda lopen met dezelfde wiegende tred als van mijn vader.

'Señorita,' zei Mauricio zacht, 'mag ik u zeggen hoe mooi u bent?'

Ik was volkomen overdonderd. '*Hermosa*, beeldschoon,' had hij gezegd.

'Gaat u straks voor ons zingen?'

Ik voelde paniek opkomen.

'Zingt u ook tango?'

Ik schudde mijn hoofd en bleef mijn best doen naar hem te glimlachen. Hoe kom ik hier weg, dacht ik. Maar ik wilde niet weg, want Antonio's zwarte ogen gaven mij houvast.

'Uw vader was een echte *tanguero*.' Mauricio leek niet te stoppen. Hij ging naast mij op zijn hurken zitten. 'Daarom is hij ook aan een tango gestorven.'

Op dat moment sloeg Antonio met een tak op het gloeiende hout.

'Wist u dat niet? Wist u niet dat die tango zijn dood veroorzaakt heeft?' vroeg Mauricio dwingend. Plotseling gingen zijn ogen omhoog. Hij keek naar Jerónimo, die opeens

106

dicht bij ons stond en blijkbaar die laatste woorden had gehoord. Misschien was hij wel door een onhoorbaar bevel van Antonio opgeroepen om in te grijpen. Ik ving de blik op tussen de drie mannen en kreeg het koud.

'Kom mee naar binnen,' zei Jerónimo tegen Mauricio.

Ik nipte van de wijn. Het scheen Antonio niet te deren dat ik zwijgend bij hem zat en toekeek hoe hij het vlees omdraaide. Mijn ogen begonnen te prikken van de rook. Toch kwam ik er niet toe mij terug te trekken. De geur van het brandende hout was lekker.

'Je bent ernstig.'

Het klonk niet als kritiek, commentaar of beschuldiging. Hij constateerde het gewoon. Daarom knikte ik.

Ja, ik was ernstig. Ik leek in niets op mijn vader. Argentijnen waren vrolijk. Maar hij zei: 'Wij Argentijnen zijn een emotioneel volk. Wij voelen diep. Dramatisch. Jij hebt Argentijns bloed. Voel jij je hier thuis?'

Achter hem zag ik hoe de siërra paars getint werd door de ondergaande zon. Ik hoorde het zachte gemurmel om me heen van de muzikale vrienden. Ik hoorde Vicky lachen. Ik keek naar Antonio en voelde zijn stem als een berenvacht over mijn naakte huid.

'Ja.'

Hij glimlachte.

'Marisa,' zei hij. Alsof hij met zijn tong langs de rand van mijn naam ging.

'Ja,' zei ik.

'Waar word jij gelukkig van?'

Ik wist niet dat er zo'n vraag bestond tussen vreemden.

'Zingen.'

Ik boog mijn hoofd zodat hij mijn tranen niet zou zien.

'Wat zing je het liefst?'

Ik keek naar hem op. Zou hij het echt willen weten?

'Opera. Ik was sopraan.'

Hij trok zijn wenkbrauwen op. Hoe kon ik hem uitleggen dat het daarboven zo heerlijk was?

'Maar,' vervolgde ik half stotterend, 'het is afgelopen. Ik zal nooit meer zingen. Ik breek met de muziek. Voorgoed.'

Antonio's onverdraaglijke blik hield mij vast terwijl hij langzaam zijn hoofd schudde.

'In Argentinië met de muziek breken? Hier in Argentinië?' Zijn lach schalde door de tuin.

'Komen jullie binnen eten?' riep de stem van Vicky uit de keuken.

Porseleinen schalen met salades stonden op de keukentafel. Warm geurend brood lag op houten snijplanken. Op het grote wiel boven de tafel waren dikke kaarsen aangestoken en in het oude fornuis brandde een onstuimig vuur. Ik ging er met mijn rug naartoe zitten, te midden van de vriendenkring.

Jarno ging rond met de wijn.

Een gevoel van onwerkelijkheid beving mij. Papa en mama zijn dood, dacht ik. En ik blijk hier in Argentinië een hele familie te hebben. Waarom hebben we dit niet eerder georganiseerd? Hoe zou het zijn geweest om hier met mijn moeder te zitten?

Waarom heeft mama haar band met Vicky zo grondig doorgesneden? Waarom wilde ze Vicky nooit meer zien?

Wat is er twintig jaar geleden toch gebeurd?

Mijn moeder had nooit met één woord gerept van deze dingen. Het zwijgen over papa en Vicky al die jaren had een kille dood gesuggereerd. Het stond in schril contrast met de werkelijkheid van dit huis. Had mama van Daniela's bestaan geweten? Onmogelijk! Ze had dat nooit al die jaren voor mij geheim kunnen houden.

Ik schrok op uit mijn overpeinzingen.

Vicky was opgestaan en tikte met een mes tegen haar glas.

Ze had blosjes op haar wangen en ik vermoedde dat ze al een paar wijntjes ophad.

Het gezelschap zweeg. Ik zag hoe Antonio naar Vicky opkeek met een glimlach om zijn lippen en ik was onmiddellijk jaloers.

'Stel je voor, vrienden,' begon Vicky, 'dat je op een dag na twintig jaar weer oog in oog staat met je eigen zuster. Op dat moment besef je dat de familieband iets is wat nooit verdwijnt.'

Ze heeft me vergeven, dacht ik. Ze heeft me weer geaccepteerd als zuster. *Somos hermanas.*

'Hoewel wij elkaar niet meer kennen; hoewel onze levens op een dramatische wijze uit elkaar zijn gegaan en onze ouders zijn gestorven...'

Ze zweeg en ik durfde haar niet aan te kijken. Ik voelde haar aarzeling. Op dat moment had ik medelijden met haar. Een impuls die niet bij mij paste, dwong me op te staan.

'Vicky,' begon ik met een schorre stem die me het bloed naar de wangen deed stijgen, 'twintig jaar. Het is niets. Het is niets volgens die grote tango "Volver". Papa's lijflied. "*Que veinte años no es nada.*"'

Het werd doodstil in de keuken. Ik zag hoe zonder uitzondering alle aanwezigen als door de bliksem getroffen naar mij keken. Het kon niet anders of het lied zat op mijn schouder. Open en bloot.

Ik voelde rond de tafel een onzichtbare uitwisseling van waarschuwingen. Het was alsof ik zonder het te weten verraad had gepleegd aan een geheim verbond.

'Volver,' stamelde Vicky toen, 'ja, vanavond vieren we jouw terugkeer. In de Argentijnse familieschoot. Papa zou trots zijn geweest om zijn drie dochters om zich heen te hebben.'

De kraan druppelde. De kaarsen knetterden. Een vlam laaide onverklaarbaar hoog op.

Vicky hief haar glas.

'Ik wil op je drinken, Marisa. Ik wil drinken op het feit dat je er bent. Ik had niet verwacht je ooit nog terug te zien.'

Het zweet stond op mijn rug toen ik weer in mijn stoel zat.

Antonio bood mij een groot stuk vlees van de *asado* aan. Hij deed dat met de trots van een jager die met zijn buit aan komt zetten.

'Dit is het beste stuk,' zei hij zacht, 'het heet *lomo*; zonder bot, zacht van smaak en mals.'

Ik rook niet alleen de *lomo*, ik rook ook dat grote lijf zo dicht naast mij.

Jerónimo aan de andere kant boog zich half over mij heen.

'Laat mij de *lomo* voor u snijden. Dwars op de naad.'

Antonio's dochtertjes boden mij salade aan. Vicky zette een sausje voor mij neer, *chimichurri*. Het smaakte pittig. Allemaal sloofden ze zich uit om het mij naar de zin te maken. Alsof het afgesproken was. Alsof de woorden van Vicky de gezichten om mij heen vriendelijk en lachend hadden getoverd. Warme lijven, behulpzame handen, stemmen die zeiden hoe blij ze waren dat ik er was. En steeds die schuine blikken naar mij alsof ze me in de gaten hielden, behoedzaam. Toen dacht ik plotseling aan Vicky's woorden die ik die middag had opgevangen: *'Vanavond is alleen een begin. Een test. Iedereen houdt zijn bek. Dat heb ik ze goed ingewreven.'*

Ik keek de kring rond. Ze vingen mijn blik en lachten opnieuw. Ik lachte terug en voelde me opgelaten.

'Elk weekend komen we in Casa Feliz bij elkaar,' zei Jerónimo tegen mij. 'Er wonen hier in Villa Giardino veel artiesten, veel musici. De streek hier heeft een bepaalde aantrekkingskracht voor emotionele mensen, weet u. Voor zonderlingen. Voor gedrevenen. Uw vader was een zeer gedreven mens. Uw vader don Martín heeft ooit mijn leven gered.'

Hij streek met zijn hand over zijn baardje. Ik durfde niets te vragen.

'Ook nu uw vader er niet meer is, blijven we in de weekenden hier musiceren.'

En toen: 'U verstaat mij toch wel?'

'Ik versta u heel goed, maar mijn stem is ziek.'

Hij schudde glimlachend zijn hoofd. 'Uw stem klinkt niet ziek.'

Ik wilde uitleggen dat ik sopraan was geweest.

Maar hij zei: 'Uw stem heeft verdriet.'

Hij stak zijn hand uit en raakte mijn wang aan.

Het gezelschap kreeg de kleur en diepte van een barokschilderij. Het bewegende licht van de kaarsen gaf een donkeroranje glans aan de gezichten van de mannen. Hun huid leek minder grof. Hun trekken werden zachter. De vrouwen mooier.

De kleine Martín ging van hand tot hand. De mannen namen om beurten het kind op hun arm en keken met een vreemde trots naar hem. De vanzelfsprekendheid waarmee mensen een kind benaderen, de natuurlijke warmte en vertedering was hier vermengd met eerbiedige afstand.

Wat was er toch met dat kind?

Het was een vreemd rustig kereltje, dat aandachtig keek naar het bonte gezelschap om hem heen. Ik kon mijn ogen niet afhouden van die v-vormige haarinplant. Het gaf een vreemde volwassen uitdrukking aan zijn gezichtje.

Wie is de vader, dacht ik. Jarno? Mijn ogen zwierven naar Antonio. En wie ben jij, dacht ik. Waar is de moeder van jouw kinderen?

De mannen schoven soms de stoel achteruit om achter de rug van een ander om met elkaar te praten. Jarno, die eerst met de stugge Ramón had zitten bomen over paarden, begon nu een gesprek met Mauricio en Pablo. Het ging al snel over politiek. Ik hoorde diverse malen het woord 'corruptie' vallen en ik zag dat Pablo, een man met een harde kaaklijn, zich enorm opwond. Hij sloeg verschillende keren met zijn vuist op tafel. Zo ontstond er een crescendo in dat stemmen-koor en dan leek het of ze kwaad werden, maar dan was er altijd weer een stem van de andere kant van de tafel die dat bulderen tot bedaren bracht.

Vicky haalde warm brood van buiten van het gloeiende rooster, drapeerde vers gesneden tomaten op een schotel en kwam naast mij zitten.

'Hoe vind je het?'

'Het vlees is heerlijk.'

'Je eerste *asado*.'

'En jouw duizendste.'

Vicky keek mij onderzoekend aan.

'Ben je boos?'

Ik zweeg. Toen antwoordde ik eenvoudigweg, hoewel ik het niet zo plompverloren had willen zeggen: 'Ja.'

Maar het leek niet te passen. Als ik om me heen keek naar al die mensen, leek mijn woede zich te willen oplossen in zo-veel saamhorigheid.

'Er klopt niets van.' Mijn stem schuurde akelig. 'Je vrien-den zijn attent. Denk niet dat ik het niet waardeer. Ik wil je gastvrijheid niet beledigen. Maar ik weet op geen stukken na wat ik er mee moet.'

'Laat het nou maar gewoon over je heen komen.'

'Al deze mensen weten van... '

'Ja.'

'Van papa en Laura.'

'Ja.'

'Van Daniela.'

'Ja.'

'Ze kenden Laura dus.'

'Ja.'

'Ze adoreren papa.'

'Is daar iets op tegen?'

Daar wist ik geen antwoord op. Iemand zo massaal adore-ren. Kon dat goed zijn? Iemand zoals mijn vader?

Vicky vervolgde: 'Papa vertelde hier vaak dat hij nog een derde dochter had.'

'Van een vrouw in Holland die hij in de steek had gelaten.'

Vicky's blik werd donker. 'Papa was geen heilige, Marisa.'

'Als je zijn vrienden hoort, ga je dat wel denken.'

'En bovendien,' zei Vicky, 'kun je ook stellen dat moeder hem buiten de deur heeft gezet.'

'Ik heb je nog geen positief woord horen zeggen over moeder,' zei ik.

'Luister. Vertel jij me één positief ding over moeder, en ik zal je één negatief aspect van papa vertellen.'

Ik kreeg het warm.

'Nou?' vroeg Vicky mij met harde ogen.

God, dacht ik. Zo moeilijk moet dat toch niet zijn. Gewoon iets moois, iets liefs zeggen over moeder.

Maar ik kon niets vinden.

'Oké,' zei Vicky, 'dat hou ik dus van je te goed. Ik zal mijn aandeel van de ruil vast leveren: papa was niet zo makkelijk voor moeder. Je weet wat voor 'n charmeur hij was. Herinner jij je nog zijn zorg voor mijn vioollessen?'

Ik knikte en zag hen beiden weer lopen in Amsterdam; papa en Vicky, op weg naar de vioollerares.

'In de Lairessestraat, weet je nog? Daar woonde ze, achter het concertgebouw. Ze was een Duitse. Waarom denk je dat papa altijd met mij meeging?'

Ik staarde Vicky aan en kon geen woord uitbrengen. Vicky keek koel terug.

'Wist moeder dat?'

'Natuurlijk.'

'Hoe ben je daar zo zeker van?'

'Och kom, Marisa. Denk je dat die Duitse de enige was?'

Ik liet toe dat Jarno mijn glas volschonk. Mijn derde onderhand. Het maakte ook niets uit.

'Werden we daarom zo eerlijk verdeeld onder hen?'

'Dat waren ze overeengekomen,' zei Vicky droog, 'ook

omdat jij zo duidelijk te kennen had gegeven dat je in Amsterdam wilde blijven studeren.'

'Ik?'

'Maar ze hebben toch ook met jou gepraat?'

'Wat bedoel je in godsnaam?'

'Je wilde toch niets meer met papa te maken hebben? Nadat mama ook...'

'Ze hebben mij nooit iets gevraagd,' onderbrak ik haar, 'het werd achter mijn rug om geregeld...'

'Jij had helemaal niks in de gaten,' zei Vicky. 'Er speelde zich heel wat af, maar jij had gewoon niks in de gaten.'

'Grote god. Ik was toen tien jaar, Vicky.'

'Ja, en ik negen,' zei Vicky cynisch.

'Wat had ik dan...'

Mijn stem gaf het op. Ik wilde nog iets vragen maar wist niet meer wat. Heel die tijd kwam me voor als verwarrend en angstaanjagend. Ik zat net op een nieuwe school in Amsterdam-Zuid en voelde me dodelijk eenzaam. Mijn vader bestond al half niet meer, zo vaak was hij weg. En als hij er was, waren er eindeloze ruzies. Toen ik op een middag thuiskwam, was alles al geregeld en stapten papa en Vicky in de taxi om nooit meer terug te komen. Waarschijnlijk had papa wel alles met Vicky voorbereid en overlegd. Zij was zijn lievelingsdochter met wie hij zijn geheimen deelde. Misschien dat Vicky daarom ook wel met hem mee had gemóéten! Ze wist te veel.

De vlammen van de kaarsen dansten. De deur was opengewaaid. Daniela ging naar buiten, op haar arm de kleine Martín, die half in slaap was. Het bevreemdde mij dat ze het kind niet tegen zich aan hield. Zoals ze hem vasthield had ze hem makkelijk kunnen laten vallen. Net voordat ze buiten mijn gezichtsveld was, zag ik dat er een mes stak in de achterzak van haar spijkerbroek.

Ik wendde mij tot Vicky. Vicky sneed een stukje vlees af en stak het in haar mond.

'Vertel me over Daniela.'

'Niet nu.'

'Hoe is ze?'

Vicky fronste haar voorhoofd. Ze slikte het stukje vlees door.

'Ze is prachtig. Dat zie je toch.'

'Dat bedoel ik niet. Waarom is ze zo...'

Vicky liet haar stem dalen. 'Ben je nog steeds geschokt dat je plotseling een halfzus hebt? Weet je dat zoiets in Argentinië ontzettend veel voorkomt? Massa's mensen ontdekken op een gegeven moment dat hun vader elders zijn zaad heeft gestrooid.'

'Maar...'

Vicky haalde haar schouders op. 'Heus. Zowat de helft van de Argentijnen heeft een halfzus of halfbroer.'

'Breng je me morgen naar de rest van de familie?'

Vicky dronk haar wijnglas in één teug leeg.

'Nou?'

'Nee,' zei Vicky en ze zette haar glas met een klap neer. Haar glimlach verdween en ze kneep haar handen samen. Haar gezicht was plotseling ondoorgrondelijk. Ik wilde weg uit die spanning die ze om mij heen spon. Ik stond op om naar het toilet te gaan.

10

Er was een toilet in een van de badkamers tegenover de keuken.

Sinds ik in Argentinië was, gedroegen spiegels zich eigenzinnig en onbetrouwbaar.

Ik stond mijn handen te wassen en sloeg behoedzaam mijn ogen op. Ook deze spiegel nam het niet zo nauw met de waarheid.

Dit kon mijn gezicht niet zijn.

Of ik was bezig contact met mijzelf te verliezen of dit land had zo'n invloed op mij dat het mijn uiterlijk veranderde. Maar diep vanbinnen wist ik dat de ontmoeting met Antonio de kleur op mijn wangen had veroorzaakt. Ik schrok. Mijn ogen waren ongewoon groot. Was ik zo'n open boek? Mijn krullen, meestal bij elkaar gestoken met een speld, hingen nu los en wild over mijn schouders. Moeder had dat altijd ordinair gevonden. *Je lijkt Carmen wel.* Een opera die haar te platvloers was.

Mag ik u zeggen hoe mooi u bent? Mauricio had zowat gestameld.

En wat had Antonio gedacht?

Ik wilde net een haarborstel van de wastafel pakken toen ik een geluid hoorde. Huilde daar iemand? Voorzichtig opende ik de badkamerdeur. Het geluid kwam uit één van de kamers verderop in de gang. Ik liep erheen en legde mijn hand tegen de deur. Zachtjes drukte ik die open. Geel licht viel door de deuropening naar buiten tot voor mijn voeten. Zelf bleef ik in de schaduw.

Op een wit wollen kleed lag de kleine Martín in zijn blote lijfje te trappelen met zijn mollige beentjes. Hij jammerde zachtjes en keek omhoog.

Recht tegenover mij was een langwerpige spiegel. Ik zag mijzelf in het halfduister staan als een stille schaduw. Maar nu was via die spiegel ook de rest van het tafereel zichtbaar. Daniela zat met haar rug naar mij toe. In de spiegel nam ik waar hoe mijn halfzusje zich boog over haar zoontje en aandachtig naar hem keek. Ze deed niets om het hulpeloze hoopje ongenoegen tot bedaren te brengen. Ze maakte geen aanstalten om het kind te troosten, te strelen, te verwarmen. Het was alsof ze een vreemd dier bestudeerde. Haar armen hingen slap. Ze had de lange mouwen van haar shirt naar boven geschoven. Op de binnenkant van haar armen zag ik rode krassen lopen. Ik kreeg een akelig gevoel in mijn maag. Toen zag ik het mes in haar kontzak. Het was omhooggeschoven en ik schrok ervan hoe lang en glanzend het lemmet was. Ik hield mijn adem in.

Plotseling viel er iets van het plafond naar beneden. Het was een grote zwarte mier. Hij spartelde op het bolle schokkende buikje van het kind. Nog steeds deed Daniela niets. Enkel dat kijken.

Ik had wel eens gehoord van giftige mieren. Philip had mij daar ooit iets over verteld. Was het in Zuid-Amerika of Australië waar je door slechts een enkele beet van zo'n mier ten dode opgeschreven was? Als verlamd staarde ik naar het kronkelende insect dat op het gladde buikje geen houvast vond. Plotseling begon het omhoog te kruipen. Het kan niet, dacht ik. De bewoners van Casa Feliz kunnen toch niet in zo'n voortdurend levensgevaar verkeren?

Waarschijnlijk maakte ik een geluid, want opeens keek Daniela op en in de spiegel staarden we elkaar aan. Ik zag hoe Daniela langzaam zonder de ogen van mij af te wenden de mier wegveegde van Martíns lijfje.

Ik stamelde: 'Je... je hebt een mooi kind.'

Daniela keek mij nog steeds aan met die uitdrukkingsloze grote ogen.

Ik vervolgde: 'Je... hebt hem... niet voor niets Martín genoemd.'

'Nee... niet voor niets.'

'Papa's naam.'

'Ja.' Er was pijn in die ogen. Daniela keek nu om en zag naar mij op. Toen zei ze nauwelijks verstaanbaar: 'Ik moest de vloek afwenden.'

Een ijskoude hand sloot zich om mijn hart.

Papa, dacht ik. Wat heb je gedaan?

Ik bleef in die ogen kijken. Pak hem vast! Waarom klem je hem niet tegen je aan en sla je geen deken om hem heen? Het is je kind! Pak hem vast, dan kan ik dat mes weghalen van je lijf.

Toen werd achter mij in de gang een deur geopend en even later hoorde ik het geroezemoes van mannenstemmen. Daarbovenuit klonk Jarno's stem die Daniela's naam riep. Hij stond plotseling achter mij. Ik ging opzij zodat hij de kamer in kon lopen en bij Daniela kon knielen. Hij nam het kind in zijn armen. Hij fluisterde iets tegen Daniela. Zij liet haar hoofd tegen hem aan glijden.

Ik sloot de deur en bleef staan in de duisternis van de gang.

Hij had het mes niet gezien.

Ik wist niet hoe ik erin slaagde in de keuken te komen. Antonio stond opeens naast mij. Zijn hand rustte op mijn schouder. Ik wilde wel dat die hand nooit meer weg zou gaan. Het kon mij niets schelen dat Vicky met onderzoekende blik naar ons keek. Met die hand op mijn schouder viel mijn denken stil.

'Kom,' riep er iemand, 'laten we naar de muziekkamer gaan.'

Ook dat nog.

Vicky keek om zich heen; blijkbaar miste ze Daniela.

Daniela brengt Martín naar bed, Vicky. De kleine Martín. Het kind dat zo heet om de vloek af te wenden. De vloek. Wat weet jij daarvan, Vicky? Hoe lang weet jij daar al van? Was papa zo'n ploert?

Maar Vicky hoorde mijn gedachten niet. Ook zij riep: 'Luitjes! We gaan muziekmaken!'

Antonio liet mij los. Help mij, wilde ik naar hem roepen, ik moet breken met de muziek. Maar mijn vader heeft mij hierheen geroepen. En mijn vader is een ploert. Help mij. Wat moet ik doen. Ik kan dit niet. Ik wil weg uit dit wespennest!

Maar Antonio had zich al omgedraaid.

Ik kon er niet onderuit. Ik pakte een schotel en wat bestek, in het wilde weg, om op het aanrecht te zetten. Uitstel. Zo veel mogelijk. Maar Mauricio nam de schaal van mij af en zette hem terug op de tafel. De anderen waren al opgestaan en verlieten de keuken.

'U bent onze gast,' zei Mauricio tegen mij, 'u mag niets doen.' Ik verafschuwde zijn lachje.

O god. Er moest een God zijn in dat immense universum. In dit veel te grote leven. Een God als houvast in de doolhof van mijn emoties.

Ik volgde de anderen naar een vertrek dat ik 's middags nog niet gezien had. Een aanbouw achter de binnenplaats, een vrijwel lege ruimte met gepleisterde wanden en plafondbalken van ruw onbewerkt hout.

Tegen de muur stond een zwarte piano waar bladmuziek slordig over uitgestrooid was. Antonio had plaatsgenomen op de pianokruk en liet zijn grote handen over de toetsen gaan. De ruimte vulde zich met een waterval van melancholieke akkoorden. A-mineur, constateerde ik. Ik hield van deze toonsoort. Vroeger, verbeterde ik mezelf. Vroeger. Nu haat ik muziek. Nu haat ik haar in alle toonsoorten.

'Je hebt nieuwe snaren kunnen krijgen, Antonio!'

De stem van Vicky schoot als een balletje de ruimte in.

'En je hebt ze er al op gezet!' Ze tokkelde met haar vingers op de snaren.

Antonio zei zachtjes iets tegen haar, waarop ze tegen hem uitviel in een woedend 'nee, nee, nee'. Maar hij lachte en legde zijn grote hand op haar schouder. Het zou me niet hebben verwonderd als ze was verpletterd door zijn aanraking. 'Vertrouw mij,' zei Antonio terwijl hij zich liet zakken op de pianokruk.

'Stemmen, Vicky.'

Jerónimo draaide aan de stemknoppen van zijn gitaar. Vicky keerde zich nors naar hem toe en gaf een lange chagrijnige a. Mauricio keek naar mij vanaf zijn stoeltje en streelde met zijn vingers over een bandoneon. Ramón liep naar de hoek van het vertrek en schoof een grote contrabas naar voren. Pablo zat met een cello tussen zijn benen.

Er ontstond een opgewonden mengelmoes van klanken toen al die instrumenten een weg zochten in de juiste afstemming op elkaar.

Ik zag Jarno en Daniela weer binnenkomen; alsof er niets aan de hand was. Ze lachten. Het was voor het eerst dat ik Daniela zag lachen. Van een vloek was niets te bespeuren. Ook het mes was weg.

Eén grote familie. Muziek heelt alles. Zelfs ploerten kunnen subliem spelen. Schande lost op in zoete melodieën.

Alle instrumenten waren gestemd. Langzaam stierven de klanken uit. Ik kende dit soort momenten. De spanning onder de orkestleden, de kakofonie van geluiden, de stilte bij het binnentreden van de dirigent, de spanning tot de aanhef van zijn eerste gebaar. Maar hier was geen dirigent of bandleider.

Opeens zag ik dat er tegen de muur van het vertrek een

stoel stond met een rood fluwelen kleed erover. Er lag een oud instrument op. Een bandoneon in zwart, rood en wit uitgevoerd met een kunstig bewerkte kast. Ik herkende de kwastjes aan de onderkant.

Toen boog Antonio zich over de piano en uit zijn vingers werd een neergaande melodielijn geboren.

Meteen herkende ik de eerste tonen. Onwillekeurig ademde ik diep in alsof ik me voorbereidde op een zachte inzet.

Maar meteen ook zweeg het orkest. In de stilte keken de muzikanten elkaar aan. Alsof er een ontzetting plaatsgreep in hun hart waardoor ze onmogelijk verder konden.

Antonio verbrak de spanning.

'Voor Papa Tango,' zei hij, *'por favor.* Wees niet bang.'

'Maar...' zei Vicky.

'Niet praten, Vicky. Speel.'

Opnieuw gaf hij zich over aan de piano en in een hartverscheurend akkoord was het of hij zijn ziel uitgoot over de toetsen.

Ik sloot mijn ogen.

De tango had mij voortdurend ingehaald op mijn reis. Ik had geprobeerd hem te negeren, maar hier, in het huis van mijn vader, Casa Feliz, ontrolde hij zich als een rode loper. Hij nodigde mij triomfantelijk uit de nieuwe wereld te betreden. Hij verleidde mij om mijn protest en mijn twijfel los te laten. Hij voerde in het intro de viool en cello ten tonele in meeslepende spannende schokkende maten. Hij dreef de spot met het oude verzet van mijn moeder: 'Tango? Barbaars. Een vlek op de muziekgeschiedenis; een belediging voor échte musici.' En Philip, die het in haar kielzog met één woord afdeed: 'Muzák!'

Maar onder de strelingen van de golvende melodielijnen, onder de spanning van de korte heftige stiltes tussen de maten begreep ik niet hoe iemand tegen deze muziek weerstand kon bieden.

God, dit is mooi.

Ik had het gevoel dat mijn hart brak.

De muziek hield in om de hoofdmelodie in te zetten en daar hoorde ik een bariton de eerste regels zingen:

'Yo adivino el parpadeo
de las luces que a lo lejos
van marcando mi retorno...'

Antonio boog zich over de piano, sloot zijn ogen en zong vanuit dat grote lijf, maar met een wonderlijk lichte stem alsof hij zich nog inhield om het raadsel af te tasten in het sterrenlicht. Ik keek naar de oude bandoneon op de stoel en het was of ik mijn vader hoorde zingen. Ik hoorde zijn angst en verlangen. Zijn hunkering om naar Argentinië terug te keren.

Als vierentwintigjarige Argentijn was hij indertijd na veel omzwervingen aangekomen in Nederland, getrouwd met een half Nederlandse, half Spaanse pianiste. Waarom, dat wist niemand.

'Son las mismas que alumbraron
con sus pálidos reflejos
hondas horas de dolor...'

Welke pijn dan, papa? Hield je zoveel van je land?

'Y aunque no quise el regreso
siempre se vuelve al primer amor...'

Zoals Antonio ritmisch de toetsen streelde, leek het wel alsof hij de liefde bedreef met het instrument. Ik zag tranen over Vicky's wangen glijden.

Op dat moment keek Daniela naar mij. Meteen sloeg ze bescheiden haar ogen neer. Maar het leek een boodschap.

En in mij barstte het open, het plotselinge weten.

Papa had Laura al gekend vóór hij naar Nederland kwam als vierentwintigjarige.

Laura was zijn eerste liefde. Hij had haar gekend vóórdat hij met mijn moeder trouwde. Hij was altijd van Laura blijven houden. En hij had altijd naar Laura terug gewild!

'... siempre se vuelve al primer amor.'

Je keert altijd weer terug naar je eerste liefde.

De tango golfde over me heen. Crescendo en toewerken naar de herhaling van het refrein waar de cello nu een tegenstem doorheen vlocht. Golven en dalen. Angst en hoop. Zoete herinnering en rauwe realiteit. En dat alles in een melodie die soms in ongeduld versnelde of tergend leek in te houden, maar altijd uiteindelijk bleek te kloppen in het strakke metrum. De zangstem zong vrij over de maten heen, maar vond steeds weer een gezamenlijk begin of einde van een zin, alsof stem en instrumenten elk een ander glooiend pad namen op weg naar hetzelfde einddoel.

'Vivir...'

De tango had hem gekweld. Zijn leven lang. Gekweld en getroost. Zijn lijflied.

'... que lloro otra vez.'

Zoals zo vaak eindigde ook deze tango abrupt. Er viel een stilte. De spelers hielden de spanning vast. Toen keken ze mij aan. Ik voelde dat. Ik hief mijn hoofd op. Nog ontdaan van mijn inzicht. Van de bekentenis die papa mij had gedaan.

Antonio wreef met een grote zakdoek het zweet van zijn voorhoofd. Toen begon hij opnieuw het intro te spelen.

'Marisa,' zei hij zacht en dwingend. 'Zing voor ons, *hermosa*.'

Ik kon mijn ogen niet van hem afhouden.

'Je kent het lied.'

Maar ik schudde mijn hoofd.

Ik kan mijn hart niet op mijn lippen tillen.

Van Antonio keek ik naar de bandoneon op de eenzame stoel tegen de muur. De dieprode glans had ik als kind zo prachtig gevonden. Toen deed ik een stap dichterbij. Opeens voelde ik de spanning in die mannenlijven om mij heen van Ramón, Pablo, Jerónimo, Mauricio, Jarno. Antonio glimlachte naar mij als het Heilig Hartbeeld in de kapel. Een gloed kroop op in mijn onderbuik. Ik zag hoe Daniela mij aankeek; hoe de twee dochtertjes van Antonio doodstil naar mij staarden; hoe Vicky's ogen glansden van tranen. Ik begreep niet waarom, maar de hele zin van het leven leek op dit moment te bestaan in de vraag of ik dit lied van papa zou willen zingen.

God. Hoe zou ik durven.

Er rolde een uitnodigend akkoord voor mijn voeten, zacht, en klaar om in te glijden. Toen waagde ik het.

Ik haalde diep adem en gaf mijn stem de vrije teugel, met een vermetelheid die onverwacht en verpletterend aanwezig was.

'*Volver...* '

zong ik. Zóng ik. Mijn god. Ik zong!

'*con la frente marchita...* '

Wat een heerlijk woord om te zingen met die aangespannen '*ch*' als een bevrijdend plofje.

'... las nieves del tiempo
platearon mi sien...'

De piano ging door. Hielp mij. Was het papa die in mij zong? Wat was dat voor stem? Dat was mijn stem niet. Dat was ik niet. Dat was iemand anders. Iemand die ik niet kende. Die het overnam met een laagte en een diepte die in mijn borst nog nooit aangesproken waren.

'... Sentir...'

Ik kon die vreemde stem lang laten vibreren op die laatste lettergreep. Wat voelde dat geweldig.

'... que es un soplo la vida.'

Het vóélde ook als een zuchtje wind, die adem.

'... que veinte años no es nada...'

Ik ging omhoog en realiseerde me dat er iets niet klopte. Ik was sopraan geweest. Mijn kracht lag in de hoge noten. Met gemak was ik tot de hoge a, vaak b en c gekomen, want ik vond het verrukkelijk op grote hoogte. Ik werd gewaar dat de stem die nu uit mijn lijf kwam een aantal verdiepingen lager zat, minstens twee octaven. Ik was te verward om dat meteen te analyseren. Op het moment dat ik het probeerde, blokkeerde ik.

De melodie brak in stukken. De instrumenten gingen nog even door, een paar maten zonder mij. Vicky's viool stopte en Antonio sloot af met een verwachtingsvol septiem majeurakkoord.

Ik probeerde mijn adem terug te krijgen naar daar waar hij hoorde. Ik merkte dat mijn knieën veel te strak stonden. Ik liet ze los en voelde hoe ze begonnen te trillen.

Een applaus barstte los.

Dit konden ze niet menen. Dit was te beschamend.

Maar Vicky was al bij me en pakte mijn gezicht vast.

'Je zingt, Marisa. Je zingt!'

Achter mij stond Mauricio en hij hield niet op *gracias* te zeggen. Achter mij hoorde ik ook Jerónimo zachtjes zeggen: 'Wat een stem!'

Antonio was naar mij toe gekomen, had mijn hand gegrepen en mijn vingers naar zijn lippen gebracht.

Ik wilde het wel uitschreeuwen: dit heeft niets met belcanto te maken!

Ik trok mijn hand los uit de zijne en wendde mij af van zijn ogen, die recht in mijn ziel schenen te kijken. Argentijnen zijn overdreven, hield ik mijzelf voor. Wat dat betreft had moeder in ieder geval gelijk gehad.

11

De nacht was lang en intens vol onrustige dromen waar ik uit wakker schrok. Ik meende opgewonden fluisterstemmen te horen ergens in het huis, alsof er plannen werden gesmeed die ik niet mocht horen. Dan lag ik tijdenlang met wijd open ogen te kijken naar de balken van het plafond om vervolgens weer in te doezelen op weg naar de volgende droom die mij meesleurde door het verleden.

'Tengo miedo de las noches...'

Ja, ik ben bang, bekende ik het lied in een wakker moment. Ik ben bang voor die nachten vol herinneringen die mij in mijn slaap ketenen en mijn dromen aan banden leggen.

Het lied is meedogenloos en laat mijn vader schateren terwijl hij akelig dicht langs een ravijn loopt, zo diep dat ik de bodem niet kan zien. Ik loop voor hem uit op het smalle pad langs de afgrond. Dan kijk ik om. Hij is verdwenen. Verlamd van schrik sta ik aan de rand. Ik kijk in de diepte en zie ver beneden mij struiken heftig bewegen. Ik wil schreeuwen maar er komt geen geluid uit mijn keel. Een zware stilte daalt op mij neer. Het lied is met mijn vader verdwenen in de diepte.

Langzaam werd ik wakker van stemmen in het huis. Iemand zong. In de tuin klonken kinderstemmen. De kippen maakten een herrie alsof ze achternagezeten werden. Bespeurde ik te midden van al die geluiden de lach van mijn vader? Ik hield mijn adem in.

Maar het was de ronde bariton van Antonio.

'Mon coeur s'ouvre á ta voix, comme s'ouvrent les fleurs aux baisers de l'aurore...'

Een aria van Saint-Saëns zweefde als een vogel mijn gedachten binnen. *Samson en Delilah...* God, wat was dat een gelukzalige ervaring geweest om die in te studeren. De golvende passages vol dramatische climaxen. De zachtere gedeeltes druipend van tederheid, vleierij en vrouwelijkheid.

'... que ta voix parle encore...'

Maar de stem van Antonio verdween ergens aan de andere kant van het huis.

Het is voorgoed verloren, dacht ik. Voorgoed onbereikbaar. De hemelse hoogte. Als een orgasme. Iedereen lag aan mijn voeten. Hoe kwam ik aan die stem van gisteravond? De tango trekt mijn stem naar beneden. Dat mag niet. Niet de diepte in.

Maar Antonio keurde het goed. Antonio was geraakt. Iedereen was geraakt. O god, ik wil dat niet. Het doet te veel pijn. Al zegt Antonio tien keer *hermosa.* Hij is gewoon een charmeur. Waar haalt hij het lef vandaan mij voor gek te zetten met die kraakstem? Muziek is voor mij *fini.*

Ik kom hier voor mijn vader.

Ik wierp het laken van mij af, stond op en kleedde me aan. Het was koel in de kamer. Door het kleine raam zag ik een lichte nevel over het landschap. Zou ik vandaag weer verder trekken? Op reis naar het noorden? Vicky had er gisteren niets over gezegd. Ik vond het jammer dit huis te moeten verlaten. Dit huis met de sfeer van eeuwen binnen de dikke muren.

In de keuken zaten mijn zusters om de tafel met Jarno en Antonio. Ze staakten abrupt hun gesprek toen ik binnenkwam. Vicky stond snel op en ontfermde zich over de vuile borden van de *asado*, die nog stonden opgestapeld tussen het broodkruim. Ze wierp een stuk sparerib naar de hond, die er gretig op begon te kauwen.

Antonio was de eerste die mij met een kus begroette. Had hij de nacht in Casa Feliz doorgebracht? In het bed van Vicky? Wat haal ik mij eigenlijk in mijn hoofd, dacht ik. Schuchter gaf ik hem een kus terug.

Jarno zat met de kleine Martín op schoot. Het kind zoog op een korstje brood en bestudeerde het vervolgens aandachtig.

'Kom zitten, Marisa,' zei Vicky. 'Wil je koffie?'

Ze veegde met haar hand het broodkruim weg en zette een grote kop koffie met melk voor mij neer waar de damp van afkwam. Heeft Vicky met die vioolhanden vannacht dat grote lijf van Antonio gestreeld? O trut, hou toch op met die gedachten.

Antonio dronk zijn koffie op en ging tot mijn opluchting met Jarno naar buiten om de paarden te verzorgen.

Vicky vroeg: 'Wil je wat eten, Marisa? Wij ontbijten eigenlijk nooit hier maar ik heb brood genoeg.'

'Nee, dank je.'

Daniela had niets tegen me gezegd. Ik keek naar haar gezicht, dat jonge gezicht waar zoveel niet te peilen verdriet op te lezen stond. Ze had een mond die geschikt was om uitbundig te lachen, om opengesperd te worden in een schaterlach. Die krullende lippen deden mij denken aan een sappig stukje fruit. Ze had vast heel veel gelachen met papa.

Maar Daniela keek door het raam en lachte niet. Ze had haar handen verstopt in de mouwen van haar shirt.

Hier zat ik met mijn twee zusters. Duizend vragen bestormden mij. Maar de afstand tussen ons was even groot als gisteren.

'Het was een bijzondere avond,' zei ik om niet aan mijn moedeloosheid toe te geven.

'Ja, hè,' zei Vicky.

'Je hebt kleurrijke vrienden.'

'Ja,' antwoordde Vicky terwijl ze een vaatdoek uitwrong boven de gootsteen, 'papa's vrienden. Achter elk van die mannen schuilt een verhaal.'

'O ja?'

Vicky draaide zich naar me om en zei kort: 'Alle vier hebben ze hun vrouw verloren onder Videla.'

Net als papa, dacht ik. Papa verloor Laura.

Verloren vrouwen als onderlinge band tussen papa en zijn vier vrienden.

'Alle vier?'

Ik dacht aan de *asado*. Ik dacht aan de muziek die ze daarna hadden gemaakt. Onder die liederen had een verscheurdheid gelegen die ik had aangevoeld maar niet begrepen. Nu kon ik haar plaatsen.

'Antonio ook?'

Vicky nam een trek van haar sigaret, die op de rand van het aanrecht lag.

'Zijn vrouw is vijf jaar geleden aan borstkanker overleden.'

Op dat moment vond ik het niet erg dat mijn keel zich sloot.

Voor het huis stond een bestelbusje.

De deuren stonden open en Vicky was druk bezig samen met Daniela de bus in te laden. Grijze tenten, linnen zakken met dekens en slaapzakken, kistjes met etenswaren en een aantal jerrycans met dieselolie werden efficiënt gestouwd door de twee vrouwen. Zelfs de vioolkist van Vicky en een gitaar gingen mee. Daniela zette met een harde klap een doos in de auto, waar een plastic voorraadbus met de maté, het bekertje en een thermoskan in stonden.

'Voorzichtig,' zei Vicky geërgerd tegen haar. En tot mij:
'Heb jij je bagage al? Wij hebben wel een slaapmatje en een
slaapzak voor je. Neem alleen het hoognodige mee. En voor-
al warme kleding. Het kan koud zijn in de bergen, vooral
's avonds. En goeie schoenen!'
'Gaan we kamperen?'
'Zo nodig.'
'Waar?'
'Dat hoor je onderweg wel.'
'Ik heb mijn tas al ingepakt.'
Reizen was bewegen. Waarheden waren makkelijker te
verdragen als je ze kon achterlaten, als je ze kon verbinden
aan een bepaalde plek, om vervolgens weer door te gaan.

*'... Pero el viajero que huye
tarde o temprano detiene su andar.'*

Maar de reiziger die wegvlucht, houdt vroeg of laat zijn pas
in.
Het lied scheen van plan met mij mee op reis te gaan. Ik
draaide mij snel om en liep om het huis heen om het lied niet
te hoeven horen.
Het liep tegen tienen. De mist was opgelost. De hemel was
strakblauw van onschuld. In de verte waren de bergen zichtbaar in grijze en roze tinten. De pijnbomen, koninklijk, don-
kergroen, stonden roerloos in de stilte. Ik snoof de frisse
morgenlucht diep in mijn longen. Zo'n zoete geur van gras
die je optilt uit je eigen moeras. Ik hoorde de stemmen van
de kinderen die achter het huis aan het ravotten waren en de
kippen naar het hok joegen.
Achter me knerpte het grind. Vicky kwam weer naar me
toe.
'We gaan zo.'
'Wordt het een lange reis, Vicky?'
'We zijn wel een dag onderweg.'

131

'Gaan we naar...'

'Naar het noorden. Dat is de opdracht.'

'Opdracht?'

'Ja,' zei Vicky, op een manier dat ik niet het lef had daarover door te vragen.

Dus vroeg ik: 'Rijdt Jarno?'

'Jarno blijft hier. Had ik je dat niet verteld? Hij en de meisjes passen op Martín. En hij zorgt hier voor de paarden, samen met Jerónimo. Die woont hier vlakbij.'

'Wie rijdt er dan. Jij?' Ik durfde Vicky niet aan te kijken.

'Antonio gaat mee,' zei Vicky. 'Hij kent de wegen goed. Hij heeft een paar dagen vrij genomen.'

Ze draaide zich opeens naar mij toe en zei met glinsterende ogen: 'Vind je het geen geweldige kerel, die Antonio?'

O god, dit ging nooit goed.

'Ja,' fluisterde ik, 'het is een kanjer.'

'Een kanjer,' giechelde mijn zusje, 'dat heb je goed uitgedrukt.'

Ik glimlachte mee om haar een plezier te doen, maar ik dacht: ik lever me uit. Ik lever me uit aan Vicky en nu ook aan Antonio. Ik kan nog steeds mijn koffers pakken en op het vliegtuig stappen. Maar ik doe het niet. Vicky moet haar geheim met mij delen. Het hangt in de lucht. Papa's geheim. Daarvoor ben ik hier.

'Vicky?'

Mijn zus keek me niet aan. Ze streek met een hand over haar blonde haar dat glansde in de ochtendzon.

'De kleine Martín... Zijn Daniela en Jarno... Ik bedoel: is Martín...'

'Nee,' zei Vicky, 'als je dat bedoelt. Jarno is niet de vader van Martín. Ha ha, dat kun je toch wel zien!' Ze lachte nog eens geforceerd en riep: 'Daar heb je Jerónimo en Mauricio! Ze komen nog even afscheid van ons nemen!'

En ze wees naar de weg waar een jeep zichtbaar werd.

Even later was het huis weer gevuld met mannenstemmen. Antonio en Jarno, Jerónimo en Mauricio stonden elkaar op de schouder te slaan alsof ze elkaar weken niet gezien hadden.

'U ziet het, señorita.' Mauricio draaide zich om naar mij en ik rook zijn adem. Alcohol, 's morgens om tien uur al.

'We zijn als een familie voor elkaar. Ik herinner me nog als de dag van gisteren dat uw vader stierf.'

Jerónimo mompelde: 'Rustig nou maar, man.' Maar Mauricio was niet te stuiten.

'Echt, señorita, ik zal het nooit vergeten hoe ze hem binnenbrachten. Met zes man. Met zes man tilden ze hem uit de bus van Antonio. Hij zat onder het bloed en... '

'Mauricio!' riep Daniela schril.

Er viel een stilte.

Hij zat onder het bloed.

Ik keek Vicky aan. Maar Vicky wendde zich af.

Om mij heen waren de gezichten ondoorgrondelijk. Daniela had hen gewaarschuwd. Waarom?

In een wat bedrukte stemming namen de drie mannen afscheid van ons kleine reisgezelschap.

We stonden in het zonlicht voor het busje. De hond blafte luid alsof hij ons probeerde op te vrolijken. De kleine meisjes kropen in de laadruimte van de bus tussen de tentzakken en slaapmatjes en riepen dat ze mee wilden.

Vicky's mobieltje ging over en ze ging op het grasveld staan, een eindje van ons af.

'Dat is vast uit Tucumán,' zei Daniela plotseling en ze riep naar Vicky: 'Zeg maar dat ik van gedachten ben veranderd. Ik blijf hier.'

'Geen sprake van,' riep Antonio. 'We doen dit voor jou. Dat weet je heel goed. We doen dit voor Marisa, maar we doen dit ook voor jou.'

'Je moet erdoorheen, Daniela,' zei Jarno, 'als je het nu niet doet, doe je het nooit.'

Vicky kwam aanlopen en duwde Daniela het mobieltje in haar hand. 'Don Claudio,' zei ze, 'praat met hem.' En ze keek mij aan met een wanhopige uitdrukking op haar gezicht.

Waar gaat dit over! wilde ik schreeuwen.

Maar mijn keel zat potdicht.

Jarno draaide zich plotseling naar mij toe en fluisterde: 'Denk aan wat ik je gisteren vroeg. Pas alsjeblieft op Daniela. Ze is suïcidaal.'

Ik stond Jarno nog aan te staren toen Mauricio mij uit mijn verbijstering rukte en me omhelsde. Hebzuchtig en smekend. Ik maakte me snel van hem los. Zijn litteken joeg me van zo dichtbij angst aan en de geur van alcohol maakte hem onecht.

Jerónimo duwde hem weg en ging voor me staan. Ik keek naar zijn mooie kop met het aristocratische baardje. Een kop waarin wellicht kwellende herinneringen aan de dictatuur huisden. Hij lachte zo vriendelijk naar me dat ik even mijn suïcidale zusje vergat.

'Jullie gaan naar Tafí del Valle, een van de mooiste plekjes van Argentinië,' zei hij. 'Ik heb er familie wonen en ik zal je dit vertellen, Marisa: als je er eenmaal bent geweest, wil je er altijd naar terug. Het is een plek van ontroostbaar geluk.'

Zijn donkerblauwe ogen hielden mijn blik vast. God, wat zijn die Argentijnse mannen anders! dacht ik.

Ik zag hoe Antonio, zomaar te midden van de vrienden, Vicky een kus gaf op de mond. Ik wendde mijn gezicht af en ontmoette de ogen van Jarno.

Ik voelde me betrapt.

Dwaas die je bent. Hij is blijkbaar van Vicky.

Maar toen stond Antonio plotseling voor mij.

'We nemen je mee tot diep in Argentinië,' zei hij met zijn bariton aan mijn oor, warm als sissende lava. 'Ons land is schoon en schokkend. Je zult er verliefd op raken en je zult je hoofd schudden. Tucumán zal je hart verwarmen en verwarren.'

Alsof het om een plezierreisje ging.

Voordat ik het wist, omhelsde hij mij. Een moment drukte hij me aan zijn borst en een golf van lichamelijk geluk ging door me heen. Het was belachelijk. En het was onmogelijk.

Ik zag in zijn ogen een zweem van ondeugendheid en wist niets te zeggen. Hij kneep in mijn wang. Alsof ik een van zijn dochtertjes was.

Antonio nam plaats achter het stuur. Daniela kroop naast hem, gehuld in een rode poncho. Ze had de kleine Martín onverschillig aan Jarno overgedragen.

Ook ik stapte in en schoof door tot achter de bestuurdersstoel. Ik keek naar het profiel van Daniela.

Mijn suïcidale zusje, dacht ik, wat heeft dat te betekenen? Ze heeft toch geen mes bij zich?

Toen wipte Vicky de bus in, naast mij. De hond jankte luid en wilde ook de bus in springen, achter Vicky aan. Jerónimo nam de hond tussen zijn benen en riep: 'Daar gaat-ie!' en schoof met een klap de deur dicht.

Vicky draaide het raampje naar beneden.

'*Chau*,' riep ze, '*chau* Jarno, *chau* lieverds, *chau chau*, pas goed op jezelf!'

Antonio startte de bus en liet de motor ronken. Hij had het raampje aan zijn kant openstaan. Ik zag dat Mauricio snel langs de voorkant van de bus liep. Hij stak zijn hoofd door het raampje en fluisterde tegen mijn halfzusje: 'Denk je echt dat je dit aankan?'

Daniela maakte een ongeduldig gebaar en keek boos.

'Hier,' fluisterde Mauricio en hij liet een fles op haar schoot glijden, 'je weet maar nooit.'

Zwijgend legde ze de rum in het dashboardkastje.

'Daar gaat-ie!' riep ook Antonio en hij trok op terwijl het grind onder de wielen weg spatte. We keken achterom hoe het groepje voor het huis ons nazwaaide. Toen nam Antonio de bocht naar rechts. Het huis met de witte bogen en zijn vreemde scheve muur verdween uit het zicht.

Voor ons lag de weg naar het noorden.

12

De eerste uren werd er niet veel gezegd. We waren allemaal bezig met onze eigen gedachten in een weldadige stilte.

We reden over een rechte weg die als een eindeloos lint door het landschap was getrokken, steeds maar rechtdoor. Er was vrijwel geen verkeer. Rechts van ons verhieven zich in de verte kale bergen. Om ons heen waren vlaktes begroeid met bruine grassen. Hier en daar prijkte een groepje bomen in felle herfstkleuren. Verdwaalde reuzencactussen stonden met hun armen omhoog alsof zij ons beteuterd nazwaaiden.

Ik had geen wegenkaart gezien en ik wist nauwelijks iets van de topografie van dit land. We gingen naar het noorden. Naar 'Argentinië op zijn mooist'. In Antonio's mond had Tucumán geklonken alsof we naar het paradijs zelf zouden gaan. En Tafí del Valle was door Jerónimo met dezelfde eerbied uitgesproken.

Maar daar, dacht ik, daar is mijn vader verongelukt.

Ver weg voor mij, waar de horizon steeds maar verder week. Daar ergens was twee jaar geleden een bruut einde gekomen aan zijn leven. Waarom? Wat deed hij daar? Bijna in Bolivia? Opeens kwam het mij onwerkelijk voor dat ik naar de plaats van het drama ging. Dat ik nu daadwerkelijk het spoor van mijn vader volgde dat begonnen was in Buenos Aires. Langzaam kwam ik in de greep van dit land. Het zoog mij steeds meer naar binnen.

Ik hoorde de arts in Amsterdam zeggen: 'Gun uzelf rust.'

Rust? Ik was drie dagen in Argentinië. Het leken wel drie weken. En rust was niet bepaald mijn deel geweest. Argentinië was misschien toch niet zo'n goede keuze om 'er even uit te zijn'.

En hoe moest ik hier drie maanden mijn stem niet gebruiken? Hoe deed je dat als je ontdekte dat je een halfzusje had. Een halfzusje met zo'n zware depressie dat ze suïcidaal was. Hoe kon je dan blijven zwijgen?

Toch had ik de moed niet om aan Vicky te vragen: hoe is dit in godsnaam zover gekomen? In welke hel leeft Daniela? Wat heeft dat met papa te maken? Ik vreesde Vicky's norse afweer. Ze zou gaan schreeuwen en dan zou ik misschien ook schreeuwen.

Rust voor mijn stem.

Hoe had ik gisteren kunnen zingen! De arts zou eens moeten weten.

Vanmorgen had ik in de badkamer een toonladder willen zingen. Een onschuldig oefeningetje van Vaccai. Buiten mijn lijf waren volle en warme tonen ontstaan waar ik met verbijstering naar luisterde. Ik leek wel een tenor. Philip zou door de grond gegaan zijn en mij hebben afgeschreven.

Philip. Oude hitsige Philip. Wat wist hij van de hele geschiedenis hier? Waarom was hij er zo op tegen geweest dat ik naar Argentinië zou gaan?

Naast mij slaakte Vicky een diepe zucht. Ze grabbelde in het kistje tussen ons in en vroeg op slaperige toon: 'Willen jullie maté?'

Zonder het antwoord af te wachten begon ze het bekertje klaar te maken. Ze strooide de kruiden in de leren nap onder een gemompel van 'schud niet zo, Antonio'. Heel voorzichtig goot ze er heet water op uit de thermoskan. Het lukte haar zonder een druppel te morsen.

De aandacht waarmee Vicky als eerste aan het pijpje zoog,

had iets weg van het stille genot van een roker die de eerste trek van zijn joint inhaleert. Vicky bood mij de beker aan nadat ze er opnieuw water op had gegoten. De bittere drank deed me goed. Zonder nadenken gaf ik de beker door aan Daniela.

'Dat doen we niet zo.' Vicky greep beledigd de beker uit mijn handen. 'Hij moet weer terug naar mij.'

'O, sorry.'

Vicky glimlachte vermoeid. 'Dit is een oud indiaans gebruik,' legde ze uit. 'Degene die de maté klaarmaakt is ook degene die hem rond laat gaan en naar wie de beker steeds terugkeert. Het is niet goed om die dingen te verstoren. Heb je het niet gemerkt, gisteren, dat het zo gaat?'

'Niet echt.'

Vicky draaide me bruusk de rug toe en reikte de beker aan Daniela. Daniela begon zonder iets te zeggen te zuigen.

Antonio zei gelukkig niets. Maar de stilte was onbehaaglijk. Ik schoof dichter naar het raampje.

Zo ging dat vroeger. Vicky die het huis tiranniseerde als iets haar niet zinde. Papa die haar uitlachte als ze met de deuren sloeg. Mama werd dan woedend, maar papa schaterde zo hard dat Vicky de trappen afrende en met hem vocht, zo lang dat ze samen gillend van het lachen over de parketvloer rolden.

Vicky is verwend, dacht ik. Ze heeft alles kunnen krijgen. Ze is met het beste deel van onze ouders naar Buenos Aires gegaan. Ze heeft een zusje gekregen. En hier heeft ze Antonio, al snap ik niet veel van die relatie.

Maar ze is niet gelukkig. Onder alle branie is ze niet gelukkig. Ze gaat gebukt onder Daniela's depressie. Ze heeft verdriet om papa. En we kunnen dat niet delen.

Ik keek voorzichtig opzij naar haar profiel en ontdekte een treurige lijn langs de mond. Zag Vicky ertegen op mij over papa's ongeluk te moeten vertellen? Om de plek van het onheil weer te zien? Het beeld van een neergestorte jeep in een ravijn gaf mij een wee gevoel in mijn maag.

Mijn moeder had indertijd harde woorden gesproken over mijn vaders dood. Maar ik kon die woorden niet terughalen in mijn herinnering.

Vicky keek stug voor zich uit. Ze is jaloers, dacht ik plotseling. Misschien is dat het. Ze is jaloers op mij. Maar dat hoeft niet, Vicky. Antonio is van jou. Papa was van jou. Ik heb hem niet afgepakt. Ik pak Antonio ook niet af. Allemaal zijn ze voor jou. Voor Vicky, verwende boze Vicky. Al die mannen zijn voor jou.

Er was maar een halve meter ruimte tussen Vicky en mij. Toch kon ik er niet toe komen de afstand te overbruggen. Een gebaar te maken. Vicky's hand te pakken.

Zou Vicky nog steeds haar norsheid dagenlang kunnen volhouden?

Ze was zo anders dan ik. Nog steeds. Ik was buigzaam als een riet. Voor moeders gram was ik bang geweest, zolang ik mij kon heugen. Ik was altijd bereid om me aan te passen als dat hielp om de geest van onvrede uit het grachtenhuis te bannen. Soms had ik mijzelf daarom gehaat.

De keren dat ik tegen mijn moeders wil in ging waren op één hand te tellen. Meestal betrof het muzikale aangelegenheden. Al brak de hel los, ik kon dan voet bij stuk houden. Mijn interpretatie van 'Bist du bei mir' van Johann Sebastian Bach vond mijn moeder belachelijk en pathetisch.

'Je overdrijft dat pianissimo bij *"Ach, wie vergnügt, wär so mein Ende"*. Daardoor krijg je een veel te sterk vibrato.'

'Dat *"vergnügt"* moet ook een innigheid krijgen, mama. Dat valt alleen met grote zachtheid te bereiken. Met een speciale kleur.'

''t Is geen gehoor. Veel te sentimenteel.'

Toen ik tijdens de begrafenis van mijn tante dat lied gezongen had, was moeder daarna dagenlang woedend geweest, vanwege dat pianissimo. Het had de begrafenismis totaal voor haar bedorven, had ze gezegd, omdat haar dochter zo eigenzinnig was geweest. Ik kon slechts verbijstering voelen om haar afkeuring. De dankbaarheid van mijn oom voor mijn bijdrage had die verbijstering niet weggenomen. Niettemin was ik ervan overtuigd dat Bach het met mij eens was.

Ik staarde naar buiten. Ik zag de pampa aan mij voorbijtrekken. Ik had het gevoel dat ik jaren door dat landschap reed dat kaal was als mijn eigen ziel. Pas na een hele tijd ging mijn blik weer naar de anderen. Naar het stille profiel van Daniela, edel als een indiaans kunstwerk. Alsof Daniela voelde dat ze geobserveerd werd, draaide ze zich plotseling naar mij om en keek me aan met die grote trieste ogen.
    'We nemen een pauze, goed?' zei ze.

We stopten bij een grote boom pal aan de kant van de weg. Antonio zette het busje op het gras in de schaduw van de overhangende takken.
    Ik was blij buiten te zijn en nam de tijd om me uitgebreid uit te rekken. Rondom de boom lag een grote berg van plastic waterflessen. Wat een bende, dacht ik. Onderweg had ik al eerder plekken gezien waar die flessen opgehoopt lagen. Ik had me verbaasd over de slordigheid van de Argentijnen en hun onverschilligheid ten opzichte van het milieu.
    Plotseling stond Daniela naast me. 'Kijk,' zei ze verlegen en ze wees naar een afbeelding onder de boom van een vrouw die een kind zoogde. De vrouw keek met smartelijke ogen naar de hemel.
    'Dat is Difunta Correa,' fluisterde Daniela, 'een heilige. Ze beschermt ons onderweg.'
    Antonio begon te lachen.
    'Zo zijn wij Argentijnen. Als onze moeder al dood is,

hopen wij nog van haar melk te kunnen leven.'

En hij vertelde mij in korte zinnen de legende van de vrouw, Difunta Correa, die met haar baby op de arm haar geliefde achterna was gereisd. Hij was weggegaan om in de oorlog te vechten. In de woestijn raakte Difunta uitgeput van honger en dorst. Ze ging liggen met het kind aan haar borst en stierf. Haar baby bleek nog te leven toen ze werd gevonden. Al die tijd had de melk in de borst van de dode moeder het kind in leven gehouden. Dit werd als een wonder beschouwd. Natuurlijk werd ze intussen door het volk heilig verklaard. Maar de katholieke kerk had daar nooit een officiële uitspraak over gedaan. Reizigers vereerden haar niettemin door een plastic fles met water bij haar beeltenis te leggen en hoopten zo op haar bescherming onderweg.

Ik keek naar de afbeelding en vroeg me af of Daniela zich realiseerde hoeveel ze op Difunta Correa leek.

Vicky kwam bij ons staan.

'Onze moeders zijn dood,' zei ze, 'maar ze voorziet ons nog steeds van voedsel.'

'Voedsel?' Dat is nog maar de vraag, dacht ik.

'Zeker weten.'

'En dat zeg jíj!'

'Het helpt niet als je dat gaat ontkennen.'

Ik keek Vicky van opzij aan en vroeg: 'Heb jij moeder nooit gemist?'

'Nooit. Geen moment. Het was geen vrouw om van te houden. Helaas kunnen we niet zonder onze moeders. Ze hebben ons gebaard. Daarmee zou het genoeg moeten zijn. Maar ik weet intussen dat we met de moedermelk heel wat meer naar binnen kregen.'

'Wat bedoel je?'

'Ik bedoel...' Vicky keek mij aan met iets meewarigs in haar blik, '... nu jij hier bent, krijg ik een idee wat een invloed moeder op jou heeft gehad.'

'Wat bedoel je, Vicky?'

'Soms is het net of ik mama zie. Jullie konden het zeker goed vinden samen!'

Voor ik het wist gaf ik Vicky een harde duw. Ze wankelde achteruit en viel met een plof op de grond aan de rand van de berg plastic flessen waarvan er een paar als verschrikte speelgoedbeesten omhoogschoten. Vicky begon te schateren en eensklaps was ze weer dat eigenzinnige kind van tien. Ik greep een lege waterfles en gooide die naar Vicky toe.

'Flikker op met je haat tegen mama!'

Vicky ving de fles behendig op.

Ik greep de volgende. Hij kwam tegen Vicky's hoofd. Ik pakte twee flessen tegelijk.

'Hé, hé!' Vicky lachte niet meer. 'Dit kun je niet maken. Dit is een heilige plaats! Ben je gek geworden!' Ze weerde Antonio af, die haar overeind wilde helpen en greep mij bij mijn arm.

'Geef mij één duidelijk antwoord, Marisa, alleen maar ja of nee. Mis jíj mam?'

Ik knipperde met mijn ogen. Vicky's vraag benam mij zowat de adem.

Ik liet uit iedere hand een lege fles vallen.

Geen moment, dacht ik. Ik heb haar nog geen moment werkelijk gemist.

Maar ik kreeg het niet over mijn lippen. Vicky richtte zich half op en bleef mij aankijken, terwijl ze een blonde piek uit haar gezicht streek.

'Ik had nog wat van je te goed,' zei ze. 'Je zou nog iets positiefs over mam zeggen.'

Ze ging rechter zitten, wat lastig was tussen die gladde flessen.

'Maar ik zeg je dit: al zou je tien goeie dingen weten te zeggen over mama, dat zal niets aan mijn mening veranderen dat ze geen vrouw was om van te houden. Maar al zou ik jou tien slechte dingen over papa vertellen...'

'Ja, Vicky?'

Vicky ging overeind staan.

'Het blijft papa.'

'En dus?'

'Ik hield van hem. Maar jij. Hield jij van mama?'

Ik keek haar hulpeloos aan. Ik zocht naar een diplomatiek antwoord. Het was nergens te vinden.

We gingen in het gras op een plaid zitten. Ik zat tussen mijn zusjes in en was me scherp bewust van Antonio's lichaam recht tegenover mij. Ik wist me geen raad met mijn kleverige handen van de jam en die mierzoete *media lunas*. We dronken koffie uit een thermoskan en ik morste een grote plens op de plaid. Insecten zoemden om een klodder jam die op mijn broek was gevallen. Antonio reikte mij een fles water aan en joeg de vliegen weg.

'Ontspan,' glimlachte hij en hij ging zelf languit in het gras liggen. Een leeuw tussen zijn wijfjes.

De spanning week. Misschien door de warmte van de zon die uitbundig scheen en Moeder Aarde verwarmde. De hemel was strakblauw. De atmosfeer was onwaarschijnlijk helder en de bergen in de verte waren haarscherp te zien.

'We boffen met dit weer,' zei Vicky. Ze zocht in haar zak naar een pakje sigaretten. Daniela zat met gekruiste benen en haar vingers speelden met een van haar haarlokken. Ze had haar ogen gesloten.

Ik wachtte zwijgend. Wat mij betreft hadden we hier wel uren kunnen zitten. Ik was blij met de betrekkelijke harmonie. Maar mijn nieuwsgierigheid won het van mijn behoefte aan rust en ik vroeg: 'Waar ligt Tafi del Valle eigenlijk?'

Antonio kwam langzaam overeind. Vicky blies een rookwolk uit. Ze keek er peinzend naar en zei: 'Verder naar het noorden krijg je de provincie Tucumán. Daar ligt Tafi. Maar eerst nemen we je mee naar de maan.'

De maan. Uitstekend. Ik keek naar die gezichten en constateerde toen dat het in het geheel geen grap was.

'De bedoeling is,' vervolgde Vicky, 'dat we naar een plek gaan die Ischigualasto heet. Zo noemen de Indianen het. Ischigualasto betekent zoiets als Maanvallei. Het is een beroemd gebied, waar ooit dinosauriërs leefden.'

'En mammoets,' vulde Antonio aan.

'En reuzen,' zei Daniela.

'En waar... ' Vicky hield op met spreken en bleef een hele tijd stil. Op de gezichten van alle drie viel een schaduw.

'Ja?'

Het was geen onwil, zag ik plotseling. Het was geen spel, al leek het zo. Het drietal wist werkelijk niet hoe het de woorden moest vinden om mij iets te vertellen waar misschien geen woorden voor waren. Ik zag de machteloosheid op die drie gezichten. En direct sloeg de beklemming weer toe.

'De vraag is alleen of we genoeg diesel hebben,' zei Vicky met een geforceerde luchtigheid.

En opeens begonnen ze daarover druk te debatteren.

'Tafi halen we makkelijk. Zeker met die vier extra jerrycans.'

'Ja, ja, maar heb je die tankstations gezien? Allemaal dicht tot nu toe, vanwege de crisis. Dus als...'

'Och, de vrachtwagenchauffeurs matsen elkaar.'

'Wij zijn geen vrachtwagen, Antonio.'

'Er valt altijd wel wat te ritselen. Ik heb peso's genoeg bij me.'

'Misschien dat het in de noordelijke provincies wel meevalt.'

'Natuurlijk, we komen er wel. Zei ik toch.'

'Laten we dan nu weer gaan rijden. We verliezen te veel tijd.'

Vicky sprong op en trok Daniela overeind. Zonder iets te zeggen verdwenen ze achter een paar bosjes. Ik pakte de spullen op van de grond, zette ze in het doosje en droeg het naar de auto. Ik was blij dat ik even kon ontsnappen aan de voortdurende aanwezigheid van Antonio's lijf. Maar toen ik de deur van het busje wilde openen, stond hij pal achter me. Ik rook hem. Die geur van hooi en...

Hij legde zijn hand op mijn heup. 'Laat me de deur voor je opendoen.' Die stem was hees. Hij wist het. Hij speelde een spel om mij nog verder in verwarring te brengen. Die hand brandend op mijn heup. Hoe durfde hij. Een dochter op zoek naar haar vader en hij kwam daartussen, ongevraagd en opdringerig, met zijn hand op mijn gloeiende flank.

Ik bleef doodstil staan, maar inwendig kookte ik, schokte ik. Ik durfde nauwelijks te ademen. Als ik me bewogen had, was ik ter plekke klaargekomen. Zoiets had ik nog nooit in mijn leven ervaren. Ik wilde niet dat die hand wegging, maar ik wenste Antonio naar de maan.

Ten slotte deed hij de deur open en terwijl zijn aanraking nog nagloeide, zei hij: 'Zet het spul hier maar neer. Ik controleer even of de diesel nog goed staat.'

'De diesel?'

'Ja, moet je zien wat we onder die paardendekens verstopt hebben.'

Voordat ik het wist, had hij me naar binnen getrokken. O god, dacht ik.

Toen klonk buiten Vicky's stem: 'Marisa, heb jij soms maandverband bij je?'

Ik barstte uit in een gegiechel dat met mijn gebroken stem idioot moet hebben geklonken in Antonio's oren.

We reden weer over de rechte weg, die de vlakte in twee gelijke stukken sneed. Grote rotspartijen doemden nu af en toe op aan weerskanten van de weg. De cactussen die als immense kandelaren roerloos hun armen opgeheven hielden, werden talrijker. De weg steeg.

De streek was van een indrukwekkende verlatenheid. We waren in al die uren nog maar een enkele vrachtwagen tegengekomen. Er kwam geen einde aan deze weg, de leegte

aan de horizon scheen onuitputtelijk te zijn. Ik had het gevoel dat ik de wereld uit reed. Het voorportaal van de maan
in.

Ik had mijn schoenen uitgetrokken en zat met opgetrokken benen op de bank om het kloppen in mijn onderlijf tegen
te gaan. Ik probeerde aan niets anders te denken dan aan
mijn vader. Papa Tango. Ik kom voor jou. Voor niets anders.
Voor jou laat ik me naar de maan rijden. En naar Tucumán.
En naar Tafi. Wat dat ook betekenen mag.

'Ligt Tafi in een landschap zoals dit?'

Ik moest toch íéts zeggen.

Antonio keek naar mij in zijn achteruitkijkspiegel.

'O nee.' Hij sprak heel gewoon tegen mij alsof er niets gebeurd was. 'Het is er erg groen en het ligt in de heuvels.'

'Tafi is de plaats waar Daniela's moeder vandaan komt,'
zei Vicky.

'Laura?'

'Ja. De ouders van Laura woonden in Tafi en zijn vrij kort
na elkaar overleden. Daniela's moeder is in Buenos Aires
gaan studeren. Ze woonde daar onder de hoede van haar
broer, Claudio.'

'Don Claudio? Is dat die indiaan...'

'Ja. Hij woonde ook in dat bovenhuis in Buenos Aires. Hij
is een helderziende.'

En met die helderziende heeft Vicky heftige telefoonge-
sprekken gevoerd, dacht ik.

'En hij is dus een oom van Daniela?'

'Ja.'

Daniela draaide zich om naar mij.

'Mijn oom is sjamaan.'

Ik staarde Daniela aan. 'Wat moet ik me daarbij voorstellen?'

Maar Daniela keek alweer voor zich.

'Don Claudio is een man met een brede kennis van zaken,
waar andere mensen geen notie van hebben,' zei Vicky. 'Hij

zal je ook helpen met je stem, Marisa. Hij kan je stem van het slot krijgen. Bevrijden, zogezegd.'

'Is die man dan ook logopedist?'

'Nee,' zei Vicky, 'nee, natuurlijk niet.'

Muziek stond zachtjes aan. Ik dommelde weg op het ritme van dwingende conga's, dat uit een oerwoud scheen te komen. Het gezoem van de motor was in dat geluid een monotone onderstroom waar mijn gedachten op wegdreven. Soms knikte mijn hoofd op mijn borst. Dan schrok ik even op.

Heel ver weg hoorde ik gefluister. Ik dacht dat het indianen waren die onder zacht gelach grote bonte veren van tropische vogels ruilden. Maar het waren geen indianen en ze lachten ook niet. Ik hoorde Daniela's stem. Ze huilde.

Ik deed voorzichtig één oog open. Daniela had haar knieën opgetrokken en snikte zacht. Er was in haar snikken een intens en lang gedragen verdriet, smart van jaren. Ik kreeg zelf tranen in mijn ogen toen ik naar de schokkende schouders van mijn halfzusje keek en ik kwam overeind.

Vicky had beide handen op Daniela's achterhoofd gelegd en wreef over haar haren. Tussen haar bovenbenen stak achteloos de pocket *Misdaad en straf*.

'Daniela heeft het een beetje moeilijk.' Vicky keek naar mij om met een onzekere glimlach.

Het bevreemdde mij dat Antonio zo stug doorreed. In de spiegel zag ik een verbeten trek om zijn mond. Zijn kaken bewogen.

Ik zag het beeld voor me van de avond tevoren. De kille blik van Daniela in de spiegel. Alsof ze vanuit een ver verleden naar haar eigen zoon keek. Alsof ze vanuit de maan haar eigen kind aanschouwde.

Wie is de vader van dit kind?

Ik zag de kleine Martín voor mij. Mijn neefje. Donker en gaaf, met die vreemde haarinplant.

Had Daniela een ongelukkige liefde gehad?

'Haar ziel is vastgeklemd aan een wrede herinnering.'

Ik hoorde het Vicky fluisteren en het volgende ogenblik besefte ik met een schok dat Vicky zich had bediend van een paar regels uit het lied. Maar ze had er iets wezenlijks aan veranderd.

De woorden van het lied in de laatste strofe waren:

'... con el alma aferrada
a un dulce recuerdo...'

De ziel vastgeklemd aan een zoete herinnering... Maar in plaats van '*dulce*' had Vicky '*cruel*' gezegd. Een wrede herinnering.

Ik keek naar Daniela, hoe ze met haar armen haar opgetrokken benen omklemde. Haar gespannen dijen trilden. Ze verborg haar hoofd tegen haar knieën. Ze weerde Antonio af met een zacht gemurmel: 'O god, o god, o god...'

En plotseling wist ik het met zekerheid. Daniela, die zo verkrampt zat te huilen, zo angstig in elkaar gedoken in een wanhopig isolement, was bevangen door de herinnering aan een verkrachting.

Het had steeds geschemerd in mijn hersens, dit weten. Het had niet willen doorbreken. Alsof zoiets niet mocht bestaan, vermengd als het was geweest met angst.

Mijn halfzus was zwanger geraakt door een verkrachting.

Ik kon mijn ogen niet van haar afhouden; het gebogen hoofd, de pieken zwart haar vochtig van het huilen, de trillende handen die over elkaar wreven. Een intens medelijden beving mij.

Ik keek naar Vicky.

Vicky keek terug. Ze greep mijn hand. Had ze gezien dat ik het begrepen had?

Terwijl het landschap voorbijschoot en de ontelbare cactussen hardnekkig en stom bleven zwaaien vanaf de plek die hun sinds jaren was toegewezen door Moeder Aarde, probeerde ik mijn gedachten te ordenen.

Vicky was dicht naast mij komen zitten en hield nog steeds mijn hand vast. Daniela snikte niet meer zo heftig maar huilde nu geluidloos. Ze had zich één keer even naar ons omgedraaid en een moment geglimlacht als om ons gerust te stellen. Haar knieën waren niet meer opgetrokken maar ze liet niet toe dat Antonio zijn hand op haar been legde. Vicky gaf haar een zakdoekje waarmee ze over haar wangen veegde, maar haar ogen bleven steeds overstromen. Ze had zachtjes maar ernstig tegen Vicky gezegd: 'Leg dat stomme boek toch weg!' En Vicky had *Misdaad en straf* zwijgend in haar tas gestopt. Terecht, vond ik. Wat moest Vicky toch met die duistere Raskolnikov in deze contreien?

Nog steeds werd er niets gezegd. Door geen van ons vieren. Vicky had weer mijn hand gegrepen alsof ze steun zocht. Maar ze hield haar lippen gespannen op elkaar alsof ze zichzelf met alle macht verbood woorden te laten ontsnappen.

Het simpelste was ronduit aan Vicky of Daniela vragen wat er aan de hand was. Wat er ooit gebeurd was. Maar mijn stem zou breken. En er leek een wet te heersen in Argentinië die verbood ronduit en direct over pijnlijke dingen te spreken.

Er zit geen schot in de zaak, dacht ik. En we zijn al uren onderweg. Ze zouden me de dingen vertellen. Maar niemand waagt zich aan een eerste zin.

Toch wist ik dat mijn ontdekking omtrent Daniela juist was geweest. Ik heb meer aan het lied dan aan hen, dacht ik. Ik moet naar het lied luisteren.

Luistert u naar het lied, señora, de schreeuw in het lied, de schreeuw in het lied.

Ik voelde me koud worden. Ik voelde de angst in Vicky's

150

hand overgaan in mijn eigen hand. Of was het andersom?
Zachtjes maakte mijn hand zich los.
Ik had genoeg aan mijn eigen angst.

Zo verstreken de warme middaguren. Het landschap werd
grilliger, kaler. Bijna dreigend. Antonio was van de hoofd-
route afgegaan en reed nu op een provinciale weg. Ik moest
even geslapen hebben, want plotseling merkte ik dat de bus
stopte en dat Vicky mij zachtjes op de schouder tikte.
'We zijn er.'
We waren aangekomen in een gebied nog ruiger dan wat
ik die middag onderweg had gezien. Hier lag het nationaal
park. Een koude open plek; hooggelegen en van God en
mens verlaten. Overal lagen grote grillige rotsblokken verspreid alsof ze daar door reuzen neergesmeten waren. In de
verte verhieven zich rode bergen.

Een slagboom markeerde de ingang van het natuurpark.
Een paar gebouwtjes lagen verspreid rond de parkeerplaats.
In het midden daarvan prijkte een groot bord. Daarop was
een plattegrond van het gebied afgebeeld. Er stond met gro-
te letters: ISCHIGUALASTO – VALLE DE LA LUNA.
De Maanvallei.

Antonio had de bus naast een oude landrover gezet.
Traag stapten we uit. Daniela strekte haar benen en zwaaide haar armen los. Vicky was naar het kantoortje gelopen,
dat er verlaten uitzag. Antonio bestudeerde de plattegrond.
Een gevoel van desolaatheid beving mij. Wat moesten wij
hier? Ik keek naar die grijstinten in het rauwe gesteente om
me heen; naar de wonderlijke vormen van de rotspartijen.
Alsof het proces van de schepping hier nog maar net begonnen was. Alsof deze grond zelfs door dieren nog nooit was
betreden.
De lucht was zuiver. Ik snoof hem diep in mijn longen.
Vicky riep: 'Geen mens te zien.'

Haar stem galmde door de stenen akoestiek.

Antonio antwoordde: 'Het toeristenseizoen is eigenlijk al afgelopen. Het is maar de vraag of er nog iemand een rondleiding kan geven. 't Is trouwens al vier uur.'

Hij liep op Daniela toe en sloeg zijn armen om haar heen. Even bleven ze zo staan. Daniela had haar hoofd gebogen. Wat is hij lief voor haar, dacht ik. Net een oudere broer.

Ik draaide me om en ging op zoek naar een toiletgebouw. Daar stond Vicky haar handen te wassen bij de wastafel. Ze keek in de spiegel naar me. Plotseling draaide ze zich om en pakte me vast.

'Weet je,' fluisterde ze, 'ik ben zo blij dat je erbij bent. En sorry van daarnet. Ik verga van de menstruatiepijn.' Ze trok mij tegen zich aan en klemde zich aan mij vast. Ik kreeg een brok in mijn keel. Haar lokken kriebelden langs mijn wang. Ik gluurde over haar schouder naar ons in de spiegel. Haar lange blonde haren piekten alle kanten op, eigenzinnig en wild. Mijn zusje, dacht ik. Ik wilde oprecht van haar houden.

Twee grijze tentjes stonden eenzaam op een klein, door rotsen omgeven vlak stukje grond, vlak bij de parkeerplaats. Antonio was bezig een vuur aan te leggen. Vicky en Daniela zochten takken en stukken brandhout.

Ik had de slaaptenten vanbinnen ingericht op verzoek van Vicky. Buitengekomen zag ik dat de lucht grijs was geworden, met hier en daar een streep blauw. In de verte gloeide boven de bergen het late zonlicht in oranje, gele en roze tinten. Het wierp een geheimzinnige glans op het landschap.

Het was doodstil. Ik liep een klein heuveltje op en voelde de wind langs mijn gezicht strijken; een koele wind die de warmte van de middag wegnam. Langs mijn voeten schoot een knaagdier weg. In de verte zag ik een groepje guanaco's tegen elkaar aanschurken. Antonio had gezegd dat hier nog poema's in het wild leefden. En slangen. Ik was blij dat ik stevige hoge laarzen droeg.

Beneden mij klonken af en toe de stemmen van Vicky en Daniela, maar blijkbaar zeiden ze alleen het hoognodige. Alle vier waren we op een of andere manier bevangen door de immense stilte van dit oerlandschap. De Maanvallei legde ons het zwijgen op.

Een windvlaag deed mij huiveren. Ik kreeg het gevoel dat het landschap ons aan het observeren was. Kil en streng alsof één verkeerd woord, één verkeerde beweging afgestraft zou worden.

Antonio had de beheerder van het gebouw nog aangetroffen. De man met een gezicht als van een Incakoning was weggegaan met de belofte de volgende dag terug te komen om ons een rondleiding te geven bij zonsopgang. De mensen die het restaurant beheerden waren met hem meegegaan. Er was een feest in een nabije stad, zo'n zeventig kilometer verderop. Een huwelijksfeest van een zus van een van hen.

'Die komen dus niet morgenochtend,' had Antonio berustend gezegd, zonder een spoor van ironie.

Ik keek omhoog naar Vicky, die de heuvel afdaalde; haar armen vol takken voor het kampvuur. Ze struikelde en liet een paar grote twijgen vallen. Ik raapte ze op en liep haar achterna. Opeens keek ik om. Ik had verwacht Daniela te zien in het kielzog van Vicky, maar er was niemand op de heuvel.

Ik legde de twijgen neer en liep terug omhoog. De struiken stonden daar eenzaam in het grauwe landschap. De kaalheid grijnsde me toe. Plotseling hoorde ik weer de stem van Jarno: 'Pas op Daniela. Ze is suïcidaal.' Ik zag dat mes weer voor me, in de achterzak van haar spijkerbroek. De punt omhoog, scherp en glanzend, als een waarschuwing. Ik voelde mijn maag samentrekken en liep naar beneden, de vlakte in.

Ze zat op een rotsblok, een tak in haar hand. Daarmee sloeg ze ritmisch tegen haar benen, alsof ze zichzelf strafte. Haar zwarte lange haren waaiden langs haar fijnbesneden profiel.

Ze staarde in de verte en haar lippen bewogen alsof ze een gebed prevelde. Zoals ze daar zat, met haar rode poncho om, leek ze leeftijdsloos; leek ze te komen uit een andere wereld. In haar gestalte, starend over de vlakte, bevangen door een onuitsprekelijk leed, zag ik talloze indiaanse vrouwen door de eeuwen heen.

En toch was ze de dochter van mijn eigen vader.

Ik durfde haar niet uit het oog te verliezen. Ik begreep niet dat Vicky en Antonio haar hier alleen lieten zitten. Als het waar was wat Jarno gezegd had, was dat onvergeeflijk en onverantwoord.

Plotseling stond Daniela op, draaide zich om en rende recht op mij af. Ze had haar ogen dichtgeknepen alsof ze zojuist een verschrikkelijk visioen had gekregen. Ik ving haar op en schudde haar door elkaar.

'Daniela,' zei ik schor.

Had ze geweten dat ik haar had gadegeslagen?

Ze hield haar ogen dicht en fluisterde: 'Ik wil hier weg. Ik wil hier weg. Dit is een verschrikkelijke plek.'

'Maar we blijven hier vannacht slapen.'

'Nee,' schreeuwde ze, 'niet hier!'

Ze rukte zich los en begon in de richting van de tenten te lopen.

'Daniela!' riep ik. 'Waarom doe je zo. Is het omdat...'

Ze draaide zich naar mij om en keek me aan. Het licht van de late zon brandde in haar ogen als een gloed van angst.

'Het is... het is de plaats van papa's ongeluk,' zei ze, langzaam achteruitlopend. 'Deze plek. Deze vervloekte plek. Het einde van de wereld.'

Ik zag de worsteling op dat gezicht, dat suïcidale gezicht, dat indiaanse gezicht, dat gekwelde gezicht. En opeens vloog het mij aan. Opeens barstte er een bom van vragen en twijfels in mijn hoofd.

'Hou dan toch op met die geheimzinnigheid,' schreeuwde ik met een stem die oversloeg door de kracht die plotseling uit mijn keel leek te barsten. 'Ik ben dat verdomme zát!'

Antonio en Vicky snelden naderbij en met hun drieën stonden ze daar tegenover mij. Opeens was het niet Daniela, die op het punt stond te breken, maar was ik het zelf. En ik kon het niet stoppen.

'Wat is dit voor krankzinnige plek! Wat deed papa hier!'

Het landschap droeg mijn stem ver; een lage aangetaste stem. Ik had zin om die woorden nog eens te schreeuwen en ik deed het ook. Tegen de bergen in de verte, tegen de stenen en het gruis om mij heen, tegen de zware rotsmassa's om mij heen die zich doodstil hielden. 'Waarom zijn we hierheen gegaan? Wat heeft dat te betekenen? Wat zocht papa hier?'

Wat heeft dat te betekenen, schreeuwden de rotsen terug.

Toen zei Vicky langzaam: 'Het was hier dat papa... stierf.'

Maar het was alsof ze iets anders wilde zeggen, iets wat erger was. Iets wat ze geen van allen aandurfden om op te roepen, laat staan uit te spreken. Ik staarde terug.

De plaats waar papa was verongelukt. Dat had ik verdomme zelf ook al begrepen.

Hij werd binnengebracht, onder het bloed. Dat zei Mauricio vanmorgen.

Onder het bloed.

Was het ongeluk zo verschrikkelijk geweest?

Ik draaide mij om, weg van hen. Ik moest het antwoord zelf gaan zoeken tussen de rotsen.

'Marisa.' Het was Daniela's stem.

Langzaam keerde ik weer terug en zag hen alle drie staan. Verloren. Schuldbewust. *Hun ziel vastgeklemd aan een wrede herinnering.*

Toen meende ik dat de wind Daniela's woorden vervormde en zo een loopje nam met mijn bevattingsvermogen. Maar door de stilte heen daalde die ene zin die Daniela mij toeschreeuwde onverbiddelijk in mijn hersens. De betekenis trof mij als een stoot in het hart.

'Papa is hier vermoord.'

13

Ik moest weg. Weg van die mensen. Alleen zijn.

Ik wilde mijn hart wel uit mijn lijf rukken waar dat verschrikkelijke woord ingeslagen was.

De grond zou splijten, openbreken, schudden, als ik op dezelfde plek zou blijven staan, weerloos voor Daniela's woorden.

Anderen hadden mij mijn vader ontnomen! Anderen hadden zich in haat en geweld tussen mij en mijn vader geplaatst! Zij hadden mij beroofd van mijn hoop thuis te komen. Zij hadden mijn terugkeer onmogelijk gemaakt.

Ik rende weg, zo snel als mijn voeten mij konden dragen, in de richting van het park. Ik slingerde mij onder de slagboom door en vervolgde de stenen weg daarachter. Langs bremstruiken, lage grillige voorwereldlijke boompjes, een enorme, weidse vlakte tegemoet, waar aan het eind, aan de horizon, de rode bergen roerloos stonden te wachten om hun geheim prijs te geven. Die bergen hadden mijn vader gezien. Als roerloze getuigen.

Ik rende als een dier op de vlucht. Ik zag het landschap langzaam veranderen in de angstwekkende werkelijkheid van een andere planeet. Reuzenpaddenstoelen die boven mij uittorenden. Kalkstenen vogels van groteske proporties. Versteende godenbeelden. Gelige gigantische wezens die bewegingloos staarden met het waas van miljoenen jaren om zich heen.

De wind waaide driftig in mijn haren. Ik hijgde, gleed uit en rolde half een heuvel af waar ik plotseling voor een kudde stond van ontelbare grijze mammoets. Reuzen van olifanten die met hun grijze gladde glooiende ruggen naar mij gericht, allemaal naar één kant schenen te kijken. Wachtend op een teken. Ik knipperde met mijn ogen en even leek het of de kudde in beweging kwam.

Ik krabbelde overeind en liep naar de andere kant tot aan de rand waar beneden mij een andere massa voorwereldlijke dieren met hun gedeukte en gebutste flanken roerloos op wacht stond. Een immense stenen beeldengroep. Uitgehakt door de wind en de regen. Eeuwen en eeuwen de wacht houdend. Verkleumd. Gegeseld door het onbarmhartige zonlicht van tropische zomerdagen, door ijzige winters, zandstormen en stortvloeden van rivierwateren.

Ik wist niet hoe lang ik daar stond. De tijd loste zich op. Werd massief. Slokte me op. Hier zou ik kunnen verstenen om miljoenen jaren van bewegingloosheid in te gaan. Ik moest blijven lopen. Het landschap wachtte als een monster om toe te slaan, om mij te verblinden en al mijn gedachten, gevoelens en herinneringen te vernietigen. Weg met Antonio, weg met Vicky, weg met mijn halfzusje Daniela. Ik draafde heuvel op, heuvel af. Tegenover mij waren de bleekrode bergen dichtbij gekomen. Mijn adem schuurde in mijn borst. De wond in mijn keel barstte open en ik schreeuwde. *Con un grito en la voz.* Droog en rauw als de rivierbedding waar ik voor stond.

'Papa!!'

De pijnscheut in mijn keel was zo hevig dat ik in elkaar kromp. De steken verspreidden zich door mijn hele lichaam en benamen mij de adem. Maar het schreeuwde opnieuw in mij. Ik gilde tegen de bergen die niets deden dan grijnzen in rode gloed. Mijn geschreeuw klonk door langs de ongenaakbare wanden. Mijn vader moest mij antwoorden. Zijn geest moest hier zwerven. Hij moest mij horen. Hij moest!

Ik klom omhoog op een rotsplateau om de goden te bezoeken. Ik hees mij op een smalle richel. Toen keerde ik mij om tot Moeder Aarde en schreeuwde de diepte in: 'Papa!!!'

Mijn stem brak. Mijn keel stroomde vol met oud gruis. Uitgeput verloor ik langzaam mijn verzet tegen de vragen die tegen de deur van mijn geest aan beukten. Ik liet mij op de grond glijden.

Ver weg in de tijd jammerde iemand het uit:

'Gij keert niet terug,
Nimmer, nimmer, nimmer, nimmer, nimmer!'

Om mij heen floot de wind.

Braamstruiken bewogen ritselend mee. De stenen kolossen rondom stonden als roerloze getuigen. Ze dreven de spot met mijn verdriet. In de eindeloosheid van hun bestaan leken de verloren jaren die ik betreurde een windvlaag.

'... que es un soplo la vida...'

Het spoor van zijn voetstappen was verdwenen. Zijn geur vervlogen. De woorden die hij had gesproken, waren opgelost in de wind. De schreeuw die hij had voortgebracht in zijn doodsnood was verstomd. Zijn gedachten, zijn verdriet, zijn herinneringen die ik niet kende, waren weggevaagd. Zijn bloed opgelost in stortregens.

'Hij was met bloed bedekt.' Ik hoorde weer Mauricio's schorre stem. De rillingen liepen over mijn lijf. Hij was hier gevonden, bedekt met bloed. Wie had hem vermoord? Waarom?

Had mijn vader in die laatste momenten geweten wie zijn moordenaar was? Had hij het gezicht van zijn moordenaar gezien?

Ik stond op, nam een steen van de grond en gooide die

met al mijn kracht in de lege rivierbedding. De steen bleef liggen, stom, bewegingloos. Zo zou hij eeuwen blijven liggen tenzij er opnieuw een belager zijn prooi zou aanvallen. Tenzij opnieuw de ligging der stenen zou veranderen door rennende voeten en rollende lichamen.

De zon was achter de bergen verdwenen. Het werd snel donker. De verlatenheid van de grijze stenen giganten om mij heen verdiepte zich. Scherp stonden de nu zwarte silhouetten afgetekend tegen de hemel waarin woeste okergele strepen waren getrokken. Het landschap leek zich te schamen om de naaktheid waarin het zich vertoonde. Te schamen voor de ongegeneerdheid waarmee de aarde hier haar ingewanden naar buiten had gespuwd. Het landschap verlangde naar de duisternis van de nacht.

De wind zweeg.

De stilte was onmetelijk.

In de opkomende duisternis was het alsof mijn vader mij riep. Alsof hij leefde! Ik hield mij doodstil. Ik onderging de koude prikkeling op mijn huid zonder mij te bewegen. Stemloos was ik al. Ik wenste nu een steen te worden. Bekleed met zand. Begroeid met zacht mos zodat ik mij nooit meer zou hoeven te verroeren. Zodat ik niets anders hoefde te doen dan te luisteren naar verre verloren stemmen uit een vergeten verleden.

In deze vergetelheid werden trillingen geboren die zich vormden tot een woord. 'Volver'. IJl als de wind die afgezwakt was tot een zucht. 'Volver'. Keer terug. En ineens zat ik bij mijn vader op schoot. Zijn gezicht was vlak bij mij en ik zag de rij witte tanden in zijn lachende mond en ik rook de huid van zijn hals en de geur van zijn pas gestreken overhemd. En ik hoorde zijn stem, zo resonerend als de grote Chinese vaas waar ik wel eens 'hoeii' in riep. Hij zong, met die stem die zoveel ruimte borg, een melancholiek Argentijns liedje over een rivier die mij huilend riep terug te keren.

De betovering om zo roerloos te blijven zitten en voor altijd de stem van mijn vader te blijven horen, was onweerstaanbaar.

'*Kom terug!*' zong hij. '*Kom terug als je kunt.*'

Tot ik mij gewaar werd dat in die woorden iets dringends lag. Een boodschap die ik maar niet vatten kon. Die ik niet met mijzelf in verband kon brengen.

Toen hoorde ik weer, dichterbij nu, een schreeuw die leek op '*kom terug*'.

Ik waagde het mijn hoofd te bewegen. De magie te doorbreken. Het kraakbeen in mijn nek voelde onwillig alsof het al verhard was. Mijn nek was stijf van de spanning. Mijn spieren stonden strak als snaren.

'Marisa, Marisa, kom terug!'

Ik kwam tot mijzelf en besefte dat het niet de stem van mijn vader was die ik hoorde. Ergens in de diepte, opgeslokt door de invallende duisternis, riepen Vicky en Antonio: 'Marisa! Kom alsjeblieft terug!'

Con un grito en la voz.

Het leek nog uren te duren voordat ik in staat was op te staan.

Ik voelde Antonio's armen om mij heen. Zijn borst hijgde tegen me aan. Zijn warmte omsloot me. Ik begon te huilen om die stem die als een berenvacht om mij heen gleed. 'Marisa, Marisa, het is goed, het is goed.'

'Nee, nee,' jammerde ik, 'het is helemaal niet goed,' maar ik verzette me niet. Ik wist niet dat een dergelijke golf van gelukzaligheid zo'n pijn teweeg kon brengen. Of misschien was het andersom.

Vicky en Daniela kwamen aanrennen. Antonio hielp me overeind. Ik rukte me van hem los en liep op Vicky af. Ze

deed een stap achteruit toen ik haar toeslingerde: 'Vermoord! God sta me bij. Loeder dat je bent! Waarom heb je me
dat niet in Buenos Aires gezegd?'

14

Ik zat tussen mijn zusjes op de achterbank van de bus en dacht dat deze nacht nooit zou eindigen.

Het heftige beven dat maar niet ophield. Bij niemand van ons.

Het busje dat stug doorreed in de godverlaten duisternis.

Mijn vader die vermoord was.

Het koppig, machteloos zwijgen van ons allemaal.

Mijn stem leek voorgoed gestokt. Ik zou nooit meer zingen. Ik wílde nooit meer zingen. Wat viel er ooit nog te zingen? Wat viel er te zingen als mama mijn vader tot in het diepst van haar hart gehaat had? Wat viel er te zwijmelen in de opera als de wereld zo smerig en wreed in elkaar zat? De schoonheid van Mozart is een leugen, dacht ik. Muziek heeft geen recht van bestaan in deze woestenij van lelijkheid en bedrog.

'Wist moeder dit?' fluisterde ik.

Vicky draaide haar gezicht weg.

'Ik heb moeder indertijd geschreven dat papa verongelukt is. Ze reageerde zo verschrikkelijk, zo ijskoud. Ik heb toen onmiddellijk het contact verbroken.'

'Dat had je toch al.'

'Jij ook. Met papa.'

We zetten ons zwijgen voort.

En opeens herinnerde ik me moeders uitspraak destijds.

Het was of er een deur openvloog. De woorden die ik mij al die tijd niet had willen herinneren braken met geweld binnen.

'Je vader heeft de dood gekregen die bij hem past.'

Ik zag mijzelf staan in het grachtenhuis, op het punt te vertrekken voor een concert in Milaan. Moeder met de hoorn van de telefoon nog in haar hand.

'Papa dood?'

En toen dat vreselijke antwoord van haar. Ik had niets anders kunnen doen dan haar woorden laten verdwijnen in de liederen van Schumann.

Plotseling zei Vicky: 'Begrijp je nu waarom ik indertijd weg wilde? Ik stikte zowat van de sfeer die daar in Amsterdam in dat koude huis hing. Daarom wilde ik met papa mee. Voor zover ik mij kan herinneren heeft moeder nooit een vriendelijk woord tegen hem gezegd. En evenmin tegen mij... Ik leek te veel op papa.'

Vicky zweeg even en fluisterde toen: 'Toen ik haar telefoneerde, had ik het gevoel... dat ze graag had gezien dat ik ook was verongelukt.' Ze begon te huilen.

Ik legde mijn arm om haar heen.

'Dat is niet zo,' zei ik, 'dat is heus niet zo.'

'Ach, wat weet jij daarvan? Papa heeft het mij allemaal verteld. Hoe hun huwelijk op de klippen liep. Hoe papa het graag nog een keer wilde proberen. Hij wilde zo graag nog een tweede kind. Moeder niet. Ze had al een hekel aan me toen ik nog in de baarmoeder zat.'

'Vertel me wie de moordenaar is van papa.'

Ik begreep niet hoe ik die vraag over mijn lippen kreeg.

'Ik weet niet of...'

'Kom nou, Vicky! *Misdaad en straf*! Waarom fascineert Raskolnikov jou zo?' viel ik uit.

Plotseling zette Antonio zijn voet op de rem. Omdat ik in

het midden zat, schoot ik helemaal naar voren en kwam tegen zijn schouder aan. Hij hield mij tegen met zijn opgeheven rechterhand.

'Dit is niet volgens de afspraak, Vicky,' zei hij scherp, 'je hebt van don Claudio andere instructies gekregen.'

Woede vlamde in mij op. Voordat Vicky kon antwoorden, riep ik: 'Wat heb ik met die indiaan te maken! Ik vraag aan mijn zuster of zij eindelijk zo goed is om mij te vertellen...' Er kwam een hoestbui opzetten die ik niet kon onderdrukken.

De auto stond stil midden op de weg. Antonio had bliksemsnel de deur geopend en greep mij bij mijn arm. Over Vicky heen trok hij mij naar buiten. Volkomen beduusd keek ik hem aan toen hij mij klemzette tegen de zijkant van de bus. Zijn gezicht was heel dichtbij.

'Marisa,' siste hij, 'heb je nu nog niet begrepen dat de dood van je vader een ramp was met nog rampzaliger gevolgen voor ons als we niet heel zorgvuldig omgaan met informatie verstrekken?'

'Informatie verstrekken,' herhaalde ik langzaam, 'ik ben – God sta me bij – zijn oudste dochter. Geen verdomde journalist! Bovendien heb ik niets met jou te maken.' Ik probeerde me los te maken uit zijn greep, maar hij hield me stevig vast.

'O nee?' zei hij hees en ik wist dat hij mijn lichaam voelde trillen. Ik wist dat hij voelde hoe mijn onderlijf brandde en sidderde. Ik haatte mezelf.

'Nee,' zei ik schor, 'mijn vader is vermoord en ik wil weten wie dat gedaan heeft en waarom. En Vicky gaat mij dat vertellen. Je hebt het recht niet daartussen te komen.'

Ik weet zeker dat hij mij gekust had als Vicky niet naar buiten was geklommen. Hard en ruw gekust.

Vicky had Antonio van mij vandaan gehaald en was met hem naar de kant van de weg gelopen. Daar stonden ze te bekvechten in het pikkedonker.

Wat is hier in godsnaam aan de hand, vroeg ik mij voor de

zoveelste maal af. Ik kroop de bus weer in naast Daniela, die als een zielig hoopje onder haar rode poncho half zat te slapen. Ik had met haar te doen. Ze zag er zo jong en kwetsbaar uit. Ze was nog maar een kind. 'Daniela,' zei ik zacht, 'moest jij van jouw oom, don Claudio, mee op deze tocht?'

Het duurde even voordat ze antwoordde. Ze durfde mij niet aan te kijken. 'Ja,' fluisterde ze ten slotte.

Wat is die don Claudio voor iemand, dacht ik. Iedereen gehoorzaamt hem blindelings en zelfs Antonio laat zich door hem de wet voorschrijven. Mijn weerzin tegen die indiaan groeide met het uur.

Vicky en Antonio kwamen aanlopen en stapten weer in de bus. Hij draaide zich om naar mij en waagde het zijn hand op de mijne te leggen. Zo begrijpend opeens, zo warm, zo Argentijns. De klootzak. Ik schudde zijn hand af en wendde me tot Vicky.

'Wat is er op tegen,' vroeg ik, 'om gewoon dingen uitgelegd te krijgen? Om mij bijvoorbeeld gewoon te vertellen hoe jullie leefden.'

'Goed,' zei Vicky. Het klonk gelaten.

Antonio startte het busje en we reden weer.

'Vertel me over die vrouw,' gebood ik. 'Die Laura.'

'Ze was een warme vrouw,' begon Vicky. 'Ik kwam zowat in de hemel toen ik als meisje daar met papa in dat huis in Buenos Aires aankwam. Ik wist niet wat me overkwam. Ik vond Laura een geweldig mens met dat warme lijf. Ze knuffelde me. Moet je je voorstellen. Dat was voor mij een soort inhaalslag van moederliefde. Ze adopteerde mij simpelweg als een dochter. Zij had zelf nooit kinderen gehad. Ook al was het een moeilijke tijd, zij was vrolijk. Echt zo'n sterke Argentijnse vrouw. Ze maakte al die mannen aan het lachen. Zelfs de beeldhouwer, die altijd zo ernstig was.'

Een bijna-vollemaan was wit en stil boven de bergen uit gekomen. Ze tuurde als een nieuwsgierig oog door de voorruit.

Ze luistert mee, dacht ik met een plotseling onbehagen. De maan heeft ons verjaagd uit haar vallei, maar ze wil wel horen wat er gezegd wordt. Ik moest plotseling aan de vrouw met de uilenbril denken en ik schoof dichter naar Vicky.

'Maar soms als papa en Laura in de kamer waren, kwam de beeldhouwer plotseling binnen en keek naar hen. De beeldhouwer was altijd al vrij zwijgzaam maar in die laatste maanden kon hij het dagen volhouden dat hij geen woord zei. Ik werd bang voor hem.'

'Wat kan mij die beeldhouwer schelen,' onderbrak ik, 'ga verder met papa.'

'Ik moet toch over hem praten, Marisa, anders begrijp je de rest niet. We waren een familie, zie je. Pas jaren later heb ik begrepen dat papa en Laura toen al een verhouding hadden.

Papa vond dat de situatie in de stad steeds gevaarlijker werd. Er verdwenen steeds opnieuw mensen: collega's van hem, musici, artiesten... Maar de beeldhouwer negeerde dat soort berichten. Hij gedroeg zich behoorlijk provocerend. Hij had bijvoorbeeld heel lange haren. Dat was in die tijd absoluut verboden. Je werd meteen aangezien voor linkse activist.

Don Claudio was de eerste die bij ons wegging. Hij voelde zich doodongelukkig in de stad. Hij miste de bergen. Indianen werden heel slecht behandeld. Ik heb meegemaakt hoe ze hem vernederden toen hij een baantje als glazenwasser had. Maar hij kon de toekomst voorspellen en daarom hadden veel mensen ontzag voor hem. Hij zei tegen de beeldhouwer: "Emilio, ga naar Tafí del Valle! *Por favor*. Neem Laura met je mee, en don Martín ook."'

'Emilio?' vroeg ik.

'Ja, zo heette de beeldhouwer. Maar hij vond vluchten beneden zijn waardigheid.'

Naast mij zat Daniela als een standbeeld. Haar huid leek van zacht beige marmer in het maanlicht. Het was alsof ze al die tijd haar adem inhield.

'Ik hoor het Emilio nog zeggen,' klonk Vicky's stem weer. 'Nu die schurk van een Videla weg is, zullen er betere tijden aanbreken.'

'En was dat zo?'

'Integendeel. Die nieuwe generaal was nog een graadje erger in wreedheid. Toch bleven we met ons vieren in dat huis wonen. Maar het was allang niet meer zoals daarvoor.

Op een avond hadden ze ruzie met z'n drieën. Ze schreeuwden heel hard. Zelfs papa. Je weet dat papa nooit schreeuwde, zelfs niet als mama ruzie met hem probeerde te maken. Maar die avond was het helemaal mis. Er werd met deuren gesmeten. Ik hoorde Laura huilen. Papa was de straat op gegaan. Die nacht was ik bang. Het was zo stil in dat huis. Als kind kun je soms voelen dat er iets ergs gaat gebeuren.

De beeldhouwer... ze kwamen hem die nacht halen. Ik ben naar de zolder gevlucht toen ik dat geklop op de deur hoorde. Ik zal dat geluid nooit vergeten. Die angst. Papa die weg was. En daarna dat lawaai van die beelden die kapotgeslagen werden. De volgende dag, toen ik naar vioolles wilde gaan – stel je voor, ik wilde gewoon naar vioolles gaan – was de beeldhouwer weg. Het huis zag eruit alsof er ingebroken was. Laura was volkomen overstuur. De politie had haar ook willen arresteren omdat ze zijn vriendin was. Toen zei papa dat we naar Córdoba zouden gaan, naar Villa Giardino.'

De bus hobbelde over een paar stenen en we voelden onze lijven schudden tegen elkaar. Antonio hield ons door de achteruitkijkspiegel in de gaten. De zijramen van het busje raakten langzaam beslagen.

167

'Laura was nog maar net hersteld van de bevalling. Ze was zo gelukkig. Ze dacht dat ze geen gevaar meer liep in Villa Giardino. Maar ze wisten haar te vinden,' vervolgde Vicky.

'Ze is op straat opgepakt. Mannen in een geblindeerde auto hebben haar ontvoerd. Voor de ogen van een stel kinderen die aan het voetballen waren. En een van die kinderen was Antonio.'

'Antonio?'

Vicky zweeg. Ik keek naar Antonio's achterhoofd met de zwarte krullen in zijn nek. Ik zag zijn ogen in het spiegeltje naar mij kijken.

'Ja,' zei hij. Zijn ogen richtten zich weer op de weg. 'Ik zag het gebeuren. Het ging bliksemsnel.'

'Hij heeft ons gewaarschuwd,' vervolgde Vicky fluisterend. 'Antonio kende papa al van het conservatorium. Zo leerde ik hem ook kennen.' Toen in mijn oor: 'Ik werd meteen verliefd op hem, hoewel ik nog zo groen als gras was. Maar hij had al een vriendinnetje.'

'En toen,' vroeg ik kort.

Vicky zuchtte. 'Papa werd heel erg stil. God, al die moeite die hij deed om Laura op te sporen! Hij bleef weken weg om in Buenos Aires gegevens los te krijgen over haar verblijfplaats. Toen er een nieuwe regering kwam en het wat beter ging, was hij nog vaker op pad om uit te vinden waar ze was. Hij was ervan overtuigd dat ze nog leefde. Maar het liep op niets uit. Sommigen zeiden dat ze doodgeschoten was. Anderen geloofden dat ze verbannen was.'

'Hoe hebben jullie al die jaren geleefd?' vroeg ik na een lange stilte.

'Op een of andere manier liep papa hier musici tegen het lijf die allemaal zwaar geleden hadden onder de dictatuur. Dat waren er heel wat. Ze begonnen elk weekend bij elkaar te komen. Al die gebroken mannen. Weet je dat hij Jerónimo

gered heeft toen die zich van kant wilde maken? Hij heeft
een halve nacht met hem in de dakgoot gestaan van een van
de hoogste huizen in Córdoba en hij hield hem aan zijn arm
vast. "Als jij springt, trek je mij met je mee," zei hij. En Ramón was een wrak, verslaafd aan de coke. Hij heeft hem van
de straat gehaald en hem weer aan de muziek geholpen. En
Pablo...' Vicky glimlachte. 'Pablo liep jarenlang rond met het
serieuze idee de president om zeep te helpen. Hij kwam met
uitgewerkte plannen. Hij had zelfs gedetailleerde platte-
gronden van het Casa Rosada. Ik heb ze met eigen ogen gezien. Ik vond het maar niks dat-ie altijd een pistool bij zich
droeg. Hij liep er altijd mee te zwaaien. Papa heeft hem
zachtjes van dat krankzinnige plan afgeholpen. Alleen Mauricio bleef een hardnekkige zuipschuit. Oké, hij heeft een
tijdlang droog gestaan. Maar sinds papa's dood is het weer
helemaal mis.'

Vicky zweeg.

'Mag ik nog wat maté,' vroeg ze.

'Het water is op.'

'Shit.'

'Ga door met je verhaal,' zei ik.

'Waar was ik? Ach ja, onze vriend Mauricio. Zo waren er
heel wat van die mannen. De een nog slechter eraan toe dan
de ander. Maar papa zorgde ervoor dat de muziek hen er
doorheen hielp. Vraag me niet hoe. Ze accepteerden hem als
een autoriteit.

Hij liet ze uitrazen in *zambas* en walsen, uithuilen en uitschreeuwen. Ontladen tot ze erbij neervielen. Dan sidderde
ons huis op zijn grondvesten. Soms was het pure magie; een
volmaakte afstemming van vibraties; een verheven verta-
ling van het lijden... hoe je het ook noemt. Enfin, je hebt er
gisteren iets van meegemaakt. Wij Argentijnen zijn een emotioneel volk, maar we zijn ook trots. We willen ons graag
sterk voordoen. We huilen liever in een lied dan in het echt.
Maar dan laten we het lied ook door alle uithoeken van onze
ziel gaan.'

Ja, dacht ik, ja, dat heb ik ook vaak willen doen. Maar misschien is mijn ziel niet diep genoeg. Ik heb mezelf alleen maar bedrogen met muziek. Hoe kan dat nou?

Opeens voelde ik een vreemde jaloezie. Het leek alsof hier in Argentinië veel beter verstaan werd wat de emotionele lading van muziek betekende. Veel beter dan in de gekunstelde wereld van de belcanto, waar Philips aandrang tot 'perfáctie' slechts buitenkant betrof.

'Papa wijdde zijn hele leven eraan. En met die groep ontstond een diepe band; alsof ze een geheim verbond hadden gesloten. Een broederschap, een *hermandad*.

Ze droegen hem op handen. Ik speelde mee als violiste in zijn orkest. In Buenos Aires had ik op het conservatorium een tijdlang les gehad van een goede vioolleraar. Ik moest en zou daarheen toen ik een jaar of achttien was. Maar ik verlangde altijd naar Casa Feliz. Ik hield eigenlijk helemaal niet zo van Buenos Aires. Papa had ons liefde en respect geleerd voor de natuur en ik reed liever paard dan dat ik ging shoppen op de Avenida Corrientes. En bovendien was Daniela in Casa Feliz.'

'Je zusje.'

'Ik heb het nog een paar jaar kunnen uithouden in Baires. Ik speelde mee in een symfonieorkest. Het ging in die tijd ook redelijk goed met het land. Althans, dat geloofden we allemaal. Dat wilden we allemaal geloven. Wij Argentijnen willen alleen het goede nieuws horen. Nooit het slechte nieuws. En Menem had altijd goed nieuws. We dachten een tijdlang dat hij een geweldige president was. Daarom ben ik niet teruggegaan naar Europa hoewel ik een aanbod kreeg.'

En Europa was te veel verbonden met moeder, dacht ik.

Maar ik zei niets.

'Dus kwam ik vijf jaar geleden weer naar Córdoba terug om papa te helpen met het muziekonderwijs uit te bouwen. Om mee te spelen in de *hermandad*. We hebben ook heel wat festivals georganiseerd. Papa kreeg het aanbod om directeur te worden van het conservatorium. Maar hij heeft het niet gedaan. Hij was te veel een vrijbuiter. Hij reisde het hele land door om nieuwe liederen te verzamelen. Ook stortte hij zich helemaal op de wereld van de folkloristische muziek.'

Vicky's profiel lichtte op in de glans van de maan.

'Het leven was goed,' zei ze. 'Tot het moment dat die brief kwam. Een dreigbrief. Tot drie keer toe. Toen veranderde er opeens een heleboel.'

Het licht op haar gezicht werd sterker. Dat kon niet alleen van de maan zijn.

'Godallemachtig!!' hoorde ik Antonio zeggen. Hij stond plotseling boven op de rem, de banden gierden over het grind. Hij bracht de bus helemaal tot stilstand. In de nacht klonk het pruttelende geluid van de stationair lopende motor onheilspellend.

'Laat mij het woord doen,' siste Antonio. 'Doe alsof jullie slapen. Anders krijgen we gelazer.' Hij draaide het raampje langzaam open. Een koude tocht gleed naar binnen.

15

Ik gluurde tussen mijn wimpers door naar buiten.

Eerst zag ik alleen een paar schaduwen. De lichtstraal van een zaklantaarn viel door het raampje naar binnen aan de kant waar Vicky zat. Zware stappen van gelaarsde voeten knerpten rondom het busje op het grind. De lichtstraal verdween weer.

'Wat is dat,' fluisterde ik heel zacht in Daniela's oor. Maar Daniela zat als verlamd.

'Politiepatrouille,' prevelde Vicky. 'Hoeft niks te betekenen, maar ze kunnen verdomd lastig zijn.'

Ik voelde een zekere opluchting. Politie. Dat was toch niets om bang voor te zijn?

Antonio's stem klonk lager dan anders. Ik voelde zijn spanning, al deed hij zijn best op normale toon te praten tegen de twee mannen buiten.

Hij draaide zich naar ons om. 'Ze zeggen dat we uit moeten stappen.'

Vicky kreunde geërgerd en kwam langzaam overeind.

'Zeg dat ik ziek ben,' siste Daniela.

'Beter van niet,' fluisterde Antonio.

'Waarom moeten we uitstappen?'

'Daniela, maak je geen zorgen. Dat andere... is allemaal voorbij.'

Daniela bewoog zich niet.

'Toe nou,' siste hij.

'Maar misschien hebben ze... '

'Dat hebben ze echt niet.'

'Wat is er toch?' vroeg ik zachtjes. De angst van Daniela begon op mij over te slaan.

Vicky mompelde: 'Al die diesel achterin! Hartstikke verboden op dit moment. Als ik het maar goed genoeg gecamoufleerd heb.'

Onwillig stapte ze uit. Ik volgde haar en Daniela liet zich nog onwilliger uit het busje glijden. Het was donker en koud. Op bevel van een van de mannen zette Antonio de motor uit. De roep van een verre vogel klonk zacht en dringend alsof hij ons wilde waarschuwen. Ik keek omhoog en betrapte een vallende ster. Dat gaf mij om een of andere reden een gevoel van hoop.

Ik huiverde en trok mijn trui vaster om mij heen. Ik had mijn sjaal in de auto laten liggen, maar durfde niet terug te gaan om hem van de achterbank te pakken. We gingen dicht bij elkaar staan. Daniela keek strak naar de grond.

Een felle lamp brandde bij twee politiejeeps aan de kant van de weg; grote bakken, die hun grillige schaduwen dwars over de weg wierpen. Ze stonden daar op die heuvel als twee monsters die de passage naar een volgende, onheilspellender wereld bewaakten.

Het waren drie mannen in politie-uniform. Een donkere met een onderkin, een jongen met een indiaans gezicht, en een stevige man van middelbare leeftijd met een borstelige snor. Ze waren gewapend en droegen hun petten diep over hun ogen. De eerste twee spraken met Antonio. De gezette veertiger met de snor en een bos haar dat uit zijn neus kwam, liep om ons heen alsof we stukken vee waren.

Of slavinnen, dacht ik, toen ik de blik van de man op mij voelde rusten.

Stel je voor dat dit helemaal geen politiepost was.

Het gesprek duurde lang en Antonio werd gesommeerd mee te komen naar de jeep. Hij deed zijn best rustig en vriendelijk te blijven, maar de twee mannen handhaafden hun norsheid. Glimlachend haalde hij zijn portefeuille uit zijn achterzak en maakte hem open om zijn papieren te tonen.

'Intimidatie,' fluisterde Vicky heel zachtjes in mijn oor toen de besnorde man even omkeek naar de jeep.

Ergens ver weg klonk weer de nachtelijke roep van een vogel.

'Is er soms iets aan de hand?' probeerde Vicky. Maar de man maakte een gebaar dat ze haar mond moest houden.

'Mijn zusje is ziek,' hield Vicky vol terwijl ze een arm om Daniela heen sloeg. 'Mag ze niet in de auto gaan zitten?'

De man schudde zijn hoofd.

'Het is hier gevaarlijk.'

'Daarom juist,' mompelde Vicky, maar hij negeerde haar.

De andere twee kwamen aanlopen met Antonio tussen zich in. Vicky pakte een pakje sigaretten uit haar zak en bood de mannen er eentje aan, maar ze weigerden. Toen stak ze er bedaard zelf een op. De jonge indiaan keek jaloers hoe ze de rook de donkere lucht in blies.

'Wat vervoeren jullie?' vroeg de man met de onderkin, blijkbaar de belangrijkste. Hij klopte met de kolf van zijn wapen op de deuren van het busje, zich niet bekommerend om de lak. Hij had grote doordringende ogen. In het licht van de koplampen was te zien dat het oogwit rondom die zwarte pupillen ongezond gelig was.

'Niks. Gewoon bagage. We gaan naar familie in Tafí del Valle.'

De jonge man met de indiaanse trekken draaide de papieren van Antonio om en om, duidelijk teleurgesteld dat er niets op aan te merken viel. Daarna liep hij een paar keer om het busje heen. Hij bleef Antonio's papieren in zijn hand houden.

'Koud nachtje, kapitein,' zei Antonio handenwrijvend, met nadruk op dat laatste woord. De man met de lodderogen keek op.

'Tafi del Valle, zei u?'

'Ja, naar Tafi. Mooie plek, hè?'

'Wat zeiden jullie dat je daar gaat doen?'

'Op familiebezoek.'

De man haalde zijn schouders op. Hij begon ook talmend om de bus te lopen, griste Antonio's papieren uit de hand van zijn jongere collega en bestudeerde ze hoofdschuddend.

Toen legde hij zijn hand op de deurkruk en stond op het punt de achterdeur open te rukken. Hij schreeuwde iets tegen de twee anderen. Die snelden naderbij.

'Kijkt u gerust, chef,' zei Vicky, 'alleen... we hebben een beetje haast, weet u. We gaan namelijk niet alleen op familiebezoek. We gaan er ook een concert geven. We zijn musici.'

De man keek even op. Ik zag in dat donkere gezicht een glimp van interesse.

'Vervoert u hierin uw instrumenten?'

Vicky liet haar sigaret vallen, trapte hem uit met haar voet en liep naar de achterdeur. Ze duwde de 'chef' opzij en opende de deur. Een hoge piep van stroeve scharnieren klonk schel in de nacht. De jerrycans met dieselolie! Vicky controleert of ze goed gecamoufleerd zijn, flitste het door mij heen. Vicky dook tussen de bagage en hield triomfantelijk haar vioolkist omhoog.

De man nam haar van hoofd tot voeten op.

'U bent violist? Wat spelen jullie?'

'*Zambas* en zo,' zei Antonio.

De man keek hem uitdrukkingloos aan. De twee anderen keken naar de sterrenhemel.

'*Chacareras*,' klonk Daniela's hoge stem, dun en trillend als van een angstig kind.

'*Chamamés*,' deed Vicky er nog een schepje bovenop. Ze had haar vioolkist geopend en haalde met een snelle beweging het instrument eruit. In een paar seconden had ze de viool gestemd. Ze liet de beginregel van een bekende *zamba* horen.

De mannen keken elkaar aan. Ik las de besluiteloosheid in hun ogen.

Opnieuw schreeuwde er een nachtvogel.

'En tango's, *claro*,' zei ik met zo'n lage stem dat ik er zelf van schrok. Wie sprak daar?

De mannen draaiden zich alle drie naar mij om.

'Tango's,' zei de 'kapitein'. Dat bruine, houten gezicht kwam in beweging en er lichtte iets op in zijn ogen. Hij schoof zijn pet iets naar achteren en nam mij aandachtig op. Ergens in mijn lijf, als een trillende ademtocht, sprong het lied in mij op, alert en gretig. Verbeten maande ik het tot rust. Vergeet het maar. Ik zal nooit meer zingen.

Maar Vicky duwde mij naar voren.

'Mijn zus is tangozangeres,' zei ze. 'De dochter van don Martín uit Córdoba, de *tanguero*.'

De kapitein liet zijn geweer zakken en nam zijn pet af. Het leek alsof hij sinds twintig jaar voor het eerst weer glimlachte. Een gouden hoektand begon tussen zijn lippen te schitteren. De andere twee keken eerst verbaasd en lachten voorzichtig mee.

'Martín Grande. Don Martín.'

Er vloog een schaduw van eerbied over zijn gezicht. Hij stond recht tegenover mij. Plotseling stak hij zijn pet naar zijn ene collega en zijn geweer naar de andere.

Tot mijn verbazing begon hij met warme sterk vibrerende stem een lied te zingen dat ik mij vaag herinnerde.

'*El día que me quieras
la rosa se engalaná...*'

Hij keek mij aan alsof hij verwachtte dat ik in een duet met hem zou losbarsten. Hij maakte een begin van een gebaar alsof hij mij tot een tango uitnodigde. Ik verstijfde. Mijn hersenen werkten op volle toeren en in mij riep een klein meisje: 'Papa, tango!' Maar de tango die deze man zong, was te ver weg; de woorden vergaan in mijn ziel. Ik keek hulpzoekend naar Antonio, maar die was de bus in gedoken, de lafaard. Daar stond ik, met die gretige politieman tegen me aan, de liefhebber van Gardel, de bewonderaar van mijn vader.

Ik kon het niet. En ik wilde het niet.

De man deed een stap achteruit en er kwam een vleug van ongeloof in zijn ogen, alsof hij boos was op zichzelf dat hij zich zo had laten gaan; boos op mij dat ik hem voor schut had gezet.

Op dat moment barstte het lied in mij open en ik had niets meer te vertellen.

Met een stem die geleend leek te zijn van een verre, door het leven geslagen vriend, zong ik:

'Volver...'

De man hield zijn ogen niet van mij af. Ik blikte in die gelige, gladde materie met rode adertjes waaraan de enorme zwarte pupillen hingen.

'... con la frente marchita
las nieves del tiempo
platearon mi sien.'

Hij begon te lachen en opnieuw flikkerde de gouden hoektand.

'Sentir...'

zong die tenorstem vanuit mijn borst.

Hij vulde feilloos aan:

'... que es un soplo la vida...'

Met een verrassend mooie frasering zong hij met mij de strofe uit en haalde opnieuw adem. En opeens waren er onder-
steunende gitaarakkoorden van Antonio, feilloos en vibre-
rend in de nachtelijke hemel, als een zingend dier. En een
viool die een tegenmelodie speelde. Antonio en Vicky kwamen op dreef en brachten het tangoritme tot leven.

'Vivir...'

zong ik.

Zelfs Daniela's stem kwam vrij uit dat kleine angstige lijf.
Met z'n allen stonden we daar als een vreemd, nachtelijk
koor en riepen in dat laatste refrein de geest op van mijn vader. Het was alsof hij erbij stond te lachen.

'... que lloro otra vez.'

Of te huilen.

De spanning bleef en ik zag dat de ogen van de man mijn
blik vasthielden. Ik zag het gelige oogwit vochtiger worden.

Op dat moment klonk het schelle gepiep van een telefoon
vanuit de jeep.

Het lied trok zich bescheiden maar tevreden terug. De
mannen negeerden echter de telefoon en bleven mij staan
aankijken.

'Don Martín zullen we nooit vergeten, señorita,' zei de kapitein. 'Wij treuren nog steeds om zijn dood. Ik heb hem persoonlijk gekend toen ik in een band zong in Buenos Aires.
Wees trots op uw vader. Een groot man.'

Hij kwam heel dicht bij mij staan alsof hij niet wilde dat
zijn collega's hem zouden horen.

'Dat mensen als uw vader vermoord worden, is een god-
vergeten schandaal.'

Ik verbood mijzelf een stap naar achteren te doen al voelde ik de welving van zijn buik tegen mijn lichaam en rook ik zijn adem.

'Is de moordenaar nooit gevonden?' vroeg ik zachtjes.

De telefoon was opgehouden met piepen. De kapitein keek mij onderzoekend aan alsof hij verwonderd was dat ik niet op de hoogte was.

'Dit is Argentinië, señorita,' zei hij schouderophalend, 'hoeveel moordenaars lopen hier niet ongestraft rond?'

'Dus u weet nog steeds niet wie het is?'

Op dat moment klonk de telefoon weer vanuit de jeep, dringend en ongeduldig in de nacht.

Hij draaide zich om naar zijn collega's. 'Zijn jullie soms doof? Neem die telefoon toch op!' De twee andere mannen liepen onwillig weg.

De kapitein wendde zich opnieuw tot mij: 'Dit is onze zaak niet,' zei hij, 'wij zijn hier in Tucumán. Uw vader werd vermoord in San Juán. Ik kan u niets zeggen.' Hij liet zijn stem dalen en bracht zijn gezicht vlak bij mijn gezicht: 'Maar ik verzeker u dit: als ik dat onderzoek had geleid, zat die moordenaar allang achter slot en grendel.'

Toen haalde hij met tegenzin zijn buik weg van mijn lichaam.

Hij mompelde iets tegen Antonio, waarop deze discreet zijn portefeuille trok. De kapitein gaf hem zijn autopapieren terug en Antonio haalde een paar bankbiljetten tevoorschijn. Zwijgend wisselden ze geld en papieren uit.

'U kunt instappen en doorrijden,' zei de kapitein plotseling hoffelijk en hij boog.

De bus reed weer over de weg die zich stijgend en in steeds meer bochten voor ons ontrolde. Ik zat voorin op de passagiersstoel – in de haast had Antonio mij op die plaats geduwd – en dronk kleine slokjes cola. Antonio had mij het laatste flesje uit de koelbox gegeven. Zelf had hij de fles rum van Mauricio aan zijn mond gezet.

'Je was geweldig. In één woord geweldig.' Vicky boog zich naar me toe en wreef over mijn arm, 'zoals je daar zong terwijl die kerel tegen je op stond te rijden. Hoe doe je dat? Mannen aantrekken die met jou willen zingen en dansen? Wat heb je toch om je heen hangen?'

Ik durfde niet naar Antonio te kijken. Het lied, dacht ik. Het is het lied dat om mij heen hangt. Het lied is de baas. Het heeft een kracht waar ik niet aan ontkom. Ik voelde me opeens heel moe.

Vicky vertelde aan de andere twee over wat er in La Boca gebeurd was. Ik luisterde met een half oor. Vreemd toch, dacht ik. Of deze tango 'Volver' is zo populair dat hij hier in de lucht hangt, of die tangodanser in La Boca heeft geweten van mijn droom. Maar dat kon toch niet? Luisterde de werkelijkheid hier in Argentinië soms naar andere wetten?

'Mij verbaast het absoluut niet,' klonk de zware stem van Antonio, 'dat de Argentijnen op je afvliegen.'

Zo kon het wel weer.

'Dit hele gedoe heeft je wel geld gekost,' zei ik tegen hem.

'Dat kost het altijd,' wuifde Antonio weg. 'Die jongens verdienen haast niks. En je kunt ze maar beter te vriend houden.'

'Je hebt ze een goeie wacht bezorgd,' lachte Vicky. 'Dit is voor hen weer eens iets anders dan cocasmokkelaars. Kom, Antonio, geef mij die fles eens aan, egoïst.' Ze rukte de rumfles uit zijn hand en nam een grote slok en toen nog een. Ze hoestte en brieste als een paard.

'Dat is precies wat ik nodig heb,' riep ze. 'Hier, Marisa, op jouw gezondheid.'

'Nee, dank je.'

Maar Antonio duwde de fles naar me toe. 'Drink,' zei hij, 'het zal je goeddoen.'

Ik nam een veel te grote slok en vreesde onmiddellijk dat mijn keel weg zou branden. Ik stikte zowat.

'Is dit rum? Wat is dit in vredesnaam?' bracht ik uit.

Vicky schaterde. 'Een Mauriciomix, om zo te zeggen.'

'Vuurwater,' grijnsde Antonio en hij griste de fles uit mijn handen. 'Het echte werk.'

Zo ging de fles een paar keer rond. Alleen Daniela hield het na één slok voor gezien. Na drie keer was ik de tel kwijt en voelde ik mijn lijf gloeien alsof ik een dag lang in de hete zon had gezeten. Met verbazing keek ik opzij naar Antonio, die rustig in een rechte lijn over de weg bleef rijden.

'Balsem voor je stem, Marisa,' giechelde Vicky. 'Mijn zuster, de tangozangeres! Vond je dat geen goeie? Ik dacht dat ik erin bleef.'

'Ma draait zich om in haar graf.' Opeens moest ik daar zo verschrikkelijk om lachen dat mijn lijf onbeheerst schokte.

'En papa zou geschaterd hebben!' riep Vicky. 'Ik weet zeker dat hij intens heeft genoten van onze sublieme voorstelling. Waar is die fles gebleven?'

'Papa was erbij,' zei Daniela opeens. 'Papa was erbij. Ik voelde het.' Ze lachte zowaar met ons mee.

'Je ziet aan alles dat papa ons beschermt,' zei ik.

Ik zag hoe ze verstijfde. Ze keek me aan.

'Zijn geest waart nog steeds rond,' fluisterde ze, 'maar ook die van zijn moordenaar.'

We waren allemaal stil na die woorden.

Ik dacht na over wat die politieman tegen mij gezegd had. Degene die mijn vader had gedood, was niet opgepakt. Liep hij nog vrij rond? Verklaarde dat de spanning die er hing tussen de bewoners van Casa Feliz? Voelden ze zich bedreigd? Wisten ze wie het was?

Vicky huiverde.

'Zet de verwarming hoger, Antonio.'

'Hij kan niet hoger.'

'Zet dan de blazer aan.'

'Maakt een hoop lawaai.'

'Ik verrek opeens van de kou.'

'Jij je zin.'

Ze vermijden het, dacht ik, zwetend van de plotselinge hete luchtstroom. Ze willen het me nog steeds niet vertellen. Ze zijn bang. Maar misschien maakt die rum de tongen los. Daarom zei ik: 'De moordenaar is nog steeds niet gevonden. Weten jullie daar iets meer van?'

'Moet dat nu?' zei Antonio.

'Ja, dat moet.'

16

Op een stille zolderkamer lag ik ziek in een hard bed. Half bewusteloos, met een hoofd dat ik niet kon optillen vanwege hevige duizelingen. Geveld door bergziekte en Vicky's onthullingen van die nacht.

Het wakker worden was een aarzelend terugkeren in het land der levenden. Het leek dagen te duren.

Eerst drongen geuren tot me door. Geuren van boenwas, hout, en tijm. Gelukkig makende geuren.

Soms ging er een deur open en dan rook ik vaag de geur van een open haard. Er waren momenten dat ik dacht dat ik weer in Casa Feliz was. Maar als iemand een raam openzette, kwam er een lichte walm binnenwaaien van hooi, van bladeren en mest. Was ik in Tafi del Valle?

Van veraf drong het zwakke geloei van koeien tot mij door. Ik hoorde een auto knarsend over het grind rijden. En soms vloeiden er vage klanken van een vioolsonate vanuit een ver vertrek in de richting van de zolder.

Ik voelde een hand op mijn voorhoofd. Een zware, grote hand met sterke, warme vingers. Daar ging zoveel rust van uit dat ik het onnodig vond mijn ogen te openen. Die hand liet mijn hoofd leeglopen en verdiepte mijn ademhaling.

Soms masseerde iemand mijn handen met een krachtige druk tussen mijn duim en wijsvinger. Ik ging ervan kreunen, bijna huilen. Maar zelfs in de half bewusteloze toestand vocht ik om controle te houden. De verschrikking van de

Maanvallei schemerde in mijn herinnering als een monster dat op de loer lag. Het mocht in geen geval losbreken.

Soms hing er een gezicht boven het mijne. Een bruin sterk gezicht, leeftijdloos en ondoorgrondelijk. De stem die bij dat gezicht hoorde leek uit een diepe grot te komen. De hele kamer begon te trillen als die stem sprak.

Zo'n stem had ik nog nooit gehoord.

Ik tilde voorzichtig mijn hoofd op. De kamer bewoog niet. Alle meubels bleven rustig staan. Door het raam viel een bundel zonlicht. Ik liet mijn hoofd weer rusten op het kussen. Het was alsof mijn gedachten weggeveegd waren met een zachte bezem. Ik wreef de slaap uit mijn ogen en likte mijn droge lippen. Op een kastje naast mijn bed stond een glas water.

Toen ik van het water gedronken had, gleden ook de gedachten weer bij mij binnen. De herinneringen aan Vicky's onthulling.

Ik verstarde. Mijn ogen konden zich niet losmaken van een grillige scheur in de witte muur onder de houten balken.

'Emilio,' hoorde ik een gebarsten stem en ik schrok. Het was mijn eigen stem.

Emilio. De beeldhouwer. Twintig jaar lang geleefd in verbanning. In de ban van de haat tegen papa. Doodgewaand en teruggekeerd. *Volver*.

Een brief op de veranda van Casa Feliz. Een dreigbrief met de tangotekst 'Volver'.

'Dat is toch je lievelingstango? Die tango wordt je dood, Martín Grande. Jij hebt mij erin geluisd, schoft die je bent. Jij hebt mij aangegeven als staatsgevaarlijk. Jij wilde Laura voor je alleen. Nu kom ik terug en ik maak je koud. En niet alleen jou, maar ook je dochters. Alle dríé.'

In de tekst van het lied 'Volver' was het woord '*matado*' onderstreept. En ertussen gekalkt: *Pronto te haré matado.* Spoedig heb ik je gedood.

Beneden sloeg een deur dicht.

Even later klonken lichte voetstappen op de gang. Een trap kraakte. De voetstappen werden luider en hielden stil voor mijn deur. Ik bleef doodstil liggen, wel een paar minuten lang. Net toen ik aanstalten maakte om iets te zeggen, hoorde ik iemand weer wegsluipen.

Tot drie keer toe een dreigbrief.

Toen had papa het verteld aan Vicky.

'Emilio is in Tucumán gesignaleerd,' zei hij tegen mijn zusje. 'Daarom heb ik don Claudio ingeschakeld. Hij is een goede bemiddelaar en een wijs man. Emilio had altijd veel ontzag voor hem. Die idioot moet tot rede te brengen zijn. We hebben morgen met z'n drieën een gesprek.'

'Maar dan moet je helemaal naar het noorden!'

'Dat is niet erg.'

'Ga dan niet alleen. Neem Jerónimo mee. Of Pablo, met zijn pistool.'

'Ach, meisje,' had papa gezegd, 'haal je nou niks in je hoofd.'

Emilio was echter niet komen opdagen. Hij had tegen don Claudio gezegd: 'Ik praat niet met Judas.'

Terneergeslagen had papa Vicky gebeld: 'Ik kom naar huis. Maar ik rijd over de Maanvallei. Ik moet nadenken.'

'Alsjeblieft, doe dat niet,' smeekte Vicky, 'je bent helemaal alleen daar.'

'Ik ben niet bang, meisje. Pas goed op Daniela.'

En toen: 'Vicky, ik heb Emilio indertijd niet aangegeven.'

Pas later had Vicky gehoord dat don Claudio hem had gesmeekt niet over de Maanvallei te gaan omdat hij gevaar voorvoelde. Papa reed naar de Maanvallei. Zonder dat hij het wist, werd hij achtervolgd door de beeldhouwer. Niemand heeft ooit geweten wat zich daar in de wildernis heeft afgespeeld tussen die twee mannen.

Papa werd pas een dag later gevonden.

Door de zachtheid van het zonlicht wist ik dat het ochtend was. Langzaam kwam ik overeind en ging op mijn knieën zitten. Ik was naakt. Het zonlicht viel op mijn huid. Het was vast Vicky geweest die mij had uitgekleed. Ik herinnerde mij daar niets van. Ik wist alleen dat ik uit de auto gewankeld was, overvallen door een plotselinge duizeling en misselijkheid. Had Antonio mij naar boven gedragen? Misschien had Daniela geholpen met uitkleden en hadden ze samen vol zicht gehad op het lichaam van hun oudste zuster. Ik keek naar de witte huid van mijn buik en de zwarte driehoek daaronder, verwarmd door een straal zonlicht. Ik legde mijn hand erop. Zou Vicky er iets over zeggen tegen Antonio, in een vertrouwelijk moment? Zoveel schaamhaar, die Marisa?

Ik voelde hoe vochtig ik was. Ik zag Antonio voor me. Hij slingerde me op zijn paard. Ik probeerde zijn handen te ontwijken maar ik kon mijzelf niet stoppen. Ik kwam klaar in een golf van zaligheid en triestheid.

Even lag ik roerloos. Mijn vader was vermoord en ik lag in gedachten te vrijen met Antonio. Ik walgde van mezelf. Dit mocht niet meer gebeuren. Ik nam me voor Antonio nooit meer in de ogen te kijken. Hij was van Vicky. Ik wilde Vicky geen pijn doen. Zij had mij naar Tafi del Valle gebracht. Hier zou ik don Claudio ontmoeten. De man die mijn vader had gekend; de broer van Laura en de vriend van Emilio. De man voor wie ik een weerzin voelde, maar die mij niettemin veel zou kunnen vertellen over papa.

Misschien zat hij beneden op mij te wachten.

Maar beneden waren alleen mijn zusjes. Ik werd verlegen van hun opgetogenheid.

'Wat goed je weer te zien! Je bent twee dagen ziek geweest,' zei Vicky.

'Twee dagen?'

Het leek of er een cactus in mijn keel gegroeid was.

'Je kan er wat van!' lachte Vicky, 'zo totaal van de wereld. Hier in Tafi zitten we op meer dan tweeduizend meter hoogte. Dat heeft je de das omgedaan. En je was natuurlijk toch al zwak.' Vicky sloeg zomaar haar arm om me heen. Ik bleef even tegen haar aangeleund staan. Voelde haar warmte. Nee, dacht ik. Nee, ik wil je geen pijn meer doen.

Daniela kwam naar me toe. 'Gaat het weer?' vroeg ze verlegen.

Hun stemmen hadden een andere kleur. Hun ogen een nieuwe glans. Hun gestalten waren in pasteltinten gehuld. Ik begreep er niets van. Hoe konden ze zo lichtvoetig zijn na de onthulling over papa's moord? Even vroeg ik me af waar Antonio was, maar ik verbood mezelf om zijn naam te noemen.

Daniela gaf me een glas kruidenthee van cocabladeren. We gingen in lage stoelen zitten voor een groot haardvuur in een soort gastenkamer van de oude, majestueuze boerderij. Ik keek om me heen. Dat ik hier zat, leek niet te kloppen. Ik heb twee dagen van mijn leven overgeslagen, dacht ik.

'Is dit een hotel?'

Vicky schudde haar hoofd en reikte me een bordje aan waarop een stukje versgebakken brood lag, belegd met witte kaas.

'Dit is een *estancia*, waar ze paarden en koeien houden. Er is ook een kaasmakerij. Papa kende de eigenaar goed. Domingo heet hij. We mogen hier altijd komen.'

De thee was gloeiend heet. Ik roerde bedachtzaam in het glas met een zilveren lepeltje, dat de hitte van de drank overgenomen had.

'En Antonio is aan het houthakken in de bossen. Hij blijft een paar dagen weg.'

Ik dronk snel van de thee om me een houding te geven. Ik verbrandde mijn mond, verbeet de pijn.

'Soms heeft hij dat nodig. Hij moet zijn energie kwijt. Of zijn herinneringen,' zei Vicky op vertrouwelijke toon. 'Denk je ook niet dat het goed is om hem die ruimte te geven?'

Ik ademde door mijn mond om lucht langs mijn brandende lippen te blazen.

'Natuurlijk,' antwoordde ik schor, 'dat hebben we allemaal nodig van tijd tot tijd.' Mijn stem voelde als gevat in kleverig papier.

Ik keek omhoog naar de zware plafondbalken. Moet hij alleen zijn om de herinneringen aan zijn vrouw kwijt te raken, die aan borstkanker is overleden, vroeg ik me af. Al heb ik bepaald niet gemerkt dat hij daar nog aan lijdt.

Vicky verbrak de stilte.

'Don Claudio woonde hier altijd. Maar sinds twee jaar heeft hij zich teruggetrokken.'

Ik trok mijn wenkbrauwen op.

'Hij woont niet meer hier op de *estancia*,' herhaalde Vicky.

Don Claudio. Hij was er niet. Ik boog mijn hoofd. Daarvoor waren we naar Tafí gekomen. Moesten we nu weer verder trekken? Om don Claudio op te zoeken? Al had ik twee dagen geslapen, ik kon voelen hoe zwak ik nog was.

'Hij is hier geweest,' zei Vicky. 'Maar hij is weer teruggegaan.'

Ik herinnerde mij het gezicht dat ik in mijn halfslaap gezien meende te hebben. Ik voelde het gewicht van die handen weer op mijn voorhoofd, alsof hij daar een afdruk had achtergelaten. En zijn stem uit de diepte der aarde.

'Ja,' zei Vicky, 'over een paar dagen gaan we naar hem toe, als je weer wat sterker bent.'

Ik slikte een hapje brood door. De kaas was zacht, romig en een beetje zoet.

'Naar don Claudio?'

Hij had me misschien wel in mijn naaktheid gezien.

De rest van de dag besteedde ik om bij mijzelf terug te komen. Ik trok me terug op de zolder en sliep urenlang. 's Middags wandelde ik in de zon. De stilte in en rondom de boerderij deed mij denken aan een klooster. Vicky en Daniela eerbiedigden de afstand die ik nam. Ze dachten misschien dat ik bezig was de onthulling over de moord te verwerken. Maar ik was niet in staat erover na te denken. Ik weerde iedere gedachte aan de dood van mijn vader. Mijn geest liep langzaam leeg en mijn lichaam werd sterker.

De tweede nacht lag ik al heel vroeg in bed. Ik was in een diepe slaap gevallen. De zolderdeur had ik dichtgedaan, maar niet op slot. In het holst van de nacht werd ik plotseling wakker van een geluid. Ik wist zeker dat het voetstappen waren, die voor mijn deur stilhielden. Er kraakte een plank. Ik hield me doodstil. De zolder was aardedonker. Ik weet nog dat ik dacht: het is Vicky. Ze wil kijken of het goed met me is. Ik wachtte lang, maar er gebeurde niets. Ik viel weer in slaap en begon te dromen.

Opnieuw voetstappen tot bij mijn deur.

Net als ik Vicky wil geruststellen, hoor ik een lage stem zacht, heel zacht mijn naam zeggen. Twee keer. Mijn hart staat stil. Ik weet zeker dat het mijn vader is. Hier naast mijn bed.

Ik durf mij niet te bewegen. Mijn ademhaling wordt snel en hoog. Ik doe mijn ogen open. Of niet? De zolder is zo duister, dat het niets uitmaakt.

Ik lig als in een trance; mijn rechterarm op de deken wordt steenkoud, maar ik kan mij niet bewegen. De tijd lost op.

Dan hoor ik iemand vlak bij mijn bed. Ik sterf van angst. Ik droom, denk ik. Dit is een droom. In een droom is alles zo werkelijk. Zo echt. Zo echt zijn die handen die mij strelen. Die mijn rechterarm doen gloeien. Die het laken langzaam wegtrekken. Ik ben naakt, denk ik, ik ben weerloos. Papa, ik ben naakt. Stil blijf ik liggen.

Ik zie Daniela voor me. Is het zo gegaan? Zijn lichaam vlijt zich

op mij. Wat teder, denk ik. Wat liefdevol. Wat logisch. Ik voel tra-
nen over mijn wangen glijden. Ik weet dat ik me moet openen.
Langzaam schuif ik mijn benen van elkaar.

Op dat moment werd ik wakker. Mijn wangen nat. Mijn arm
ijskoud. Helemaal alleen met mijn verschrikkelijke gedachten. Helemaal alleen op de donkere zolder, ver weg van de
anderen die op de eerste verdieping aan de andere kant van
de boerderij hun kamers hadden. Even was er een sterk verlangen naar mijn moeder. Maar dat vervloog meteen toen ik
me realiseerde dat ik haar nooit mijn droom zou kunnen vertellen.

Mijn keel was gortdroog. Ik tastte naar het glas water,
maar ik stootte het om. Het water gutste op de planken
vloer. Met kloppend hart zonk ik terug op het kussen en
bleef een paar minuten liggen. Ik verging van de dorst en
knipte ten slotte het bedlampje aan. Ik slaagde erin uit mijn
bed te komen, nog in de ban van mijn droom, en liep naar de
wastafel. Maar toen ik de kraan opendraaide, kwam er geen
water uit.

Dat was deze dagen al eerder voorgekomen. 'Dit is nu
eenmaal Argentinië,' had Vicky schouderophalend gezegd.

De smaak in mijn mond was afschuwelijk. Ik besloot naar
beneden te sluipen om iets van appelsap uit de keuken te halen.

Ik sloeg een grote stola om en opende de deur. Een tocht-
vlaag kwam me tegemoet uit het stikdonker. Huiverend
sloop ik de trap af. Mijn blote voeten maakten geen enkel geluid. Op de eerste verdieping brandde een lampje. Ik keek
naar de gesloten deuren van zwart hout. Achter een van die
deuren sliep Daniela. Mijn suïcidale zusje. Want ze had een
kind dat ze niet had gewenst. Waarvan ze niet hield. Omdat
het geboren was uit schande. Dat moest het zijn.

Grote god.

Een hele tijd bleef ik op de overloop staan. Mijn vuist tegen mijn mond gedrukt. Ik durfde me niet te bewegen. Mijn hart ging tekeer en ik was bang dat Vicky wakker zou worden. Misschien móést ik haar wel wakker maken en opheldering eisen. Want hoe was het tussen jou en papa, Vicky? Werd jij ook door hem...? Wilde je daarom niet dat ik mij in jullie levens mengde? Dat ik het verleden ophaalde? Dat ik een incestueus wespennest zou ontdekken? Heb je me daarom achtergelaten in Buenos Aires? Wilde je me de schande besparen?

Toch strookte het niet met het beeld dat Vicky geschetst had van mijn vader. Die nacht op weg naar Tucumán had ik een warmbloedige, hartelijke man voor ogen gekregen. Gepassioneerd, zoals ik hem van vroeger kende. Dominant, dat wel, over dat getraumatiseerde clubje vrienden-zonder-vrouwen. Opeens begon ik me de wildste fantasieën in mijn hoofd te halen. De *hermandad*, een perverse groep mannen die gebruikmaakte van de seksuele beschikbaarheid van Vicky en Daniela...

Ik moest denken aan mijn moeder, die zo radicaal de band met papa en Vicky had verbroken. Wanneer was dit alles begonnen? Had mama geweten...?

Beneden klonk een geluid. Ik schrok. Wat viel daar? Mijn eerste neiging was om weer naar de zolder te snellen, maar ik moest iets drinken, en wel meteen.

De tweede trap kraakte akelig en ik verwachtte dat Vicky plotseling achter me zou staan. Alles bleef echter in diepe rust.

In de grote keuken was het niet helemaal donker. Een buitenlamp scheen door het raam. Tot mijn opluchting ontwaarde ik op het aanrecht een glazen kan met water. Ik dronk met grote teugen en leunde tegen het aanrecht. Toen zag ik door het raam een kar in de donkere tuin, vol met houtblokken. Die had er 's middags nog niet gestaan. Houtblokken.

Ik moest als de bliksem naar boven. Ik draaide me om en

liep de keuken door. Bijna gaf ik een kreet. Maar Antonio legde zijn hand op mijn mond.

Niets anders dan een droom. Een speling van de wilde gedachten in mijn verhitte brein. Ik wenste er zo over te denken. Maar het was een leugen. Nog nooit was de werkelijkheid zo heftig geweest. Ik had mijn zusje bedrogen. Toen ik 's morgens wakker werd, was ik alleen. Ik bleef die ochtend op bed. Ik durfde niet te voelen hoe vochtig het was tussen mijn benen, hoe mijn kruis gloeiend heet was. Ik durfde met mijn gedachten niet in de buurt te komen van mijn vader; nog minder van Antonio. Ik durfde niet op te staan en mijzelf tegen te komen in de spiegel. Ik hoopte dat Vicky niet kwam om te vragen of het goed met me ging. Het ging niet goed. Het was totaal uit de hand gelopen.

Hij had me toegesist: 'Jij heks,' en ik had me aan hem vastgeklampt, want ik wilde hem evenzeer als hij mij. Het deerde me niet dat zijn mond naar alcohol rook. Hij was Mauricio niet, hij was Antonio en hij had een goddelijk en verpletterend lijf. In dat lijf wilde ik me verdrinken. Dat lijf moest mij doordringen. In stilte vochten we op de zware keukentafel, snoven we elkaars lichaamsgeur op, gretig, ongeduldig, tussen de wee ruikende ronde kazen. Een gevecht om alle vreugde en genot uit elkaar te persen, te zuigen, te peuren. Op het einde zette hij me tegen het aanrecht. Iedereen in het donkere gebouw moet de explosies hebben gehoord die zich steeds maar weer in mijn lichaam herhaalden.

De volgende dag slaagde ik er nauwelijks in mijzelf onder controle te krijgen. Mijn lijf hunkerde naar Antonio als een vastgehouden paard dat wil galopperen. De hele ochtend lag ik op bed, rusteloos woelend en zijn handen navoelend over mijn borsten, heupen en billen. Mijn huid barstte van geluk, maar mijn verstand was verbijsterd. Hoe had ik dit kunnen doen? Ooit had ik een paar relaties gehad, met klassieke zangers natuurlijk. Keurig, met goedkeuring van mijn moeder en ten dode opgeschreven. De bijna dierlijke seks met Antonio joeg me angst aan en betoverde me tegelijkertijd.

Tegen de middag kwam ik eindelijk uit bed. Er lag een briefje op de vloer, dat onder de deur door was geschoven.

'Kom je beneden? Ik moet je spreken,' stond erop geschreven. Ik herkende Vicky's handschrift.

Ze weet het, schoot het door me heen. Ze heeft ons gehoord! Wat moet ik tegen haar zeggen?

Er was geen ontkomen aan. Ik moest haar onder ogen komen. Trillend kleedde ik me aan. Ik ademde diep en verliet de zolder, zonder een smoes klaar te hebben. Vicky zat beneden op me te wachten en duwde me onmiddellijk een beker maté in de hand. Ze zag er ontreddered uit.

'Vicky...' begon ik.

'Daniela wil terug naar Córdoba,' viel ze met de deur in huis. 'Het liefst vandaag nog. Er is geen land met haar te bezeilen. Don Claudio heeft haar min of meer hiernaartoe gepraat, om... nou ja, om dingen uit het verleden te verwerken, maar ze is voortdurend in paniek.'

Vicky stond op en liep handenwringend rond.

'Ik dacht dat Daniela in deze mooie omgeving wel tot rust zou komen,' fluisterde ik.

'Ja, die eerste dag. Als we meteen door hadden kunnen gaan naar don Claudio, dan was er niets aan de hand geweest. Maar het wachten duurt al meer dan drie dagen.'

Het wachten op mij. Mijn bergziekte. Het verwijt was zonneklaar. Mijn schuldgevoel groeide.

'Vicky,' zei ik schor, 'wat is er in het verleden dan gebeurd dat Daniela zo reageert?'

Vicky draaide zich met een ruk naar mij toe en schreeuwde: 'Daar gaat het nu niet om! Probeer nou niet op een slinkse manier je neus daarin te steken! Het gaat erom dat we die hele verdomde reis naar het noorden voor niks hebben gemaakt. Daniela is zo koppig als een ezel. Jij blijft maar ziek. En aan Antonio heb ik ook geen reet. Die heeft alweer de benen genomen.'

Ik draaide me af want ik voelde mijn wangen vuurrood worden.

Vicky schopte tegen een zware tafelpoot. Ze graaide naar de matébeker en zoog er verwoed uit.

'Is het ver naar don Claudio?' vroeg ik. Ik durfde mijn zusje niet aan te kijken.

'Een uurtje. Als we te paard gaan.'

'Te páárd?'

'Hoe anders? Er zijn geen wegen naar zijn berghut.'

'Jullie kunnen paardrijden. Maar hoe moet ik...'

'O, maak je daarover geen zorgen. Domingo's paarden zijn zo mak als een lammetje en kennen de omgeving perfect. Al zou je slapen op hun rug, ze brengen je waar je wezen moet.'

Ik ging vlak voor Vicky staan.

'Kun je paarden regelen, Vicky? Ik praat met Daniela. Dan gaan we binnen een halfuur naar don Claudio.'

Vicky keek me aan. Haar blauwe ogen werden heel groot. Plotseling sloeg ze haar armen om me heen.

'Doe dat. Doe dat alsjeblieft. Misschien luistert Daniela naar jou. Ik weet het soms niet meer. Ze is zo onbereikbaar. En don Claudio zegt dat het van fundamenteel belang is dat ze hier is. Hij wil haar helpen om...' Ze begon te huilen. 'O, wat ben ik blij dat je er bent,' fluisterde ze.

Het was helemaal niet zo moeilijk om Daniela over te halen. Ze zat op het balkon op de eerste verdieping in de zon te kijken naar een paar jonge mannen die een aantal paarden rondjes lieten rennen over een grasveldje.

'Eigenlijk wil ik ook wel graag mijn oom zien. Hij is lief. Maar ik ben ook een beetje bang voor hem,' zei ze verlegen tegen me.

Ik was verheugd over haar blijk van vertrouwelijkheid. Ik wist niet goed waar ik dat aan te danken had.

Een halfuur later was alles geregeld. Vicky kwam de trap opgestormd. Haar gezicht straalde. 'Maken jullie voort,' zei ze. 'Volgens mij zijn de paarden klaar.'

Ik nam nog snel een teug van de maté. Ooit had ik paardgereden, in het Amsterdamse Bos. Wat had ik die beesten groot en indrukwekkend gevonden! Maar toen was ik elf jaar.

'Haal je laarzen,' riep Vicky me toe, 'doe een dikke sjaal om en zet een zonnebril op.'

'En je moet ook iets op je hoofd doen,' vulde Daniela aan. 'De zon is hier veel sterker dan je denkt.'

Gehoorzaam haalde ik mijn spullen op van de zolder. Ik voelde mij nerveus toen ik de houten trap van het stille oude gebouw weer afdaalde waar de weeë lucht van de kaasmakerij hing. De boerderij was zo groot dat ik de eerste dag bijna verdwaald was, maar de tocht op de gang en het loeien van runderen wezen mij steeds waar ik de deur naar buiten kon vinden.

Op het erf stonden drie gezadelde paarden in de zon. Ik zag Vicky druk in gesprek met een man die de teugels van de paarden in zijn hand hield. Dat is Jerónimo, dacht ik verrast. Maar dat kon niet. Langzaam liep ik naar het gezelschap toe.

'Mag ik je voorstellen aan Domingo,' zei Vicky, 'de eigenaar van deze prachtige *estancia*.'

Ik had hem nog niet ontmoet, want hij was de dagen dat ik op de zolder lag naar de veemarkt en verschillende rodeo's gegaan.

Domingo schoot in de lach om mijn verwarring. Hij nam mijn hand in de zijne en kuste mij op de wang. 'Je hebt mijn tweelingbroer al ontmoet, heb ik begrepen.'

Dezelfde glimlach met dezelfde vleug van treurigheid, zag ik. Hetzelfde baardje en dezelfde stem. Had ook Domingo zijn vrouw verloren tijdens de dictatuur? Net als zijn broer?

'Ik hoop dat je weer helemaal beter bent,' zei Domingo. Hij hielp mij met opstijgen. Daar was ik blij om want ik had niet geweten hoe ik mijn lijf op dat hoge bruine paard had moeten hijsen. Voordat ik het wist, had hij mij vakkundig een laatste zet gegeven en daar zat ik, als eerste van hen allemaal, op de rug van het paard. Ik keek vanaf die hoogte op het gezelschap neer. Tegen het hek geleund stonden een paar mannen naar ons te kijken; indianen die werkten op de *estancia*.

Daniela besteeg zonder enige inspanning haar paard. Sierlijk en snel. Vicky slingerde zich op haar paard alsof ze haar fiets pakte.

Ik snoof de buitenlucht diep in mijn longen. Waar ben ik aan begonnen, dacht ik. Mijn droom van de vorige nacht speelde me nog steeds parten. En Antonio's lijf... Ik merkte dat ik zoekend rondkeek of ik een bekende gestalte zag.

Als van veraf hoorde ik Domingo zeggen: '... en dan volg je het pad tot je bij een enorm rotsblok komt in de vorm van een kegel. Als je daaromheen gaat, zie je zijn hut. Het kan niet missen.'

17

De twee anderen reden voorop. De hoge stem van Vicky lachte af en toe sprankelend en ze bleef maar babbelen met Daniela. Daniela zag er met haar Che Quevara-baret en legerkleurige broek uit als een guerrillastrijdster, klaar voor het gevecht.

Ik probeerde me te ontspannen en mee te geven met de wiebelende paardenrug. Ik begreep opeens waarom ik vroeger maar niet over die rij-angst heen was gekomen: ik had mijn lichaam veel te stijf gehouden. Ook merkte ik dat de gespreide beenhouding een bevrijding was voor het nog steeds gloeiende gevoel in mijn kruis.

Ik schudde alle gedachten aan Antonio's lichaam van me af en keek om me heen naar het landschap. We stegen hoger en hoger. Wat ik zag, benam me de adem.

Het uitzicht over het dal waar het dorpje Tafi del Valle lag, was overweldigend. Het dorp lag in een kom van heuvels met talloze groene bosjes. Het landschap straalde een vreemde mengeling uit van vrede en woestheid. Maar het was vooral de stilte die me trof. Hier was de stilte niet bedreigend zoals in de Maanvallei, waar het gewicht van millennia loodzwaar op elk steentje had gerust. Er was hier iets anders in de stilte aanwezig. Iets waar ik geen naam voor wist. Het was alsof een onzichtbare massa van vreedzame zielen voor ons uit zweefde over de paden. Ze brachten mijn verhitte gedachten enigszins tot rust. Ik kon weer ademhalen, diep en langzaam.

Ik kon er op dat moment zelfs vrede mee hebben dat ik 's nachts Antonio niet had afgeweerd. Ik wilde het evenzeer als hij, peinsde ik. Te midden van al die troeblerende, incestueuze gedachten van die nacht was daar een gezonde geile Argentijn verschenen die mij wilde hebben. En dat was precies wat ik nodig had. Om te ontkomen aan de verschrikkelijke ontdekking dat ik bereid was geweest met mijn eigen vader te slapen.

Het klonk geruststellend logisch.

Ik had het gevoel dat ik iets goed gemaakt had door Daniela ervan te weerhouden terug naar Córdoba te gaan. Maar het is ook eigenbelang, gaf ik aan mezelf toe. Voor mij zou de reis evenzeer zinloos zijn geweest als ik don Claudio niet zou ontmoeten. Ook al wist ik niet wat ik van die man denken moest. Ik keek naar de twee ruiters voor mij, mijn zusjes. Zij zwegen nu ook en lieten hun paarden rustig hun weg zoeken. De zachte klakjes van hun hoeven waren voor lange tijd het enige geluid.

Vicky hield haar paard in om Daniela te laten passeren en mij op te wachten. Haar gezicht onder een roze petje kreeg een lila gloed en haar blauwe ogen waren violet. 'En... geniet je?'

'O ja.'

Vicky wist werkelijk van niets.

Ook ik hield mijn paard in en liet de teugels even rusten. Ik voelde hoe de zon op mijn schouderbladen brandde. Kleine zweetdruppeltjes begonnen over de huid van mijn rug te lopen. Tijd om mijn sjaal wat losser te maken.

Naast mij rekte Vicky zich uit, gaapte luidruchtig en deed haar vest uit om het vervolgens om haar middel te knopen.

'Bloedjeheet,' zei ze. 'Zelfs in de herfst.' Ze rolde de mouwen op van haar t-shirt. 'Voel je je goed, Marisa?'

'Ja hoor.' Ik keek om me heen. 'Vicky, waarom woont die don Claudio zo teruggetrokken?'

'Ach, hij is nu eenmaal wat zonderling.'

'Zou die zonderling mij echt kunnen helpen met mijn stem?'

'Ja, daar ben ik zeker van.'

'Papa had ontzag voor hem? Dat vertelde je toch?'

'Kom joh, we gaan dit pad verder omhoog. Gedraagt je paard zich een beetje?'

'Ja. En het is inderdaad warm.'

'Je moet heel rustig aan doen. Op zo'n grote hoogte is alles snel vermoeiend.'

Vicky tastte in haar zadeltas en haalde er een handje coca-bladeren uit.

'Stop dit in je mond,' zei ze, 'en blijf erop zuigen. Zuigen is beter dan kauwen.'

Gehoorzaam stopte ik de bladeren in mijn mond en hield ze in mijn wang.

'Beweeg je vooral langzaam,' zei Vicky.

Ik knikte. Ik maakte aanstalten mijn sjaal helemaal af te doen.

'Zou ik niet doen.'

'Maar het is heet, zei je zelf.'

'En je stem dan?'

'Maakt nou toch niks meer uit.'

Vicky keek verbaasd. 'Jij zonder sjaal?'

'Heb ik niet meer nodig.'

'Maar het past bij je!'

'Hou daarmee op. Je lijkt mam wel!'

Vicky giechelde. 'Sorry. Je hebt gelijk. Ik zal niet aandringen, Stolalola. Ik zal... ' Ze hield plotseling op met praten alsof ze geschrokken was van zichzelf. Maar het was te laat.

'Wat zei je!'

Mijn stem sloeg over. Ik staarde Vicky een seconde in haar roze meisjesgezicht. Haar blauwe ogen waren verschrikt opengesperd. Toen wendde Vicky haar paard en reed snel van mij weg.

Ik bleef als perplex op mijn paard zitten. Het was alsof opeens ergens een machinerie in mijn hersens op gang kwam. Krakend en piepend zette ze zich in beweging en voordat ik het wist, raasden de gedachten door mijn hoofd. Ik spuugde de cocabladeren uit mijn mond en gaf mijn paard de sporen.

'Vicky!'

Mijn stem klonk rauw als de schreeuw van een vogel. Het verwonderde paard reed Vicky achterna die over het kronkelende pad naar boven snelde.

'Harder,' fluisterde ik.

Doodsbang merkte ik dat hij mij verstond.

Ik zag in een flits Daniela verschrikt haar paard inhouden.

'Vicky!'

Het voelde alsof mijn stem met kracht uit een koker werd gezogen. Mijn paard legde er nog een schepje bovenop. 'Vicky!!' brulde ik weer, dwars door drie registers heen. Mijn paard hinnikte alsof hij mijn woede deelde. Woede om dat woord. Dat ene woord dat Vicky met geen mogelijkheid had kunnen weten, maar dat ze niettemin uitgesproken had.

Ik voelde de wind suizen in mijn oren. Ik rook de zachte berglucht die als damp langs mijn gezicht streek. Mijn sjaal fladderde achter mij aan. Het paard nam een kleine sprong over een rotsblok. Ik schrok. Ik kwam scheef in het zadel te zitten en de teugels glipten uit mijn handen. Ik graaide ernaar maar kreeg ze niet zo gauw te pakken. Met veel moeite hees ik me weer recht aan de zadelknop. Het pad maakte opeens een scherpe bocht langs een groot rotsblok. Hoe stopte ik dat beest!

Maar het paard wist precies wat hij moest doen. Het vervolgde doelgericht zijn weg langs het smalle pad.

En daar opeens zag ik Vicky. Ze zat doodrustig op haar paard dat in de schaduw van een houten blokhut stond te grazen. Naast haar stond een man met een donker, ondoorgrondelijk gezicht en halflang, steil zwart haar. Mijn paard stormde op hen af maar de man hief zijn arm op en riep iets in een vreemde taal. Toen lachte hij. Hij had een sterke mond. Mijn paard stopte gedwee. De man keek naar mij op met die lach op zijn paardengezicht. Ik was een ogenblik gefascineerd door het roze tandvlees dat afstak tegen die spierwitte onregelmatige grote tanden.

'Daar ben je dan,' zei hij.

Het was alsof mijn stembanden strak in mijn keel stonden, als twee stijf gespannen kabels. Ik trok mijn blik af van de man en keek in het gezicht van Vicky. Haar ogen waren donker en uitdagend.

De man met het paardengezicht hielp me uit het zadel. Ik stond te trillen op mijn benen. Hij merkte dat en ondersteunde me. Toen durfde ik naar hem op te kijken.

'Vrouw zonder stem.'

Ik knikte nors. Ik wilde wegkijken maar dat ging niet zomaar. Ik was blij dat mijn stem mij in de steek liet want ik had niet geweten wat ik had moeten zeggen tegen deze man. Hij hield nog steeds mijn arm vast. Ik voelde de kracht van zijn vingers rond mijn bovenarm. Ik voelde hoe de warmte zich verspreidde vanuit mijn borst naar mijn hals en wangen. Zoals don Claudio naar mij keek, had nog nooit iemand naar mij gekeken.

Sjamaan, dacht ik, mislukte profeet, charlatan. Al je waarschuwingen zijn krachteloos geweest, want papa, noch Laura, noch Emilio heeft indertijd naar je geluisterd in Buenos Aires; en twee jaar geleden hebben je smeekbeden aan papa om niet naar de Maanvallei te gaan niets uitgehaald. Wat ben je voor een sjamaan?

'Dochter van don Martín,' zei hij, 'ik zie woede in je ogen.'

Zijn stem dreunde mijn lijf binnen en ik voelde zijn resonans in de holte van mijn buik. Antonio's stem mocht dan als een berenvacht zijn, die van don Claudio was als de beer zelf.

Ik maakte me los en week achteruit. Ik keek naar Vicky,

die nog steeds op haar paard zat en naar mij keek met ogen van een wetende. Maar wat wist ze? Hoe kwam ze aan dat stomme woord? Stolalola.

Op dat moment kwam Daniela in galop aanrijden.

Ze steeg af om don Claudio te begroeten. Ook Vicky was van haar paard gekomen. Don Claudio stond met zijn rug naar me toe, ongeveer een meter van me af. Hij praatte zacht tegen het tweetal. Ook mijn zusjes dempten hun stemmen.

Zijn lange rechte gestalte stak boven hen uit. Hij was zelfs iets langer dan Vicky. Hij liet zijn hand rusten op de schouder van Daniela. Hoorde ik de naam van Jarno vallen? Daniela keek naar de grond en schudde heftig van 'nee'.

Ik kon Vicky recht in haar gezicht kijken en opeens trof mij de verandering in de uitdrukking op haar gezicht. De uitdaging daarin was verdwenen. De blauwe ogen keken zoekend om zich heen. Even hechtte die blik van Vicky zich aan de mijne. En ik zag in de ogen van mijn zusje opnieuw die radeloosheid.

Ik was even gaan plassen in een primitief toilet achter de blokhut. Toen ik terugkwam aan de voorkant van de hut zag ik dat Vicky en Daniela weer te paard waren en naar beneden reden. Verbijsterd keek ik hen na. In een impuls opende ik mijn mond om hen terug te roepen, om naar hen te schreeuwen dat ze mij niet in de steek moesten laten. Maar mijn stem zoog zich vast in mijn keel. Hulpeloos staarde ik naar de twee figuurtjes ver beneden mij, die steeds kleiner werden en ten slotte tussen de bomen verdwenen. Waarom hadden ze mij uitgeleverd aan deze primitieveling, lelijk als de nacht en sterk als een beer?

Rondom de blokhut was het doodstil. De toppen van de donkergroene pijnbomen bewogen in een zacht briesje. Ik stond in hun kille schaduw. Op het grasveld aan de andere kant van de hut scheen de zon. Daar zag ik don Claudio. Hij had mijn paard bij de teugels genomen en leidde het door een hek in een kleine weide waar nog een ander paard stond. Ik zag met toenemende verbazing hoe hij in alle rust mijn paard ontzadelde. Ging hij ervan uit dat ik hier bleef? Mijn paard scheen dat in ieder geval volledig te accepteren en begon rustig te grazen. Don Claudio kwam met het zadel in zijn armen naar me toe, overhandigde het mij en zei: 'Leg het op de veranda.'

Ik volgde zijn bevel op. Ik moest wel. Voor de blokhut was een kleine veranda en ik legde het zadel daar op een houten bank. Ik keek om naar don Claudio en zag dat hij water voor het paard in een bekken goot uit een oude zinken emmer.

Toen hij eindelijk naar de blokhut toe kwam, wilde hij zo naar binnen lopen, door de kralengordijnen van de deur. Maar ik hield hem tegen en kon met niets anders dan een fluisterstem aan hem vragen: 'Waarom zijn de anderen weer weggegaan? U zou Daniela toch...'

Hij keek mij alleen maar even aan en liep naar binnen zonder mij een antwoord te geven. Ik was te perplex om te reageren. Ik bleef in de schaduw staan en voelde een kilte optrekken vanuit de houten vloer. In de blokhut was wat geschuifel te horen. Het vliegengordijn van kralen belette mij naar binnen te kijken.

Dit is belachelijk, dacht ik. Waarom stap ik niet gewoon naar binnen. Waarom vraag ik niet om een glas water. Waarom durf ik dat niet.

Het hol van de beer ingaan.

Net toen ik moed verzameld had om naar binnen te gaan, bewogen plotseling weer de kralen van de gordijnen en wandelde don Claudio naar buiten. Hij liep me voorbij in de richting van het kegelvormige rotsblok dat bij de bocht van het pad stond. Het pad splitste zich daar in een bocht naar beneden en een weggetje naar boven.

Hij liep door en verdween uit mijn gezichtsveld.

Ik leunde tegen het hek en bleef zo wel tien minuten staan,

of langer, ik wist het niet. Maar hij kwam niet terug. Ik keek om naar het paard. Het leek volkomen op zijn gemak en trok het stevige gras met zichtbaar genoegen uit de grond. Vervolgens hief het zijn hoofd op en keek mij al kauwend aan met een meewarige blik in zijn ogen. Ik kreeg plotseling zin om dat zadel weer op te pakken en het over de rug van het paard te gooien, om het dier weer te bestijgen en terug naar de *estancia* te rijden.

Dit is zinloos, dacht ik. Deze oude dwaas kan mij niet verder helpen. Hij is helemaal niet van plan mij iets te vertellen over mijn vader. Het is goed bedoeld van Vicky maar het is een vergissing. En hoe moet deze zonderling mij mijn stem teruggeven? Hij heeft geen enkele interesse in mij.

Het was koud in de schaduw. Ik liep de veranda af met mijn sjaal om mij heen en ging in de zon staan. Daar was het opeens heel warm. Ik snoof de zuivere lucht diep in mijn longen.

Op dat moment zag ik hem zitten.

Hij zat op een rotsblok onder een groepje jonge bomen waarvan de gele herfstbladeren als bewegende vlekjes van goud schitterden in de zon. Half met zijn rug naar mij toe keek hij uit op het pad beneden hem. Zijn handen met de lange sterke vingers lagen gespreid op zijn dijen. Hij leek in gedachten verzonken.

Ik liep langzaam een paar meter dichter naar hem toe. De stilte die om hem heen hing, hield me tegen als een onzichtbare muur. Mijn drang hem op mijn aanwezigheid te attenderen smolt weg. Als een deel van de omgeving zat hij daar. Hij had een boom kunnen zijn, of een rotsblok. Hij had daar eeuwen kunnen zitten.

De zon was warm op mijn rug en ik liet me op mijn knieën zakken in het gras, mijn blik gericht op de peinzende man.

Als hij doodstil kon zitten, kon ik het ook.

Zo verstreek de tijd.

Hij is niet helemaal normaal, dacht ik plotseling.

Ik ben alleen op deze verlaten plek met een gestoorde man.

Ook bij Emilio waren de stoppen doorgeslagen. Die mannen hadden veel meegemaakt; jarenlang geleefd onder geweld, angst en terreur. Hoe was dat te verwerken? Het zou gemakkelijker zijn het verleden simpelweg te vergeten. Maar het verleden liet zich niet uitwissen. Mijn eigen vader en de mensen rondom hem, de *hermandad*, waren getekend door het verleden. Hoe was dat bij deze zonderling? Hoe zwaar woog het verleden op zijn ziel?

De man op het rotsblok keek op, recht in mijn ogen. Ik voelde een zweem van angst, maar dwong mijzelf te blijven zitten. Hij nam de tijd en tot mijn verwondering vond ik dat niet vervelend.

Toen hij opstond, kwam ik ook overeind. Aarzelend liep ik naar hem toe.

'Wat weet jij van mijn vader?'

Er blonk iets van goedkeuring in zijn ogen. Ik verlangde dat hij iets zou zeggen, dat hij mij gerust zou stellen met die krachtige stem van hem.

'Don Claudio, wil je me over mijn vader vertellen?'

Mijn keel leek gekliefd.

Hij keek zwijgend langs me heen en volgde met zijn blik een kleine roofvogel die over de vallei vloog.

Hij is net als ik, dacht ik plotseling. Hij spreekt niet. Man zonder stem. En ik was er opeens zeker van dat hij dat met opzet deed. Om mij als een spiegel iets terug te geven van mijn eigen onmacht.

Maar ik kan er niets aan doen! Ik ben ziek geweest.

'Vertel me van papa! En van Laura!'

Mijn stem brak door een hese barrière heen. Het was alsof ik hem geraakt had. Het was alsof die ogen zwarter werden. Ik zag de droeve rimpels in dat gezicht, die blik met daarin iets wat leek op eeuwenlange berusting, maar ook op onuitsprekelijk leed.

Ik wachtte.

'Kom mee,' klonk zijn stem plotseling als uit de diepte van de aarde, 'we gaan naar de berg van stilte.'

Hij draaide zich om en begon voor mij uit het pad op te lopen. Naar boven waar de naaldbomen als roerloze wachters boven roze rotsen uittorenden.

Ik liep een paar meter achter hem. Ik keek tegen zijn brede schouders waarvan de spieren soepel bewogen. De franjes van het oude leren jasje dansten halverwege zijn rug. Zijn haar, gitzwart met grijze strepen erdoor, golfde tot bijna op zijn schouders. Hij had slanke heupen en lange gespierde benen in een oude zwarte spijkerbroek. Vanachter leek hij een man van vijfendertig. Maar zijn gezicht, zijn handen en vooral de blik in zijn ogen verraadden dat zijn leeftijd vele jaren hoger lag.

Hij moest zo oud zijn als mijn vader.

Met rustige passen liep hij voor me uit. Ik kreeg de indruk dat hij zijn tempo afstemde op mij. Mijn benen voelden loodzwaar. Het is de hoogte, dacht ik. Waarom gaan we niet te paard.

Af en toe bleven we staan. Dan keken we uit over de groene vallei die roerloos onder ons lag. De lucht trilde in een blauw waas van warmte. Maar nu en dan werd dat waas verscheurd door koude windvlagen uit het noorden. Daar liepen de bergketens door tot in de ongenaakbare Andes.

De berg van stilte.

Kon het op die berg stiller zijn dan hier? Nam hij mij mee naar het wezen van de stilte? Misschien zouden daar mijn vele vragen verzwolgen worden. In een stilte die nergens zo geladen was als in Argentinië. Een Argentijnse stilte. Een stilte waarin iets nog teer lag te wachten. Ik wist niet wat dat was.

Misschien was het de stemloosheid waar ik aan begon te wennen. Misschien wilde ik helemaal niet dat daar verandering in kwam. Misschien was het beter en vrediger om op te gaan in de stilte, om voortaan 'vrouw zonder stem' te zijn. In ieder geval vrouw zonder zangstem. Vrouw zonder muziek.

Ik keek naar de rug van don Claudio. Ook hij had zich gehuld in zwijgen. Al jaren wellicht. Zijn grotstem liet hij alleen klinken als het niet anders kon. Maar bij hem was het een keuze. Hij had zijn eigen redenen gehad. Teleurstelling, pijn, gruwen wellicht van het menselijk onvermogen, van de menselijke wreedheid. Wijsheid en onthechting.

Don Claudio sloeg plotseling een zijpad in dat steil naar boven liep tussen lage bomen door. Ik merkte op hoe zorgvuldig hij zijn voeten neerzette. Het was alsof hij met eerbied de aarde betrad. Af en toe raakten zijn vingers de toppen van de struiken aan, alsof hij de blaadjes streelde. Hij leek struik na struik persoonlijk te begroeten en ik keek beschroomd naar deze intimiteit tussen hem en de planten.

'Don Claudio, waar breng je me naartoe?' Ik verwachtte eigenlijk niet dat hij antwoord zou geven op mijn onmachtige fluisterstem en ik schikte mij al in zijn zwijgzaamheid. Daarom boog ik mijn hoofd, bereid me aan te passen aan zijn veel massievere zwijgen. Tot mijn verrassing hoorde ik zijn stem, zwaar als een gong: 'Wat dacht je? Naar het graf van je vader natuurlijk!'

Ik hief met een ruk mijn hoofd op en zocht zijn ogen, maar hij liep alweer door.

Ik had Vicky niet gevraagd waar mijn vader begraven lag. Geen moment was die gedachte bij me opgekomen. In Buenos Aires of Córdoba zou ik niet naar zijn graf zijn gegaan. Dat wist ik zeker.

Ik haatte kerkhoven.

In mijn gedachten was de Maanvallei het graf geweest van mijn vader.

Ik keek naar don Claudio, die nu een heel eind voor mij uit liep. En plotseling dacht ik: zou hij weten waar de moordenaar van mijn vader zich ophoudt? Zou hij weten waar Emilio is?

Hij stond op mij te wachten op de top van een heuvel. Ik sleepte mijzelf naar hem toe. Ik had het gevoel dat we al uren onderweg waren, maar de zon leek niet van zijn plaats te zijn gekomen. Er bleef maar warm licht stromen. Helder zonlicht dat de kleuren om mij heen adembenemend fel en contrastrijk maakte. Het groen van de struiken, het geel van de herfstbladeren en het blauw van de bremstruiken leken honderden schakeringen te hebben. Maar de schaduwen waren diep en donker, bijna zwart.

Don Claudio hielp mij naar het plateau te komen waar hij stond en vanwaaruit we een schitterend uitzicht hadden. De bergketen leek opeens een stuk dichterbij en ik kon plekken zien met eeuwige sneeuw. De lucht was ijl.

De lichte duizeligheid in mijn hoofd versterkte het gevoel van onwerkelijkheid.

Hij bleef mijn hand vasthouden.

'De berg van stilte. Een heilige plaats.' De gong van zijn stem resoneerde in mijn borst. 'Al eeuwenlang komen hier mensen om de stilte te ontmoeten. Open je geest en je voelt hun aanwezigheid.'

Ik haalde diep adem. Ik had het gevoel dat heel het verleden van dit Argentijns gebied in golven mijn geest binnenkwam. Voor deze invasie van intense sensaties waar ik niets van begreep, was ik weerloos. De tijd loste op zoals in de Maanvallei. Vragen en protest zegen ineen en stroomden weg omdat de atmosfeer vol was van andere gemoedsbewegingen, al eeuwenlang. De stilte, tijdloos en sereen, was bevolkt door zielen, thuisgekomen in een onzichtbaar gebied van vrede. De schimmen van weleer waren nog steeds aanwezig. Even raakte die vrede mij aan, als een zachte golf in een kabbelende branding. Ik voelde hoe don Claudio mijn hand op een bepaalde manier vasthield en ik herkende de druk van die masserende vingers op dat ene plekje tussen mijn duim en wijsvinger. Tot mijn verbijstering kon ik de stroom van tranen niet tegenhouden.

De gong van zijn stem zoemde dat het goed was.

Ik wilde mijn hand terugtrekken maar ik kon het niet.

Dit mag niet, dacht ik. Dit mag niet. Dit mag niet.

Ik durfde hem niet aan te kijken. Hij legde zijn hand op mijn schouder.

'Kom. Je bent er klaar voor.'

Het pad liep door en werd smaller. Links van ons verhief zich een rotswand en rechts liep de helling steil naar beneden in een smal ravijn. Daar in de diepte glinsterde een riviertje.

Ik was bedekt met zweet en verlangde ernaar uit te rusten bij het graf van mijn vader, er desnoods uren te zitten en de tijd te nemen vragen te stellen aan don Claudio. En zijn antwoorden te horen. Antwoorden waar ik recht op had.

We konden nu niet naast elkaar lopen. Hij ging voorop; het pad liep steil omhoog. Ik hoorde mijzelf hijgen, maar hij zette zijn voeten neer met steeds eenzelfde rustige kracht. Toen hij even omkeek naar mij, zag ik bij hem geen spoor van vermoeidheid. Er was zelfs geen druppeltje zweet op zijn voorhoofd verschenen.

Ik deed mijn sjaal af en knoopte die om mijn middel.

Het pad kwam uit op een open plek, omgeven door rotsen. Een primitief, stenen bruggetje boog zich over een smalle droge rivierbedding als een stille getuige van menselijke aanwezigheid in een ver verleden. Ik stond uit te hijgen en zag vreemde tekens gekrast op de stenen aan mijn voeten. Toen ik opkeek ontwaarde ik de zwarte opening van een grot. Hij lag iets van het pad af, een paar meter hoger. Takken van oude bomen hingen half voor de ingang. Kleine rotsblokken lagen verspreid op het gele gruis voor de grot.

Verschrikt keek ik don Claudio aan. Hij stond afwachtend

naar mij te kijken. Ik had een graf verwacht zoals ik dat een keer gezien had in een film; een groen heuveltje in de zon met een kruis erop. Een grijze grafsteen met de naam van mijn vader erop. Bloemen in een stenen vaas. Dat was tenminste te verdragen. Vicky zou toch wel zoiets geregeld hebben?

'Don Claudio,' fluisterde ik, 'waar is het graf van mijn vader?'

Hij nam mij bij de hand en onwillig liet ik mij meetrekken in de schaduw van de rotswand. Toen ik voor de ingang van de grot stond, voelde ik een koude luchtstroom op mij afkomen.

Het volgende moment zag ik de naam gebeiteld in de rotsen boven de ingang. Ik staarde naar die letters: DON MARTÍN.

18

Met een hoofdbeweging gaf hij mij te kennen dat ik naar binnen moest gaan, het donkere gat van de grot in, dat me dreigend en kil toegrijnsde.

'Moet ik alleen naar binnen?'

'Ja.'

Ik maakte met trillende vingers de sjaal los van mijn heup en sloeg hem om mijn lichaam. 'Don Claudio, ga met mij mee.'

Mijn stem leek gekarteld met scherpe randjes, ik kuchte en steunde. Stel je voor dat hij eigenlijk Emilio was, of zelfs gewoon een doorgeslagen don Claudio; in ieder geval kon hij mij op alle manieren belagen, kwaad doen. We waren volstrekt alleen en ik was volkomen weerloos. Maar het idee dat ik alleen die grot in moest, vervulde mij met nog meer afschuw. Daarom greep ik zijn hand.

Hij schudde zijn hoofd. Alsof hij een kind toesprak, zo zacht en overredend, zei hij: 'Je moet alleen gaan. Hij is je vader. Hier kun je hem ontmoeten.'

Ik keek hem aan alsof hij gek was.

'Hij doet je geen kwaad,' glimlachte hij.

Ik verzette geen stap.

Hij legde zijn hand op mijn schouder en drong aan: 'Binnen vind je je stem terug.'

'Maar ik wil mijn stem helemaal niet terug! Ik wil dat je mij antwoord geeft!'

Hij schudde zijn hoofd en zei zacht: 'Hoe kan ik met je praten als je geen stem hebt?'

Ik keek hem verbijsterd aan. Ik voelde me furieus worden.

'Grote goden! Ik wil alleen maar weten wie mijn vader vermoord heeft, waar zijn moordenaar nu is, waarom iedereen zo geheimzinnig doet en waarom jullie niet willen dat ik de waarheid te horen krijg. Ik wil weten waarom hij hier op deze eenzame plek begraven is!'

Ik had don Claudio bij zijn beide armen gegrepen en ik schudde hem door elkaar. 'Ik wil weten wie Laura was, en waarom papa zo van haar hield; ik wil weten waarom Daniela altijd maar in de put zit en een kind heeft van wie ze niet houdt; en waarom Vicky... of papa zo'n ploert was dat... O god, o god nog aan toe!'

Mijn stem kraste, schuurde open, scheurde doormidden, haalde uit en sloeg over.

Hij hield me vast en liet me rustig uitrazen.

Toen zei hij: 'Al die vragen zijn onbelangrijk.'

Ik rukte mijzelf los en staarde hem woest aan.

'Hoe kun je zoiets zeggen!'

'Volstrekt onbelangrijk.'

'Wie was mijn vader? Wie was Papa Tango?'

Toen legde hij zijn zware handen op mijn schouders en bracht zijn gezicht heel dicht bij het mijne. Ik zag de poriën in zijn huid en de scherpe groeven langs zijn mond in een bocht naar beneden lopen. Hemel! dacht ik verward, hij gaat me toch niet kússen!

'Er leeft een andere vraag in je, heel diep. Maar je durft hem niet te stellen.'

Mijn hart klopte hevig. Ik had het gevoel dat er iets rakelings langs mij heen ging. Iets van essentieel belang.

'Ga.'

Als een oude gezaghebbende priester die mij de weg wees, draaide hij mijn lichaam in de richting van de grot.

'Doe niet meer dan twintig stappen recht naar het midden.'

Ik sloot mijn ogen. Ik wankelde even toen ik merkte dat hij mij losliet. Ik keek in het gat dat zwart en roerloos als een oog mij aanstaarde.

Ik had mijn vader gezocht. Hier was hij, vlak voor mij. Ik moest door de duisternis heen om hem eindelijk te ontmoeten.

Ik telde de stappen. Twintig trage stappen in volkomen duisternis. In de verwachting beslopen te worden door spinnen en ander ongedierte, aangevallen te worden door slangen en schorpioenen, bewoog ik mij voort. Het zand onder mijn voeten leek schoon en vochtig. Al zag ik geen hand voor ogen, toch wist ik dat de grot hoog was. Het geluid van mijn ademhaling klonk onverwacht hol en verraadde een geweldige akoestiek.

Ik was bij de twaalfde stap. Doodsbang om de tel kwijt te raken bleef ik staan. Achter mij was de grotopening een onwerkelijk licht schilderij geworden van miniatuurbomen en -rotsen.

Onwillekeurig strekte ik mijn handen uit. Ik mocht niet schuifelen, anders raakte ik in verwarring en wie weet wat er zich verder in de grot bevond. Vijftien... zestien...

Plotseling kreeg ik een vreemde gewaarwording. Het was als op die avond in de Maanvallei, alleen veel sterker. De aanwezigheid van mijn vader begon door de dikke deken van duisternis door te dringen. Ik luisterde naar de doodse stilte en merkte dat het trillen in mijn lijf minder werd. Zeventien... Ergens drupte water naar beneden. Tergend langzaam vielen druppels blijkbaar van grote hoogte in een plas. Achttien... Als hier werkelijk zijn graf was, waar hadden ze hem dan neergelegd? Wat was dit voor een primitieve gewoonte om een dode zomaar in een grot te leggen? Waren de autoriteiten daar wel van op de hoogte? Mocht dat zomaar in Argentinië? Maar wat mocht er eigenlijk níét in Argentinië?

Negentien.

Papa, dacht ik. Papa Tango.

Een droge snik ontsnapte mij. De duisternis scheen mij op te zuigen; eiste de laatste stap op alvorens haar geheim prijs te geven. Ik wachtte. Het was of er helemaal geen ruimte om mij heen was, alsof de ruimte vacuüm was getrokken. Ik kon mij niet bewegen. Het duister leunde zwaar op mij. Toen voelde ik een licht briesje, een haarlok werd even langs mijn wang gestreken en het kriebelde. Ik strekte mijn armen voor mijn lichaam uit en waagde de laatste stap.

Twintig.

Ik liet mijn rechtervoet even doorschuiven. Het zand onder die voet gaf mee.

Toen stootte de neus van mijn schoen op iets hards. Ik schoof mijn lichaam naderbij. Mijn knie raakte een harde rand. Aarzelend liet ik een hand naar beneden gaan. Mijn vingers vonden een blad van iets wat op een lage tafel leek. Toen bleef ik doodstil staan, mijn ogen opengesperd in het pikkedonker. Mijn hand rustte op een platte steen. Maar het was niet gewoon een steen.

Het was een sarcofaag.

Het was of de duisternis mij in barmhartigheid tegemoetkwam en iets prijsgaf van de onverbiddelijke nacht in de grot. Of was het dat mijn ogen eraan gewend raakten? Als een dier probeerde ik sporen van licht te ontdekken in het donker. In ieder geval ontwaarde ik, hoe langer ik daar stond in het koele zand, inderdaad de vage vormen van een kist.

Ik liet mijn handen over de gladde steen glijden. Ik voelde me een blinde die voor het eerst na jaren meent iets van de zichtbare wereld te ontwaren. Ik was niet in staat mijn hand van de sarcofaag te halen; het lichaam van mijn vader bevond zich onder die hand, nog geen halve meter van mij vandaan.

Het lichaam van mijn vader.

De man die ik had willen liefhebben maar die mij in de steek had gelaten en van wie ik gedacht had dat hij mij voor altijd verstoten had; de man die ik gehaat had, maar niettemin gezocht; de man die ik had willen begrijpen, maar die ik uiteindelijk nooit zou kennen. De man die ik had verdacht van bloedschande met zijn eigen dochter zonder dat ik daar enig bewijs voor had.

Maar deze man had mij geroepen. Hij had mij geroepen in zijn tango: 'Volver.'

Waarom dan?

'Ik heb naar je geluisterd, papa, en ik ben gekomen!'

Ik had de stilte niet willen verbreken, want wie weet welke schimmen ik wakker zou maken. Maar ik had mijn lichaam niet onder controle. Ik merkte dat mijn stem omfloerst in de stilte stamelde: 'Papa, papa toch.' Ik kon die stem niet stoppen. Ik wilde hier dagen zitten en de uren vullen met niets anders dan het uitspreken van dat woord 'papa', dat ik jaren had vermeden. In de Maanvallei had ik om hem geschreeuwd, hier in deze grot verstilde mijn schreeuw.

'Papa, papa, papa... papa...' en het duurde maar voort.

Twintig jaren van eenzaamheid.

Mijn blik zwierf in de zwarte schaduw en zocht zijn aanwezigheid. Ik had mij geheel verzoend met de duisternis.

'Waarom heb je me geroepen, papa?'

'Omdat ik van je hou.'

Ik bleef doodstil zitten.

Een siddering ging uit van de wand hoog boven mij. Ik voelde mij tegelijk ijskoud en gloeiend heet worden. Ergens in de duisternis wachtte iemand tot ik weer mijn stem zou laten klinken. Ik opende mijn mond en legde de woorden als dun kristal in de stilte neer: 'Ben je me dan nooit vergeten?'

De echo was enorm. Ik wachtte. Ik was er zeker van dat het de stem van mijn vader was geweest die mij antwoord had gegeven. Ik legde mijn hand weer op de stenen kist. Mijn zenuwen waren tot het uiterste gespannen, al mijn zintuigen opengesperd. Het bleef stil. Toch voelde ik een aanwezigheid. Niet als een dreiging, maar als een eindeloze *fermate*.

'Papa,' riep ik voorzichtig. Mijn stem sneed als een dun mes door de ruimte. Hij was er. Ik wist het zeker. Hij was hier meer dan in de Maanvallei.

Tijd viel weg.

Ik moest hem uitlokken. Ik moest hem verleiden. Zijn geest waarde tussen de schimmen die hem wellicht tegenhielden. Schimmen van oude wijze indianen, allang gestorven, die hier hun laatste rustplaats hadden.

'Papa,' fluisterde ik, 'ik hou ook van jou!'

Nog nooit had ik zoiets gezegd. Niemand van mijn familie had die woorden ooit over de lippen gekregen. Mijn hart bonkte in mijn lijf. Hij moest dat wel horen. Hij moest mijn adem horen, hij moest mijn gedachten horen.

'Zíng!'

Bliksemsnel draaide ik mijn hoofd om. Ik wist niet of het een ritseling was van de wind, maar ik was er zeker van dat ik in die ritseling een stem herkende. Alsof in een windvlaag iemand dat woord gezucht had. Mijn spieren waren zo tot het uiterste gespannen, dat het mij moeite kostte om de nodige lucht in mijn longen te verzamelen.

En ik begon. Hij had het mij gevraagd. Zing! Als ik echt van hem hield, zoals ik gestameld had, dan zou ik voor hem zingen, het lied waarmee hij mij naar Argentinië gelokt had.

'Yo adivino el parpadeo...'

Mijn stem vol tranen hobbelde beverig en fluisterend over de eerste woorden. Er was geen ster te zien. De woorden klonken als een bespotting. De melodie voerde mijn stem brutaal mee in het dwingende mineur van de eerste strofe. Het lied worstelde zich in mij naar boven. In het duister klonk het als een immense inbreuk op de stilte van de dood. Toch ging ik door. Alsof het lied zelf mij voorttrok, in de richting van de doodsrivier. De wanden die ik niet kon zien, begonnen mijn stem terug te kaatsen. Een gebroken, donkere stem was het, opnieuw dat onbekende, lage register dat van een ander scheen te zijn. Zing! klonk het in mijn oren en voor het eerst sinds ik die droom had gehad, zong ik het lied helemaal en volgde ik de melodie in de verrassende wendingen en spannende vertragingen.

Iets scheen mee te suizen, te sissen bijna. Ik merkte het, maar kon niet stoppen met het lied. Het was of iemand anders in mij zong en met een schok besefte ik dat het inderdaad niet mijn eigen stem was, maar die van mijn vader.

Mijn vader zong in mij!

En ik liet hem toe. Ik opende mij en gaf me over. Liet mijn ziel verscheuren door het leed, dat ik eindelijk begreep. Liet het lied zijn werk doen, liet het snikken in mij.

In de galm die de grot mij meegaf, volgde er iemand mij op de hielen. Die stem sloot perfect aan op wat ik deed, maar als ik inhield en probeerde de eigenheid daarvan te betrappen, ijlde het geluid weg en loste op in de hoge holle ruimte.

Ik wilde niet dat het lied ophield. Met angst begon ik aan het laatste refrein. Ik wilde niet de stilte daarna horen, ik wilde niet dat die andere stem wegijlde als ik ophield met zingen. Dus herhaalde ik het refrein en bleef het eindeloos herhalen en mijn stem werd steeds luider en sterker. Alle wanden leken mee te vibreren en mij het lied verhevigd terug te geven. Schroom was allang verdwenen. Het was of ik enkel een omhulsel was voor die stem, want het lied leek via mijn lichaam zelfstandig door de grot te galmen en ik luisterde ernaar. Ik luisterde naar die laatste woorden: *'que lloro otra vez'*, die ik telkens weer liet volgen door het begin, want ik vreesde de tranen die zouden volgen als het lied ophield.

Maar toen zweeg het lied.

'Wil je me vergeven.'

Mijn vaders stem kwam nog steeds uit mijn eigen borst. Ik wist niet van wie die vraag kwam.

'Ik heb je vergeven,' fluisterde ik, of fluisterde hij het tegen mij? Ik wist het niet meer, maar het was ook niet belangrijk. De woorden zelf schenen te komen uit een gebied waar ik met mijn vader verenigd was in een onuitsprekelijke liefde.

19

'Waarom Tafi del Valle?'

Ik moest wennen aan mijn eigen stem, die zonder enige belemmering laag en helder klonk in de lichte herfstmiddag. Zonder spanning, zonder pijn.

Zonder angst.

Ik zat in de zon voor zijn hut. De poncho van lamawol die hij om mijn rug had gelegd, was nu te warm. Ik liet hem van mijn schouders afglijden. Ik keek opzij naar hem.

Hij zat in het gras en droeg een groezelig wit hemd dat een gedeelte van zijn borst bloot liet. Hij liet de stilte na mijn vraag hangen alsof hij lange jaren de tijd had na te denken over zijn antwoord en zich beelden voor ogen te stellen uit een vervlogen verleden. Hij greep naar de matébeker die in het gras voor hem stond. Toen hij klaar was met drinken, keek hij me aan. Die blik van hem, dacht ik. Die mond. Die sterke, geprononceerde lippen die zich nauwelijks om de grote witte tanden kunnen spannen. Een gezicht getekend door oeroude gevechtssporen.

'Was het om Laura?'

Hij knikte. Eerst dacht ik dat hij onwillig was om te praten over het verleden. Maar ik wist nu dat hij een ander tempo in zich droeg dan de meeste mensen en ik verroerde me niet. Hij stak zijn hand uit en reikte me de beker aan, nadat hij hem bijgevuld had met heet water uit een thermoskan.

'Je vader kwam hier ieder jaar de zomer doorbrengen met zijn ouders.'

'Hoe oud was hij toen.'

Hij dacht even na en zei langzaam: 'Twintig. Nog niet eens. Laura was heel jong. Een kind bijna nog.'

Ik zoog de bittere maté op.

'Was ze mooi?'

'Laura was een bloem.'

Hij keek over het dal; zijn gezicht was ondoorgrondelijk. Maar toen hij zich weer tot mij wendde, zag ik een glimlach om zijn lippen.

'Kom mee naar binnen,' zei hij. Hij hielp mij overeind en hees zorgzaam de poncho weer om mijn schouder. Ik volgde hem door het kralengordijn naar binnen in de blokhut. Ik moest mijn ogen instellen op het schaarse licht in het vertrek, waar een wonderlijk samenraapsel van oud en versleten indiaans handwerk te vinden was: kleden van lamawol, houtsnijwerk, eetgerei en muziekinstrumenten. Ook stond er op een plank een doodshoofdje, getooid met een gebreid Incamutsje. Ik had die nacht op een matras gelegen onder ruwe dekens, in de geur van brandhout en oud leer. Hij had mij 's morgens gewekt met maté en maïskoekjes en hij had mijn schouders gemasseerd met die krachtige vingers, vet van een vreemd ruikende olie. Ik had mij veilig bij hem gevoeld.

Hij rommelde wat in een la van een oude kast. Ik keek naar zijn rug. Naar de gladde slierten zwart haar op de sterke schouders. Hij leek iets gevonden te hebben, gromde een paar woorden en keerde zich om naar mij. Hij hield een foto in zijn hand. Langzaam en bijna verlegen draaide hij de foto naar mij toe. Het was een gedateerde zwart-witopname met gekartelde randen.

Ik keek naar de vrouw voor mij en even dacht ik dat ik het gezicht van Daniela voor me had. Maar dan een vrolijke Daniela. De lach sprong zowat van de foto af. Het was of Laura mij toeriep: 'Ik leef! Ik ben springlevend!'

Dit was de vrouw aan wie mijn vader zijn hart verloren had. Het deed pijn het toe te geven, maar ik kon het mij voorstellen. Ik dacht aan mijn eigen moeder. Het was een verschil als tussen zomer en winter.

'Heb je ook een foto van mijn vader?'

Hij schudde zijn hoofd, zoals ik al verwachtte. Hij legde zijn hand op mijn schouder.

'Jij hebt nu geen foto meer van hem nodig.'

Laura's lach was onweerstaanbaar. Ik kon mijn ogen er niet van afhouden.

'Hoe oud was ze hier?'

De mengeling van onschuld en sensualiteit in dat half indiaanse gezicht maakte het lastig naar haar leeftijd te gissen. De manier waarop ze haar omslagdoek droeg, deed volwassen aan, maar met dat schuine hoofd had ze iets kinderlijk ondeugends.

'Zeventien.'

Zeventien, stralend gelukkig en intens verliefd. Nog geen donkere schaduw van een toekomst zonder de man die haar aanbad.

'Wist jij het... van hen?'

Hij legde de foto voorzichtig terug in de la.

'Je vader kwam naar me toe om zijn geheim met mij te delen. Maar ik had het allang aan Laura gezien.'

'Wisten zijn ouders van niets?'

'De eerste jaren niet.'

'Mochten ze het niet weten?'

'Nee. Wij waren een eenvoudige familie. Mijn moeder werkte bij zijn ouders op de *estancia*. Laura hielp haar af en toe in de keuken.'

'En jij, don Claudio?'

'Staljongen.'

'Wie heeft hen verraden?'

'Liefde kan men niet verbergen. Toen ze het eenmaal wisten, was het afgelopen. Ze hebben hem naar Europa gestuurd.'

'En daar is hij getrouwd met mijn moeder.'

Maar zijn ouders – mijn grootouders – waren kort na elkaar in Buenos Aires gestorven, toen ik drie jaar was. Ik stelde me mijn vader voor, met de brief in zijn handen, in het verre Amsterdam. Ik stelde me voor wat hij gevoeld moest hebben toen hij wist dat de weg naar Laura in principe vrij was, maar dat hij daar in Europa gebonden zat. In de val. Hij had gekozen om bij zijn gezin te blijven. Hij had het in ieder geval geprobeerd. Als mijn moeder maar wat meer warmte had gehad, dan was het misschien anders gelopen. Als ze maar geleerd had te zeggen: 'Ik hou van je.'

Ik durfde zijn hand te pakken.

'Hield je veel van je zusje?'

Ik zag droefheid in de lijnen langs zijn mond.

'Het is goed nu. Ze zijn samen.'

Ik knikte. Ik geloofde het.

'Voor eeuwig.'

'Ja, voor eeuwig.'

'Niet met mijn moeder verenigd in de dood, maar met Laura.'

Het bleef bitter.

Don Claudio keek mij oplettend aan. Alsof hij mijn gedachten probeerde te peilen. Maar ik wilde niet over mijn moeder praten.

'En Daniela?' vroeg ik.

Zijn gezicht versteende.

Het kan niet anders of hij moet zielsveel houden van Daniela, dacht ik. Ze is immers het evenbeeld van Laura. *Wat er ook gebeurd is.*

Maar wat was er allemaal gebeurd? Opeens kreeg ik een gevoel van beklemming. Kon ik don Claudio deelgenoot maken van mijn eerdere duistere gedachten?

'Waarom houdt Daniela niet van haar zoontje?'

'Daniela's levenstocht gaat langs een diepe afgrond.'

'Is er iemand die haar helpt? Zodat ze niet in de afgrond valt?'

'Jij. Jij kunt haar helpen op haar innerlijke reis.'

'Ik?'

'Door af te dalen.'

'Wat bedoel je?'

'Door af te dalen in de diepte.'

'In de afgrond? Ter wille van Daniela?'

'En van jezelf.'

'Maar ik heb het over Daniela. Waarom houdt zij niet van de kleine Martín? Een moeder houdt toch van haar kind?'

'En houdt het kind van haar moeder?'

Ik keek hem verward aan.

Hij was heel dicht bij mij komen staan.

Ik zei in het wilde weg: 'Vicky niet.'

'Maar jij?' hield hij aan.

'Is dat zo belangrijk?'

'Ja. Het is fundamenteel.'

Ik keek naar de grond. Naar het stof op de planken. Naar de punten van zijn laarzen. Plotseling zag ik die laarzen in beweging komen en met grote stappen langs mij heen gaan. Ik keek besluiteloos naar het golvende kralengordijn.

Ik vond hem buiten zittend op het gras.

'Kom naast me zitten.'

Ik gehoorzaamde hem onwillig.

'Houdt het kind van haar moeder?'

Mijn handen klauwden onzeker in het gras.

'Ga niet op het gras zitten.' Mijn moeders stem klonk vlijmscherp vanuit de serre. 'Je vat kou. Het nekt je stem. Ga níét op het gras zitten!'

Ik was dertig. En toch was ik tien jaar. Nog steeds.

Ik wilde don Claudio niet in die onderzoekende ogen kijken. Een plotselinge woede maakte mijn spieren hard en stijf. Ik schrok ervan. Ik had mij verzoend met mijn vader. Dat had een diepe vrede gegeven in mijn lijf. Waarom moest dat verstoord worden?

'Mama was geen vrouw om van te houden,' zei ik de woorden van Vicky na. Vicky had gelijk gehad. Moeder was dominant en veeleisend geweest. Moeder had het halve leven voor mij verzwegen. Moeder had mij het leven ontnomen. Ik had me opgelucht gevoeld toen ze overleden was.

'Als ze maar een keer gezegd had dat ze van ons hield,' vervolgde ik stuurs, 'tegen papa, tegen ons.' Ik zweeg even. 'Als ze ons maar wat warmte had gegeven.'

Dan was mijn leven niet verknoeid.

Ik zag het gezicht weer voor me van Laura, een en al warmte. De tranen sprongen me in de ogen.

'Je huilt,' constateerde don Claudio.

Ik trok met geweld plukken gras uit de grond en smeet ze om me heen. Het scherpe geluid van mijn moeders stem was onwerkelijk in dit hoge berglandschap. Ik bleef gras gooien naar de herinnering, kluiten aarde gingen mee, stenen en takken. Ik had rotsblokken willen smijten.

'Ik haat haar. Ik haat haar. Ik haat haar.'

'Waarom?'

'Omdat ze mij al die jaren mijn vader heeft afgepakt. Omdat ze mijn leven heeft opgezadeld met onwaarachtigheid. Ik was haar slaaf. Die hele muziek was een maskerade voor haar machtsspel. Ik haat opera, ik haat muziek, zoals ik mijn moeder haat.'

Don Claudio pakte mijn handen.

'Hoe kun je schoonheid haten,' vroeg hij, 'hoe kun je haten uit wie je geboren bent?'

O god, dacht ik, geen preek. Ik kon mijn handen niet losmaken zonder hem te kwetsen. Daarom bleef ik zo zitten, maar mijn verzet groeide.

'Van haat word je ziek. Haat vergiftigt het lichaam. Haat vernietigt de ziel. Het was je moeder die jou je lichaam gaf en aan haar zul je het eens teruggeven. Aan Moeder Aarde.'

'Mijn moeder heeft niets met jouw Moeder Aarde te maken.'

'Nee?'

Hij begon zacht met zijn duim op dat bewuste plekje te masseren en ik keek hem hulpeloos aan.

'Ga naar de berg van stilte,' zei hij langzaam, bijna zakelijk. 'En sluit vrede met je moeder.'

Ik schoot bijna in de lach. Vrede. Simpele ziel. Wat wist hij van al de pijn van vroeger?

Maar ik zag dat hij het meende. Hij liet mijn handen los.

'Ik heb nog zoveel vragen, don Claudio. Hoe kan ik mij verzoenen met mijn moeder, als ik de antwoorden niet ken?'

'De antwoorden zijn beter te verdragen met een hart dat stroomt van liefde.'

Stroomt van liefde! Ik vroeg mij opeens af of ik eigenlijk wel in staat was om lief te hebben. Ik dacht met schaamte aan mijn koele houding ten opzichte van mijn zusjes. Aan Antonio wilde ik niet denken. Ik kon mijn gevoelens geen andere naam geven dan 'bezetenheid'. Maar gisteren dan... in de grot, toen ik mijn vader gevonden had?

'Ik... ik wil mij hier niet inlaten met mijn moeder. Ze hoort hier niet. Dit is de berg van stilte! Wat doet ze hier?'

'Zolang een mens zich niet verzoend heeft met de innerlijke moeder blijft hij haar altijd horen.'

'Mijn vader is mij genoeg.'

'Dat is een illusie.'

'Waarom? Hij heeft mij zijn stem gegeven.'

'Niet om de pijn te overschreeuwen.'

'Doe ik dat dan?'

'Hoe kan een bloem de zon die haar licht en warmte geeft, aanbidden, en de aarde die haar voedt met sappen, vervloeken? Neem de tijd. Pachamama wacht. Ze heeft je lief, zelfs wanneer je je afkeert van haar. Des te meer wanneer je terugkeert tot haar.'

Ik keek hem onderzoekend aan. Hij meende het werkelijk.

'Als je terugkeert zullen ze er zijn,' zei hij.

'Wie?'

'Daniela.'

'Wat heeft Daniela hier voor baat bij?'

'Jij zal haar leiden in de afgrond. De tijd is rijp voor haar reis naar het verleden.'

'Maar...'

'En Vicky en de anderen.'

'Welke anderen? Wie dan nog meer?'

'De *hermandad*.'

'Antonio ook?'

Ik had meteen het gevoel dat mijn ziel voor hem blootlag.

'Ja,' glimlachte hij.

'Waarom?' vroeg ik zwak.

'Omdat deze mensen het antwoord in zich dragen. Het antwoord waar jij naar hunkert. Zij zullen het je geven. Maar zij allen moeten door de afgrond. Daarom ben jij hier.'

Ik boog mijn hoofd. Ik wilde zo blijven zitten tot de middag zou overgaan in de schemering.

20

Ik kon het niet opbrengen.

Hij oefende geen enkele druk uit. Hij observeerde mij zwijgend in de dagen die volgden. Dat voelde ik heel goed.

Heel het leven in en om de blokhut leek te bestaan uit simpele stille handelingen, met aandacht uitgevoerd. Alsof de betekenis van het leven voor dat moment enkel bestond uit het verzamelen van hout voor het vuur, het kloppen van de matten en de dekens, het borstelen van de paarden, het wassen van mijn kleren en ze te drogen hangen in de zon. In de zon zat ik ook urenlang te kijken naar de heuvels en de roze bergketen aan de verre horizon. Dan luisterde ik naar de ijle tonen van de panfluit van don Claudio. Zoals hij daar zat op de rots en de stem van de fluit met zijn adem tot leven riep, liet hij mij deelhebben aan de melancholie van de indiaanse ziel.

Soms kwam er een groepje herten in de buurt van de hut. Zij schenen zich niet aan mij te storen, evenmin als de grote vlinders die met hun felgekleurde vleugels om mij heen fladderden, tot vlak bij mijn gezicht als ik mij onbeweeglijk hield. En soms kwam don Claudio naast mij zitten. Dan begon hij na een tijdje zacht en monotoon te neuriën. Op elke uitademing werd zijn stem krachtiger. Zijn stem werd een didgeridoo. Er ging een onzegbare rust van uit. Zonder dat hij ook maar een teken gaf, wist ik dat hij me uitnodigde om mij in te voegen in dat primitieve zoemen. In het begin voelde ik me beklemd, belachelijk zelfs. Mijn stemoefeningen op het conservatorium en tijdens de zanglessen van mijn moeder bestonden uit keurige toonladders, intervallen, staccato en legato volgens de Italiaanse, technisch verantwoorde zangmethode. Don Claudio deed mij een gebied betreden van onbekende klankkleuren en emoties.

Ik was verwonderd over de trilling van mijn eigen stem tot diep in mijn onderbuik. Die werd een warme, open en vochtige akoestische ruimte.

'Ik moest van mama altijd maar hoger en hoger.'

Maar hij gaf mij geen antwoord. Hij bleef mij uitdrukkingsloos aankijken.

Ik zag hem houthakken. Het dak repareren. Stenen sorteren. Een oud zadel herstellen. Tortilla's bakken. Alles zonder enige haast. Hij had geen haast. De tijd had voor hem geen andere betekenis dan de loop van de zon en de maan, de afwisseling van licht en donker, een steeds terugkerende beweging. De tijd was als een weidse ruimte om hem heen. Hij scheen geen enkele moeite te hebben om mij in die ruimte toe te laten.

Hij doet niets om mij te pressen. Hij wacht gewoon op mij, dacht ik.

Hij kan lang wachten.

Hij tart mij, dacht ik een dag later, hij laat de anderen niet komen, met opzet, hij wil eerst dat ik mij terugtrek en... ja, en wat? Mij verzoen met mijn moeder? Waarom zou ik. Heeft mijn moeder zich soms verzoend met mij?

Mijn moeder had me tot op de laatste dag nog afgewezen. Ze was op haar sterfbed nog boos geweest om futiliteiten. 'Je bent een hopeloze dochter.' Ik dacht met triestheid aan die laatste dagen voor mijn moeders dood. Aan de onwaardigheid van dat sterven. Aan de eenzaamheid van dat koude ziekenhuis. Aan de leegte van het grachtenhuis in die laatste dagen. Philip had erop gestaan mij daar niet alleen te laten, maar ik had me opgesloten op mijn kamer in een verbijsterd wachten op het onvermijdelijke. Ik had zijn verdriet niet kunnen verdragen. Ik begreep al niets van mijn eigen gevoelens. De bedreiging ervan wist ik te bezweren door urenlang doodstil in mijn stoel te zitten met mijn benen opgetrokken en mijn armen rond mijn knieën geslagen. Als ik maar naar de gevels aan de overkant van de gracht bleef staren, verloor de echo van moeders stem in mijn hoofd aan kracht.

'Je bent een hopeloze dochter.'

Ik liep langzaam naar het pad in de richting van de kegelvormige rots. Ik struikelde half over een rotsblok. Ik gaf er een schop tegen. De pijn die dat gaf aan mijn voet maakte mij woedend.

Waarom moet dit in een paar dagen opgelost worden? dacht ik. Don Claudio heeft makkelijk praten. Ik heb minstens twintig jaar nodig om onder twintig jaar terreur uit te komen.

Net als de Argentijnen.

Maar moest ik dan al die tijd met mijn moeder op mijn nek lopen? Steeds die smeulende woede om haar voelen bij alles wat ik deed? Ik had niet geweten dat het zo erg was. Doordat don Claudio erover begonnen was, begreep ik pas dat ik het niet langer kon ontkennen. Het opgekropte verzet, jarenlang. De opluchting bij haar dood. Het schuldgevoel daarover. De ontkenning.

Moest ik in die verwarring blijven rondlopen tot mijn dood?

's Middags zag ik hem in de richting van het bos lopen. Ik stond op de kleine veranda en keek naar zijn gestalte die langzaam uit het zicht verdween. Ik draaide me om en liep de hut in. Ik wilde het gezicht van Laura nog eens zien. Resoluut schoof ik het bovenste laatje van de kast open. Daar lag alleen wat rommel in.

In de la daaronder lag de foto. Ik pakte hem op en hield hem in het zonlicht dat door het raam naar binnen viel. Laura's onbevangenheid maakte me verlegen. Die lach vol hoop en vitaliteit was in zo'n schril contrast met de afloop van Laura's leven dat ik me schuldig voelde. Beschroomd keek ik weg van dat levenslustige gezicht. Mijn blik viel in de lade. Daar lag nog een zwart-witfoto, van hetzelfde formaat.

Weer leek het of het Daniela was die mij aankeek, hoewel Laura hier duidelijk een stuk ouder was. Laura moest op deze foto ongeveer even oud zijn geweest als ik nu zelf was. Een jaar of dertig. De gelijkenis met Daniela was verbluffend door de baret die ze droeg. Laura lachte nu echter niet. Haar ogen stonden ernstig. Het was of ze een beetje terugdeinsde voor de man naast haar. Wie was hij?

Niet mijn vader.

Deze man was zeer donker, met een zwarte baard en lang haar. Het was ook don Claudio niet. Toch kwam hij mij op een of andere manier bekend voor. Die zwarte ogen en krullen. De intensiteit van de blik. De manier waarop hij zijn hoofd hield. De vlezige lippen.

De v-vormige haarinplant.

Ik hield mijn adem in. Ik keek naar de vrouw, die zo op Daniela leek. En op dat moment wist ik niet alleen wie die man was, maar ook dat hij de vader van Daniela's kind was.

Met trillende handen legde ik de foto terug in de la en sloot deze af. Ik bleef midden in de hut staan en bewoog me niet.

O god.

Ik had in het gezicht gekeken van de moordenaar van mijn vader.

Emilio.

De vader van mijn kleine neefje.

Ik rende de hut uit. Sprong de veranda af.

Waarom! Waarom moet ik die rotzooi helemaal zelf ontdekken, waarom hebben ze mij dat niet verteld. Schamen de Argentijnen zich dan zo verschrikkelijk en willen ze geen vuile was buiten hangen?

Waarom heeft Vicky mij aldoor halve waarheden verteld?

Ik begon de berg te beklimmen, een andere richting uit dan don Claudio was ingeslagen. Ik had geen zin om hem tegen te komen. Misschien ging ik wel doen wat hij van mij gevraagd had! Misschien kwam ik wel terug als een schone ziel, verzoend met mijn moeder, mijn hart stromend van liefde en dat soort onzin.

Ik nam een tak en sloeg ermee tegen de struiken.

'Kutzooi!' mompelde ik, 'kutmoeder! Klotepachamama!'

Stampend zette ik mijn voeten neer, elke keer met mijn hielen een fikse dreun verkopend aan Moeder Aarde.

Maar de bomen bleven in onverstoorbare zachtmoedigheid staan. De stenen stortten niet beledigd voor mijn voeten neer en zelfs de wind riep mij niet met snerpende stem tot de orde.

Ik kreeg het bloedheet. De hoogte begon mij parten te spelen. Ik moest blijven staan om uit te hijgen.

De schoonheid van het uitzicht en de stilte waren zo intens dat ik tranen voelde opkomen. Maar dat mocht niet.

Ik trok mijn trui uit. De zuivere, frisse berglucht streek langs mijn bovenlijf.

'Trek aan dat ding!' snerpte de feeks in mij.

'Donder op, mama!' schreeuwde ik terug. Ik slingerde de trui op de grond. Ik greep de tak weer en klom verder en verder.

Je hebt gelogen, mama, je hebt gelogen. Papa was geen ploert! Je hebt gelogen! Hoe heb je me ooit kunnen laten denken dat papa zo'n ploert was!

Het was Emilio.

Emilio, de moordenaar van papa. De vader van de kleine Martín!

Ik was er absoluut zeker van dat ik het bij het rechte eind had. Nu begreep ik waarom niemand mij dat had kunnen zeggen. Daar was het te verschrikkelijk, te verwarrend voor.

Het zweet liep mij langs de rug. Ik nam mijn krullen op en hield ze tegen mijn achterhoofd om de koele wind in mijn nek te voelen.

Waar is Emilio? dacht ik. Ook daar had ik van niemand antwoord op gekregen. 'De geest van papa's moordenaar waart nog steeds rond,' had Daniela gezegd, maar wat had ze daarmee bedoeld?

Zou hij werkelijk nog leven? Waar was hij dan?

Onwillekeurig begon ik te rekenen. Ik wilde het gebeuren reconstrueren al voelde dat als een grove inbreuk op de privacy van mijn zusje.

Maar het beeld van de kleine Martín achtervolgde mij. Mijn neefje. Ongeveer een jaar oud. Geboren nog geen jaar na de dood van mijn vader.

Daniela's levenstocht gaat langs een diepe afgrond, had don Claudio gezegd.

Mijn T-shirt was nat op de rug; ik trok het over mijn hoofd en wierp het op de grond. Ik had 's morgens geen beha aangetrokken. Die hing nog te drogen bij de blokhut. Nu liep ik met naakt bovenlijf verder naar boven en hijgde, niet alleen van de inspanning maar ook van ontzetting. Wat Daniela overkomen was, moest in dezelfde tijd hebben plaatsgevonden als toen mijn vader stierf. Vermoord werd. Door Emilio.

Ik stapte op een rotsblok en bleef stilstaan.

Ze hadden mij precies genoeg gegevens aangereikt om mijn conclusies te kunnen trekken!

Ik zag de foto van Emilio en Laura weer voor me. Dat donkere viriele gezicht dat ik in eerste instantie zelfs sympathiek had gevonden! Opeens kreeg ik een vreemd gevoel van zekerheid dat don Claudio had gewild dat ik die foto gevonden had.

Ik bleef een hele tijd zo staan. De zon brandde zijn stralen recht op mijn borsten.

Zij weten waar Emilio is, dacht ik.

Waarom houden ze dat voor mij verborgen.

Ik vervolgde mijn weg omhoog. Bijna verlangde ik ernaar hem tegen te komen. Van alle dingen die ik hier al had meegemaakt, zou dat nog het bizarst zijn, als ik Emilio tegen het lijf zou lopen! Naakt en wel.

Kom en verkracht me maar, klootzak!

Ik liep dwars tussen de ruwe rotsen en scherpe, droge struiken naar boven, de zon tegemoet. Ik had een zwaardere tak gevonden, waar ik op kon leunen. Er waren geen paden meer. Kletsnat en duizelig door de hoogte zeulde ik mijn lichaam verder. Het was of de berg me lokte, steeds hoger en hoger. Lokte met die hardnekkig serene schoonheid.

Maar binnenin me was het of bij iedere stap mijn woede verder groeide naar razernij. Tegen alles en iedereen. Tegen Emilio, tegen Vicky, tegen don Claudio, tegen mijn moeder, tegen Pachamama zelf. Voor mijn ogen was een wit waas, heet en krachtig als de zon. Ik was een wraakgodin op weg naar mijn slachtoffer, het zwaard van mijn haat met mij meeslepend, bereid om in te slaan op alles om mij heen.

Ik nam een grote stap dwars over een uitstekend rotsblok, maar zette mijn voet niet goed neer en gleed uit. Ik vloekte hardop toen de stok uit mijn hand viel. Met een klap kwam ik op de grond terecht.

Ik was doorgerold en had mijn stuitje flink bezeerd. Mijn enkel was zowat dubbelgeklapt. Liggend schopte ik mijn laarzen uit, rukte mijn broek en slipje van mijn lijf en masseerde stevig mijn onderrug en mijn voet. Toen de pijn minder werd, strekte ik me uit op het mos. Met heel mijn huid lag ik blootgesteld aan de zon op de heuvel.

'Maar kind! Je bent naakt!!'

'Ja, mama!' schreeuwde ik terug, 'ik ben naakt!'

Ik greep een stevige tak naast me, kliefde ermee door de lucht om mijn woorden kracht bij te zetten. Ik spreidde mijn benen en armen om mijn lijf te tonen aan alle onwillige, afwijzende geesten van mijn moeder en haar trawanten.

'Je hebt gelogen, mama! Papa is geen ploert. Je hebt tegen me gelogen! Je wilde me voor jezelf hebben om jouw haat op te projecteren!'

En plotseling, onbelemmerd, verbijsterd om de kracht die losbarstte, brulde de leeuwin in mij haar razernij uit in een oerschreeuw.

Versterkt in deze hoge contreien was het of heel Pachamama samen met mij een jarenlange woede uitbraakte.

Niks geen lied, geen tango, geen tekst... Enkel rauwe, verschrikkelijke klanken die opstegen uit mijn lijf en resoneerden in de holtes van het landschap, in eindeloze herhalingen. Overeind gekomen krijste ik net zo lang op het ritme van mijn adem tot ik weer op het mos belandde in een zalige toestand van uitputting.

Het was of mijn ziel binnenstebuiten was gekeerd. Mijn keel voelde vrij, open en schoon.

Ik rolde naar opzij, mijn gezicht in een struik, nog naschokkend van de eruptie van woede, nagloeiend van de lavastroom die langzaam naar buiten kroop.

Er drong een zacht gezang tot me door dat uitgroeide tot een heftig zoemen. Bromvliegen vlogen op. In de schaduw van de struik, vlak voor mijn gezicht, lag iets wat op een slapend dier leek met de rug naar mij toe. Een pels met aaneengekleefde haren. Een kop in een vreemde, afwijkende houding. Ik boog me naar voren om te zien wat voor een dier het was. Het had puntige oren. Geschrokken deinsde ik terug. Waar de ogen hadden gezeten, waren twee zwarte holtes. Het aangezicht was aangevreten. De staart was nog gaaf.

Een vossenstaart. Toen zag ik de buik. Een gapende wond. Met afschuw zag ik hoe kleine maden zich volvraten aan het rottende vlees. Zich volzogen aan het gistende vocht. Vliegen sprongen driftig van het ene bergje ingewanden naar het andere. Begerig om zich te laven en te voeden.

Ik wilde overeind komen en wegvluchten, maar het was alsof Pachamama mij dwong de dood in het gezicht te zien.

Ik weet niet meer hoe lang ik daar met mijn neus boven dat lijk hing, zachtjes ademend door mijn mond om de zoetige rottingsgeur niet te hoeven ruiken. Ten slotte pakte ik een stokje. Voorzichtig raakte ik daarmee de vos aan in de opengereten buik. Een vreemd gevoel van eerbied bekroop mij. Eerbied voor het dier dat zo open en weerloos zich beschikbaar stelde voor het eindeloze proces van leven. Het dier had zijn plaats gehad op deze aarde. Het had geademd, gespeeld, gejaagd, gedood, gegeten en gedronken en het was gestorven. Het werd nu zelf gegeten en gedronken. De fascinatie deed mijn woede smelten. Ik had nog nooit in mijn leven met zoveel aandacht naar het werk van insecten gekeken. In die aandacht was geen plaats voor woede of afschuw. Ik dacht aan het respect waarmee don Claudio over de berg liep als hij behoedzaam zijn voeten neerzette om het leven niet te verstoren. Ik begon er iets van te begrijpen. Alles had zijn plaats. Elk plantje, elk grassprietje. Alles mocht er zijn. Zelfs de made, hoe nietig ook.

Langzaam legde ik het stokje naast me neer.

Ik draaide me af en keek op naar de bergen om me heen, die zich in kracht en luister verhieven, paarsblauw in de middaghitte. Het was of Pachamama roerloos wachtte op mijn antwoord. De oermoeder die mij toonde wat ze te bieden had: schoonheid en verrotting, grootsheid en onooglijkheid, kracht en weekheid, leven en dood.

Vanuit Pachamama bezien ben ik niet meer dan een vlieg, dacht ik plotseling.

Ook ik ben eens geboren uit een ander lichaam. Ook ik mag een tijdje leven om daarna te sterven. Ik doe mee met het proces van baren en geboren worden.

Ik strekte me opnieuw uit op het mos dat mee veerde onder mijn lichaam en keek naar de blauwe hemel. De toppen van de dennen hoog boven mij deinden in een verre wind alsof ze mijn gedachten volgden en instemmend knikten.

Opeens dacht ik aan de kleine Martín. Hoe kon zijn eigen moeder hem het recht van leven ontzeggen! Hij was er. Hij zou zijn plaats innemen. Wat was het vreemd dat een ander mens dat zou betwisten, betreuren of verwerpen.

En mama dan!

Abrupt kwam ik overeind.

Pachamama lachte me uit: 'Jij worm! Welk recht heb jij het bestaan van een andere worm te betwisten! Vanwaar die kritiek, die razernij!'

Ik durfde me niet te bewegen. Een nieuwe gedachte zocht haar weg in mij. Mijn moeder was ook een wezen dat haar plaats had ingenomen op deze aarde en dat gestorven was. Leeuwin of bromvlieg, vos of made, mens of boom... aan alles was een plek gegund door Pachamama. Dus ook aan mijn eigen moeder!

De modder van mijn woede was langzaam weggestroomd uit mijn ziel. Het voelde kaal en leeg. Alsof ik geen houvast had. Alsof ik in de lucht zweefde. Waar was die vertrouwde emotie die mij bestaansrecht gaf? Ik zocht naar een aanknopingspunt.

Ik móést toch iets voelen ten aanzien van mijn moeder!

Ik liet mijn blik dwalen over de bergkam. Arme mam, ging het toen door mij heen als een golf van medelijden. Arme mama... je kon niet anders!

Het drong vlijmscherp en helder bij mij naar binnen als een penetratie van licht.

Je kon niet anders!

Moeder was opgesloten geweest in haar eigen onmacht. Niet in staat boven haar eigen gevoel uit te stijgen. Want wie had haar dat ooit geleerd? Wie had haar geleerd het leven lief te hebben?

Hoe had mijn moeder zich kunnen losmaken uit de eindeloze herhaling van die innerlijke woede op het leven die generatie op generatie in haar familie doorgegeven was? Mijn vader trachtte mijn moeder op een zondagmiddag in de achterkamer te verleiden tot een dans op muziek van de langspeelplaat van Gardel. Ik had als kind vol verrukking toegekeken: 'Ha pappie, ga je mama de tango leren?' Het was een ruzie geworden die dagen, weken geduurd had. Die nooit meer opgehouden was. Omdat die al ver daarvoor begonnen was.

O mama, dacht ik, papa was de kans van je leven! Je kans om uit te breken uit de duistere repeterende gang van dwangmatige actie en reactie! Maar je hebt die kans niet willen zien. Misschien heb je dat niet eens gekund. Om de kansen te zien had de innerlijke stem van angst en haat moeten zwijgen. Maar die stem heeft te hard geklonken en alles overstemd. Je koos ervoor om altijd kwaad te zijn.

Arme mam.

Maar wie was ik, dat ik medelijden zou hebben met mijn eigen moeder?

Het zweet brak me uit.

Als mijn moeder niet in staat was geweest door zichzelf heen te breken, zou ik – haar dochter – dat dan wel kunnen? Was haar woede tegen het leven ook niet in mijn genen aan het werk? Was ik in staat aan de wetmatigheden te ontkomen die door de invloed van mijn moeder in mijn ziel waren geplant? Was mijn woede wel definitief weggespoeld? Ik zag mijzelf meesjokken in de eindeloze rij boze vrouwen van mijn moeders familie, gevangen in wrok als een sluipende kanker.

Ik zocht naar een uitweg. Die er moest zijn.

Toen zag ik het.

Ik schreeuwde tegen de toppen van de dennen: 'Maar ík heb de ban doorbroken! Ik ben naar Argentinië gekomen! Ik ben naar het land van mijn vader gegaan om aan mijn moeder te ontsnappen! Ik heb mijn vader gevonden!'

Het was alsof er binnen in mij een droeve, maar grootse symfonie tot een slotakkoord kwam. Het akkoord vloeide uit, galmde na en stroomde weg, verspreidde zich in de ruimte en loste op. Stilte en kalmte omsloten me.

Ik werd wakker met het gevoel dat ik werd gadegeslagen.

De zon was bezig onder te gaan in een oranje gloed. Vanuit de aarde steeg een lichte nevel op. Een prikkelende kou lag als een deken over mijn huid.

Ik maakte nog steeds deel uit van de stilte. Bewegingloos lag ik te wachten tot een vertrouwde ruis mijn denken zou binnensijpelen.

Maar hij kwam niet. Het bleef ruim en leeg en koud in mijn geest.

Mijn lijf lag er volkomen open en onbeschermd bij. Ik kwam overeind, zag de druppeltjes op mijn huid, op mijn vochtige schaamhaar. Ik wist opeens wie mij gadesloeg. Het was Pachamama zelf die mij opgenomen had in het geheel van haar schoot. Al was hier het hele bos naar mij komen kijken dan had ik het goed gevonden.

Dat was nieuw. En vreemd. Die volledige plotselinge bevrijding van mijn moeders oog, dat gevoel van genot hier op het mos te liggen met niets anders dan het omhulsel van mijn huid.

Een kind te zijn. Een kind van Moeder Aarde.

Ik snoof de warmte op die nog van haar uitging.

Als ik maar niet te snel bewoog, zou ik in contact kunnen blijven met de ruimte binnen in mij.

Ik trok mijn broek aan en begon naar beneden te lopen. Hinkend trok ik de ritsen van mijn laarzen omhoog.

De mist breidde zich uit en legde een wit waas tussen de bomen en de struiken. Ik versnelde mijn pas en griste onderweg mijn trui en shirt van de plek waar ik ze had achtergelaten. Het pad liep steil naar beneden. De mist was daar veel dikker en ik kreeg het steeds kouder.

Plotseling trof een geluid mijn oor. Het klonk ijl in de stilte van de vallei, als de roep van een verre vogel. Maar het was geen vogel. Het waren de tonen van een panfluit.

Ik begon sneller te lopen in de richting van het geluid dat naar mij toe gedragen werd. En plotseling hoorde ik het heel dichtbij.

Onder een steeneik zag ik hem zitten.

Zodra don Claudio mij zag, legde hij zijn fluit neer en kwam overeind. Zijn haren waren vochtig en hij had een druppel aan zijn neus. Hij legde zijn handen op mijn schouders en keek me zwijgend in de ogen. Ik glimlachte en probeerde niet naar de druppel te kijken. Hij legde de poncho van lamawol om mij heen.

'Kom mee.' Hij lachte zijn paardentanden bloot in een verlegen grijns. 'Je zusters zijn onderweg.'

We liepen snel naar beneden. Don Claudio leek een innerlijk kompas te hebben want met feilloze zekerheid leidde hij mij door de stille witte mist. Hij sprak niet. Ik hoorde alleen het knersen van onze voetstappen over het stenen pad.

Ik had niet geweten dat ik zo ver gelopen had.

Toen hinnikte er ergens een paard. Het geluid dreef verloren in de zee van stilte. Ik bleef staan. Waren dat stemmen? Don Claudio hield eveneens zijn pas in.

'Zijn de anderen al daarbeneden?'

Hij knikte.

'Wist je dan hoe laat ze zouden komen?'

Ik begreep meteen dat die vraag zinloos was. Don Claudio droeg geen horloge en in zijn blokhut was niets wat op een klok leek. Maar hij zei: 'Natuurlijk.'

We liepen verder.

Nu hoorde ik echt mensen praten en roepen. Een hoge nerveuze lach klonk erbovenuit.

'Kom,' zei don Claudio, 'ze weten dat je eraan komt. Ze weten dat je klaar bent.'

En daar stonden ze inderdaad. Bij de blokhut tussen de warme dampende paardenlijven. In de mist onderscheidde ik hun contouren. De lange Vicky. En was dat werkelijk Jarno met de kleine Martín op zijn arm naast Daniela? Ze waren druk bezig zadeltassen af te laden en te openen. Ze praatten luchtig en geanimeerd met elkaar. Zoals echte Argentijnen, dacht ik toen ik hun kabbelende Spaans hoorde. Hun lachen klonk op in de mist als het zachte schateren van vrolijke faunen. Een diepe warme lach trof mijn oor.

Antonio.

Ik zag hem vanachter een van de paarden opduiken.

Toen hij zich omdraaide en mij aankeek, besefte ik hoe ver weg hij was geweest uit mijn gedachten deze laatste dagen. Er ging een rilling door me heen.

'Marisa.' Ik voelde hoe hij me even tegen zich aan drukte. '*Hermosa!*' In mijn buik spoot een fontein van vreugde omhoog.

Ik liet het helemaal toe. Ik voelde mij Pachamama zelf, zonovergoten en weelderig. En het leek of hij dat ook voelde. Alsof hij mij met eerbied aankeek. Zijn adem rook naar knoflook.

Het was lekker.

Over zijn schouder zag ik Vicky naar me kijken en ik maakte me los.

Het is niet fair, dacht ik. Maar het is er nu eenmaal. Ik kan het wel aan. Ik glimlachte naar Vicky. Ik voelde me sterk. Ik had me nog nooit zo sterk gevoeld.

'Wat zie je er anders uit.'

Ik onderging de onderzoekende blik van die blauwe ogen. Het laatste woord door haar gezegd stond nog tussen ons beiden.

Stolalola.

Het was opeens vol in de kleine blokhut.

De vrolijke faunen waren verdwenen. Nu waren het mensen die druk pratend elkaar voor de voeten liepen en spullen uitpakten. Zij verschoven nerveus de weinige meubels, staken kaarsen aan en spreidden kleden over de grond. Zij beroofden de blokhut van de stilte waaraan ik zo gewend was geraakt. Het had iets onwezenlijks. Alsof ik naar een generale repetitie keek van een operapremière.

Daniela was ongewoon levendig. Haar ogen glansden. Een ader op haar voorhoofd klopte hevig. Ze vertoonde een genegenheid voor haar zoontje die ik nog niet eerder gezien had.

Ze speelt een spel, dacht ik. Ze kijkt steeds naar haar oom. Ze wil hem laten zien dat ze een goede moeder is. Ondanks de afgrond.

Ik dacht aan mijn eerste avond in Casa Feliz. Ik wachtte op de stemmen van die andere mannen in dit koor. Ik miste de rochelstem van Mauricio. Waar bleef de *hermandad*?

Jarno liep langs mij met een stapel houtblokken die hij voor het haardvuur legde.

'Hoe kom jij in vredesnaam hier?' vroeg ik.

'Er zijn vliegtuigen in Argentinië,' antwoordde hij. 'Ik kwam gisteren in Tucumán aan. Don Claudio wilde ons allemaal vanavond hier hebben.'

Jarno deed mij denken aan een sater. Zijn ogen schitterden. Hij rook naar bier. Zijn haar stond overeind en dat jolige van hem had iets ongrijpbaars.

Hij keek mij opmerkzaam aan.

'Je stem is anders,' constateerde hij, 'als ik je niet zou zien, zou ik niet weten dat ik met jou sprak. En als ik naar je kijk, is het net of er iets niet klopt.'

Ik bleef staan met mijn rug naar de haard. Het vuur verwarmde mijn lijf zoals de zon die middag op mijn naakte huid had geschenen. Toen ik diep inademde, voelde ik dat wonderlijke welbehagen opnieuw. En ik kon me opeens niet voorstellen dat dit ooit nog weg zou gaan. En dat de anderen dat niet zouden zien. Maar de anderen keken niet. Hun blikken vermeden mij.

Ze zijn nog steeds bang, dacht ik verwonderd.

Antonio kwam binnen. Hij nam de geur van vochtige bladeren en paarden met zich mee. Hij liep op het vuur af, ging naast me staan en wreef in zijn grote handen. Hij keek mij wel aan. Ik onderging de gloed van zijn blik.

'Koud,' zei hij tegen mij. Hij legde onverwacht zijn hand op mijn gloeiende wang. En ik legde mijn hand op de zijne en even stonden we daar open en bloot.

21

We zaten in de blokhut in een kring op de grond.

Don Claudio had de maté rond laten gaan. Ik zat naast hem. De kleine Martín zat tegen zijn knie. Hij keek slaperig naar het spel van de vlammen. Het vuur wierp grillige schaduwen op de donkere houten wanden van de blokhut. Af en toe rolde er een blok om. Dan draaide Jarno zich opzij en pookte het vuur weer op.

In de lange stilte scheen iedereen zich te bezinnen. Beelden op te roepen. Te wachten op het eerste woord dat zou vallen, de eerste toon die zou klinken.

Ik voelde een vreemd ontzag voor hen. Ze waren de spelers in een duister verhaal dat hen in een klemmende greep hield. En ik, als nieuwe speelster moest meespelen. Maar ik kende de ontknoping niet.

Het vuur tegenover mij flakkerde hevig op. Vicky, die met haar rug naar de open haard zat, schoof iets naar voren.

De diepe stem van don Claudio verbrak eindelijk de stilte.

'Zwijgen is heilzamer voor de ziel dan spreken. Maar soms spreekt zelfs de aarde. Soms barst de berg open. Soms schudt en scheurt het land en openen zich afgronden. De aarde schreeuwt. Wij zijn bang voor de schreeuw in haar stem. Voor de schreeuw die klinkt vanuit de afgrond.'

Uit de stem van don Claudio was hitte gevloeid. Ik zag zweet verschijnen op de gezichten van de anderen.

'Het lot van don Martín heeft de mensen in deze kring met

elkaar verbonden in de *hermandad*. Wij vormen een broeder-schap voor het leven.'

Hij keek de kring rond.

Een fractie van een seconde voelde ik een hevig verzet, een onnoemelijke zin om al die geheimzinnigheid te door-breken. Mijn ogen zwierven langs de muren van de hut en bleven rusten op het doodshoofdje dat daar op de plank naar mij grijnsde vanonder het gebreide Incamutsje.

Maar de stilte werd alleen maar dieper na de woorden van don Claudio.

Ik kon mij niet aan dit gebeuren onttrekken. Ik zat erin tot aan mijn nek.

'Jouw komst naar Argentinië is gewild door don Martín. Hij heeft je geroepen en je bent gekomen. Je kwam als vrouw zonder stem. Maar don Martín heeft jou zijn stem gegeven. Aan zijn oudste dochter. Jouw komst helpt de *hermandad* door de afgrond te gaan en een nieuwe berg te beklimmen. Maar je moet je realiseren dat je bij de *hermandad* hoort als je ons geheim kent. En dat het je verplicht tot zwijgen.'

Ik knikte al begreep ik er niets van. Ik wist enkel dat er geen weg terug was.

Don Claudio draaide zich naar de anderen.

'Waar zijn de overige leden van de *hermandad*?'

Jarno kwam in beweging.

'Jerónimo moest in Casa Feliz blijven. Vanwege de paarden. Pablo kon niet mee; ze hebben hem gisteren ontsla-gen. En het huis van Ramón is beroofd.'

Don Claudio bleef onbewogen. 'En Mauricio?'

'Die krijg je met geen stok het vliegtuig in. Dat weet je.' Jarno grinnikte en legde uit: 'Was hij met de auto gekomen, dan was hij hier nog niet geweest. Er is nog steeds een diesel-stop.'

Don Claudio keek naar de grond.

'Hebben zij toestemming gegeven voor de reis naar het verleden?'

'Ja.'

Don Claudio wendde zich na een korte stilte tot mij.

'Spreek,' zei hij.

Ik rechtte mijn rug.

'Jullie hebben mij verteld dat papa in de Maanvallei gevonden is. Dat is het laatste wat jij me verteld hebt, Vicky.'

Don Claudio maakte een gebaar naar Vicky.

'Spreek,' zei hij.

Vicky kwam met een zucht in beweging.

'Ja. Papa lag daar in de Maanvallei met messteken in zijn rug. Zijn lichaam was van de rotsen afgeduwd. Van grote hoogte.'

Ik zag hoe Antonio Vicky's hand omsloot met zijn grote hand. Ik wendde mijn ogen af en vroeg kort: 'En waar was... zijn moordenaar?'

Vicky's ogen gingen de kring rond. Daniela's hoofd was zo diep gebogen dat haar gezicht onzichtbaar was door de bos lang zwart haar.

'Afgezien van de dreigbrieven,' probeerde ik toen, 'hoe was het jullie duidelijk dat het werkelijk Emilio was die papa had gedood? Herkenden jullie het mes of zo?'

De anderen keken elkaar onrustig aan.

'Er was daar geen mes,' zei Vicky ten slotte terwijl ze haar handen losmaakte van die van Antonio, 'maar we wisten dat het de beeldhouwer was geweest.'

'Hoe?'

Weer een eindeloze stilte.

'Hoe, Vicky? *Por Dios!*'

Vicky keek smekend naar don Claudio. Hij hielp haar niet. Ze zuchtte en ging verder: 'Na de moord is Emilio meteen teruggereden naar Casa Feliz.'

'Hoe weet je dat?'

'De avond van de moord waren wij allemaal naar het dorpsfeest gegaan van de Virgen, de Heilige Maagd. Achteraf denk ik: wat bezielde ons om in zo'n situatie naar een feest te gaan. Maar we zouden er spelen. En papa had altijd gezegd dat we in welke situatie ook door moesten gaan met muziekmaken. Maar Daniela was die avond een beetje ziek. Ze wilde liever thuisblijven.'

Vicky liet haar stem dalen.

'We hadden alle deuren goed afgesloten. Niet eens omdat we zo bang waren. We hebben nooit kunnen geloven of begrijpen dat Emilio zijn haat ook op ons zou botvieren. Hij was zelf slachtoffer van een misdadig militair regime. Daarom konden we nooit aan hem denken als aan een misdadiger. Eerder als aan een zieke. Hoe dan ook, Emilio heeft zich naar binnen gewerkt in Casa Feliz. Terwijl Daniela daar lag te slapen.'

Ik keek de kring rond. Ik zag in hun ogen mijn eigen angst weerspiegeld.

Ik hoorde Jarno fluisteren tegen don Claudio: 'Moet dit? Moet dit echt? Ze heeft er nog nooit over gepraat.'

Don Claudio kwam in beweging. Hij spreidde zijn handen uit. Ik voelde wat hij bedoelde, legde mijn hand in de zijne en zag Antonio aan zijn linkerzijde hetzelfde doen.

Opeens zaten we allemaal hand in hand in een intense stilte. Het lijkt wel een seance, dacht ik onwillekeurig. Maar de eerbied die in de blokhut hing had iets diep menselijks en vaagde alle behoefte aan ontsnapping weg. Het was of de kracht in de handen van don Claudio als een stroomstoot door de kring ging. We hielden elkaars blikken vast zoals we onze adem inhielden. Zoals onze handen in elkaar grepen.

Het vuur knetterde. De stilte duurde lang.

'Ik had hem niet gehoord.'

Als een heftige vlam in het vuur flitsten Daniela's woorden door de blokhut. Daarna dook ze in elkaar en fluisterde ze: 'Het was zo stom dat ik een lamp had aan gelaten. Daardoor heeft hij mij gevonden. Ik werd wakker toen hij mijn armen zomaar boven mijn hoofd drukte, met zijn knie in mijn buik. Het deed verschrikkelijke pijn. Hij zei dat hij mij ging vermoorden.'

Ze likte even haar lippen en bewoog onrustig haar lichaam. Maar wij hielden onze handen stevig in elkaar verstrengeld, onze ogen strak op Daniela gericht.

'Hij zat onder het bloed, Marisa, en ik wist het toen meteen. Toen hij zei: "Weet je wie ik ben?" wist ik het al en toen hij zei: "Ik heb je vader vermoord" wist ik het ook al. Hij zei: "Als ik klaar met je ben, vermoord ik jou ook, en al die zusters van je, alle dochters van don Martín gaan eraan zoals hij er zelf aan gegaan is."'

Ik zag Daniela's bovenlijf schokken in een wanhopige poging voldoende adem te zoeken voor de woorden die zich onwillig uit het verleden lieten oprakelen. Ik voelde hoe Jarno mijn hand losliet om Daniela te omarmen. Don Claudio ontstak in een plotselinge woede en riep: 'Verbreek de kring niet, *por Dios*!'

Meteen daarop werd de greep van onze handen verstevigd. Jarno herstelde zich. Zijn hand die de mijne vasthield, voelde vochtig aan. Don Claudio had zich onmiddellijk weer in beheersing. Daniela's gezicht was nat en de haren hingen in pieken voor haar gezicht. Ze leek op een dier, dat gevangen in een strik, even uitrustte van de worsteling om los te komen. Haar adem was hoorbaar in de stilte.

Opeens voelde ik dat er van de vingers van don Claudio een hevige druk uitging. Alsof hij mij een teken gaf, kneep hij de vingerkootjes van mijn rechterhand tegen elkaar aan, zo stevig dat ik bijna een kreet van pijn gaf. Eerst dacht ik dat ook hij de spanning niet de baas was. Maar toen hij de druk even verminderde om hem daarna weer op te voeren, begreep ik wat hij wilde.

De afgrond.

'Wat gebeurde er toen, Daniela?' vroeg ik terwijl ik in mijn stem al het mededogen legde dat mijn hart kon verzamelen.

Daniela keek mij aan. Het wit van haar ogen was rood geworden. Ze fluisterde: 'Het duurde zo lang! Hij bleef maar stoten in me. Hij bleef het maar herhalen, hij bleef onze namen herhalen. Hij zei: "Al die hoerendochters van je vader maak ik koud. Ik neem jullie allemaal te grazen." En hij wist onze namen. "Jij bent Daniela," zei hij, "jij bent de ergste. Je moeder is een hoer en ik zal je..."'

'Ja?'

'"Ik zal je doodneuken," dat zei hij,' fluisterde Daniela. 'Toen moest ik aan mijn moeder denken... dat ik het moest doorstaan omwille van mijn moeder en dat hij mij misschien niet zou vermoorden als ik zou doen zoals zij... Me overgeven.' Haar stem werd zo zacht dat de woorden nauwelijks boven het knetteren van de vlammen uit kwamen. Daniela keek nu naar de kleine Martín, die rustig door alles heen sliep. Een uitdrukking van ongeloof lag op haar gezicht.

'Ik verafschuw mezelf.'

'Daniela, door... je over te geven heb je jezelf misschien gered. Wat is daar verkeerd aan?' zei ik zacht.

'Maar hij had papa al gedood! Waarom zou ik dan mogen leven!' zei ze. 'Ik had dood moeten gaan. Hij wilde me immers ook vermoorden. Misschien had ik dat maar toe moeten laten. Hij bleef maar zeggen: "Ik neuk je kapot. Ik neuk die zusters van je helemaal kapot. Vicky. Marisa. Ik zal niet rusten voordat ik jullie allemaal kapot heb geneukt."'

Ik staarde naar Daniela's vertrokken mond, waar de woorden nauwelijks hoorbaar uit ontsnapt waren. Ik wilde niet dat ze doorging. Ik wilde niets meer horen. Ik wilde mijn naam niet horen noemen in dat verhaal. Ik had daar part noch deel aan.

Maar ik voelde hoe de hand van don Claudio onverbiddelijk zijn kracht aan mij opdrong.

'Ga door, Daniela,' stamelde ik.

'En ondertussen dacht ik: papa help me! Papa, kom terug! Papa!'

'Ja.'

'Toen zag ik dat mes.'

'Het mes waarmee Emilio...'

'Toen hij mij op mijn buik wilde draaien, heb ik het gepakt.'

Ik staarde in de vlammen, die uitzinnig dansten alsof ze wilden ontsnappen aan hun eigen hitte. Ik voelde de druk van don Claudio's vingers nog steeds als een pijnlijke bezwering. Het bleef een hele tijd stil.

'Ik weet niet hoe het gebeurd is. Het ging zo snel. Ik heb niet eens gestoken. Ik hield het alleen maar heel stevig vast. Hij boog zich ineens voorover en toen kwam het in zijn borst.'

De gedachten schoten zo snel door mijn hoofd dat ik duizelig werd.

Grote god! Mijn zusje, mijn halfzusje, een kind bijna nog, moest leven met deze afgrijselijke last!

Daniela had haar hoofd zo diep gebogen dat het bijna op de grond rustte. Ik boog mij naar haar toe.

'Ja, Daniela?'

Het was onmogelijk dat de anderen het verstonden. Maar ik verstond het wel.

'Ik wist niet meer wat ik deed. Ik wist niet meer wat ik deed. Misschien was ik het wel niet. Misschien was het papa die stak. Misschien nam hij wel wraak. Misschien was ik het niet.'

We bleven een hele tijd zo zitten. Mijn hoofd was heel dicht bij dat van Daniela. Ik fluisterde: 'Het is goed, Daniela. Het is nu voorbij.'

We waren op de bodem.

Dat dacht ik.

Ik voelde hoe de hand van don Claudio mij losliet. Ook Jarno verslapte zijn greep. De handen van de anderen bewogen als het geritsel van bladeren. Toch was de verbinding niet verbroken tussen ons. Ik kwam langzaam overeind en zag in hun ogen het beeld van die gruwelijke avond.

Vicky wreef met haar handen over haar voorhoofd.

'Grote hemel, dit is de eerste keer dat Daniela in staat is...'

Ze staarde naar mij en vervolgde: 'En wij op dat feest... we kregen aan het eind van ons optreden een telefoontje van Daniela, helemaal in paniek. Ik begreep er niets van. Ik vroeg de anderen nog even mee te gaan want we wilden nog een borrel drinken. Ik had niets in de gaten. Daniela had alleen geroepen dat ik meteen naar huis moest komen. Ik dacht dat ze gewoon bang was om alleen thuis te zijn.'

'Wie gingen er met je mee dan?'

'De hele *hermandad*. Het orkest. Sommigen waren al een beetje aangeschoten en ik weet nog dat ik dacht: fijn dat Daniela wakker is, kan ze nog een wijntje meedrinken.' Vicky keek hulpzoekend naar Antonio. Maar Antonio zei niets.

'Daniela kwam ons in het donker tegemoet. Volledig overstuur. Je begrijpt wat er door ons heen ging, toen we haar zo zagen. Wij halfdronken en zij riep dat papa dood was. Ik dacht dat ze een nachtmerrie had gehad en ik hield haar vast en was helemaal niet in staat haar te geloven. Pas toen zag ik hoe ze eruitzag. Ze zat onder het bloed. Ze riep maar steeds: "Ik heb hem vermoord, ik heb hem vermoord." En ik dacht dat ze papa bedoelde. Maar toen vonden we Emilio.'

'Hebben jullie de politie ingeschakeld?'

De anderen staarden mij zwijgend aan.

'Het was noodweer!' riep ik als om me te verdedigen, 'het was pure zelfverdediging!'

Toen nam Antonio het woord.

'Hier in Argentinië, in dit rechtssysteem voor zover daar sprake van is, maakt een vrouw die verkracht wordt geen enkele kans. Helemaal niet als ze haar belager doodt.'

'Maar hij was een moordenaar!' wierp ik verbijsterd tegen.

'We wilden dat alles Daniela besparen.'

'Maar,' vroeg ik schor, 'moest ze niet naar een dokter?'

Langzaam kwam Daniela overeind.

'Als ik dat gedaan had... dan had ik aangifte moeten doen.'

'Maar dat betekende...'

'Ik wist toch dat ik zwanger was. Ik wist het. Ik wist het meteen.'

Vicky zei: 'We stonden allemaal om Daniela heen, Marisa, de hele *hermandad*. We hebben haar gezworen haar nooit alleen te laten. En we hebben onmiddellijk don Claudio in vertrouwen genomen.'

Toen, alsof ze mijn gedachten raadde, vervolgde ze zacht: 'Abortus is geen optie hier. We wonen in Argentinië.'

'Maar hulp! Professionele hulp! Op een of andere manier...! Jullie lieten Daniela toch niet...'

'Wij lieten Daniela niet in de steek! Goeie hemel, Marisa, begrijp je dat dan niet! Als we hulp hadden gezocht, had ze moeten vertellen dat ze Emilio had neergestoken.'

Ik sloot even mijn ogen. Ik zag het tafereel van een paar dagen geleden voor me: Daniela in die kleine half verlichte kamer met haar naakte kind voor zich. De mier die van het plafond viel. De onmacht van Daniela om haar hand uit te strekken. De verstarde uitdrukking op dat gezicht. Het mes binnen handbereik. Daniela zou haar leven lang door de kleine Martín herinnerd worden aan Emilio.

Een intens mededogen met het kind welde opeens in me op. Ik zag hoe vredig Martín sliep aan de voeten van don Claudio. Ik zag dat deze een hand gelegd had op het kleine lijfje. Het ontroerde me. Pachamama, dacht ik. Hij accepteert dit kind als een volstrekt natuurlijk geschenk van Moeder Aarde.

Alsof Martín voelde dat hij het middelpunt van aandacht was, opende hij zijn oogjes en begon zachtjes te huilen. Met grote zorgzaamheid nam don Claudio hem op. Hij drukte het kind tegen zich aan. Zijn gezicht was uitgestreken maar in zijn ogen glansde plotseling iets wat op humor leek. Ik begreep dat pas toen hij mij het kind overhandigde. Ik rook een doordringende geur. Hulpeloos keek ik don Claudio aan.

'Ik denk dat het tijd is voor een pauze,' zei hij droog.

Iedereen kwam overeind en de spanning in de blokhut gleed even weg. Jarno zette de buitendeur open en haalde hout van de donkere veranda. Ik zag dat er rondom de blokhut nog steeds een witte deken hing van mist.

Vicky was zo goed de poepluier te verschonen. Ze had met tederheid de kleine Martín uit mijn armen genomen.

Ik keek naar Antonio, die Vicky assisteerde en warm water aandroeg. Alle betovering die ik had voelen uitgaan van hem was op dat moment vervlogen. Dat is maar goed ook, dacht ik treurig. Ik moet ophouden mijn gevoelens te voeden.

Hij was van Vicky. Meer dan ik vermoed had.

Don Claudio omarmde Daniela en hield haar tegen zijn borst. Zijn krachtige vingers streelden traag en teder haar lange zwarte haar. Daniela leek zich over te geven aan de rust die van haar oom uitging.

Beschroomd keek ik naar die twee donkere mensen die samen zoveel leed herbergden.

Jarno had zich opgericht van het vuur. Ook hij keek naar Daniela. Toen draaide hij zich abrupt om en liep de hut uit. Aarzelend volgde ik hem naar buiten. Hij stond daar met de handen in de broekzakken tegen het verandahek geleund in de mist te staren. Zijn rug een muur van afweer.

Ik waagde een stap dichterbij. Er kraakte een vloerplank.

'Tegen mij wilde ze er nooit een woord over kwijt,' hoorde ik hem zeggen. 'En het is maar de vraag of al dat gepraat zo goed uitwerkt.'

Ik ging naast hem staan. 'Don Claudio weet wat hij doet.'

Hij haalde zijn schouders op.

'Dat is echt nog maar de vraag. Ze noemen hem sjamaan. Maar wat stelt dat eigenlijk voor? Hij staat bekend om dit soort wonderlijke methodes. Daar is heel wat over te doen geweest. Een paar jaar geleden. Hij leeft niet voor niets zo teruggetrokken!'

'Zie je dan niet dat hij haar helpt.'

'Ja. Kaarsje aan en handjes vasthouden in de kring...'

'Jarno!'

'Sorry.' Hij zuchtte en vroeg toen, zonder mij aan te kijken: 'Denk jij echt dat dit goed is?'

'Absoluut.'

'Ik ben degene die Daniela uiteindelijk daadwerkelijk opgevangen heeft.'

'Jij?'

'Ja! Ik ben als een vader voor haar kind.'

'En dat is geweldig van je, Jarno!'

Hij wendde zijn gezicht af.

'Zo moeilijk is dat nu ook weer niet. Man, ik was al verliefd op Daniela toen ze veertien, vijftien was. Ik was jarenlang buurman van haar vader, don Martín. Jouw vader. Ik hielp hem met zijn computer. Hij wist heus wel waarom ik zo vaak bij hem over de vloer kwam. Je hebt geen idee wat een vrolijke meid Daniela toentertijd was! Altijd lachen! Ik heb nooit gedacht dat ik haar krijgen kon.' Hij zweeg even en vervolgde: 'En nu heeft ze zelfs een kind. Maar ik beschouw het enkel als haar kind. Haar kind. Niet van die hond. Niet van Emilio.' Hij zuchtte en keek mij aan. 'Maar hoe vergeet je zoiets?'

22

Opnieuw in de kring, nam ook de stilte sluipend haar plaats weer in. Tussen ons in en om ons heen. Een stilte vol met beelden van die rampzalige nacht, twee jaar geleden.

Alleen de vredige smakjes van de kleine Martín, die bij Daniela op schoot aan een flesje zoog, waren hoorbaar.

Iedereen wachtte. Op de volgende akte. Ik kende het: de stilte voor een optreden. De spanning van het wachten op de eerste tonen van het orkest. In mijn herinnering hoorde ik de geheimzinnige klanken waarmee de derde akte van Puccini's *Turandot* begint. Ik had als sopraan ook die onheilspellende aria '*Nessun dorma*' gezongen en ik herinnerde mij de stemmen van de herauten en van het ijle koor: *Questa notte nessun dorma! Pena la morte, il nome dell'Inoto sia revilato prima dell'mattino!* Niemand zal slapen. Deze nacht is er geen mens die niet wacht op de onthulling. De dood zal de straf zijn, tenzij de geheimen ontsluierd worden voor het ochtendgloren.

Don Claudio hief zijn arm op als een dirigent.

'We gaan verder.'

Vicky zuchtte.

'Er zit niets anders op. De kurk is nu toch van de fles. We hebben nog niet eerder zoveel tijd genomen om over die onheilsnacht te spreken, Marisa. Het was een geheim waar we niet over konden praten. Met niemand. Ook niet met elkaar. Ook niet met onszelf. Het is vanavond voor het eerst.'

'Het is een tocht,' zei don Claudio, 'een pelgrimstocht naar het verleden.'

'Goed,' zei ik, 'terug naar die nacht. Wat hebben jullie gedaan?'

Ik zag dat ze besluiteloos naar elkaar keken. Ik stelde me voor hoe ze daar 's nachts bij elkaar gezeten hadden in dat huis, dat 'gelukkige huis', verpletterd door de bloedige gebeurtenissen. De broederschap, de *hermandad*, plotseling onontkoombaar bij elkaar betrokken door moord en doodslag. *Misdaad en straf.*

Antonio's ogen leken dwars door mij heen te kijken in het verleden toen hij het woord nam: 'We wilden die nacht meteen naar de Maanvallei om je vader te zoeken en besloten om het lichaam van Emilio mee te nemen. We zijn ervan uitgegaan dat niemand Emilio gezien heeft. Dat niemand hem zou missen. Het was een risico. Maar we namen het. We hebben hem in mijn busje getild.'

'Wij hadden die nacht niet veel tijd, Marisa. Dat zeg ik niet om ons te excuseren. We hebben het beste gedaan wat we konden doen.'

Vicky's stem klonk mat. Alsof ze doodmoe was.

'We besloten unaniem om Daniela te beschermen. Zij had Emilio gedood zonder het te willen, uit noodweer, zoals jij net al zei. Maar Emilio's lijk lag daar in de kamer en volgens Daniela had Emilio gezegd dat papa in de Maanvallei lag. Neergestoken. We moesten beslissen wat we zouden doen. We besloten Emilio's lichaam te laten verdwijnen zodat geen mens ooit zou weten wat Daniela was overkomen.'

'Verdwijnen?'

'Ja. We hebben elkaar gezworen dit geheim te bewaren.'

Ik zag in gedachten die mannen – Jerónimo, Mauricio, Pablo, Ramón – ontnuchterd, verbijsterd, ontzet. Zij, die zelf verwanten waren van verdwenen personen, hadden nu zelf een man laten verdwijnen.

'We hebben het lichaam van Emilio in Antonio's busje getild. En Jarno heeft de jeep gepakt. We zijn in die twee auto's werkelijk als gekken midden in de nacht naar de Maanvallei gereden. We hadden een stille hoop dat papa nog in leven zou zijn. Emilio kon immers ook gebluft hebben.'

In de ban van de angst. Al die kilometers. Al die uren in dat busje. Heel die immense afstand tussen Casa Feliz in het stille Villa Giardino naar Ischigualasto. Heel die eindeloze rechte weg. Dat onherbergzame landschap, die politie-posten.

'Mijn busje zat die avond toevallig vol met brandhout,' klonk de stem van Antonio opeens nuchter, 'daar hadden we zijn lichaam onder gelegd.'

'In een deken gerold,' vulde Jarno aan.

'De schok was zo verdovend en de woede zo groot.' Vicky's stem klonk toonloos. 'Zo... onverdraaglijk dat we wel als één lichaam moesten handelen.'

Ik bracht onwillekeurig mijn handen naar mijn oren.

'Hoe hebben jullie dit kunnen doen.'

'Oordeel verdomme niet vanuit je keurige Europese maat-staven.'

Don Claudio maakte een gebaar naar Vicky en zei: 'Ga verder.'

Vicky zuchtte. 'God, die dodemansrit naar de Maanvallei. We werden onderweg aangehouden door de politie, nota be-ne. We slipten erdoorheen. Ze hadden niks in de gaten. Te-gen de ochtend waren we in de buurt van het park. Het is daar erg onherbergzaam, dat heb je zelf kunnen zien. Anto-nio en Jerónimo kennen die streken van haver tot gort.'

Ze zweeg.

'Heeft niemand jullie gezien?'

''s Morgens om vijf uur? Op die plek?'

'Hebben jullie het lichaam... verbrand?' fluisterde ik.

Ik dacht aan Antonio's busje met al dat brandhout.

'Daar hadden we de tijd niet voor.'

'We kregen daar nog woorden over,' zei Antonio met een

zweem van een glimlach om zijn mond, 'omdat een paar van ons het beter vonden het lijk definitief te laten verdwijnen. Maar het waren vooral de meisjes die meteen verder wilden.'

'Om papa,' zei Vicky boos.

Ik keek van Vicky naar Daniela. Ik dacht aan Daniela's angst bij de politiepost een paar nachten geleden.

'En toen gingen jullie naar de Maanvallei? Toen jullie het lijk van Emilio... gedumpt hadden?'

Vicky knikte.

'We alarmeerden de parkwachters. Die hielpen ons met zoeken. We hebben het hele park uitgekamd. Pas na een paar uur vonden we papa. Antonio zag hem het eerst.'

Ik voelde hoe mijn ogen begonnen te branden toen ik Vicky aanstaarde. Vicky staarde terug. Daniela had het kind voor zich neergelegd en zat met haar handen voor haar gezicht, alsof ze de herinnering wilde weren. Er kraakte een plank en er knisperde een houtblok in het vuur.

'De politie is hier wel bij gehaald. We ontkwamen er niet aan. Het verhaal heeft zelfs nog de landelijke pers gehaald. Papa was een bekende persoonlijkheid. In ieder geval in de provincie. We hebben papa in stilte begraven, hier in Tafi del Valle. De politie beloofde een onderzoek. Maar het stelde niets voor. Je begrijpt dat we ook niet echt meewerkten. Zij had ook geen idee in welke richting ze het zoeken moest.'

De politie had de moordenaar van mijn vader nooit gevonden! Emilio had na zijn verbanning opgehouden te bestaan. Zijn stoffelijk overschot was gewoon verdwenen!

Ik huiverde.

'Het was moeilijk in het begin, al die vragen,' zei Vicky. 'We moesten onze aanwezigheid daar verklaren. We hebben tegen de politie gezegd dat we ongerust waren over papa omdat hij niet thuis was gekomen. Dat we hem waren gaan zoeken. Tenslotte had hij mij die dag tevoren zelf opgebeld om te zeggen dat hij naar de Maanvallei ging om na te denken.'

'Pikten ze dat?'

'We waren allemaal in een deplorabele toestand. Maar waarom zouden ze ons niet geloven?'

'Onze zorg was toen het lichaam van Emilio,' nam Antonio het van haar over, 'Pablo, Ramón, Jerónimo en ik zijn teruggereden naar de plek waar we hem in het bos achtergelaten hadden. We vonden het beter om hem naar een andere plaats te brengen.'

'Waar?'

Antonio keek mij aan.

'Er zijn daar veel ravijnen.'

Daniela fluisterde plotseling: 'Jullie hadden hem echt moeten begraven! Waarom hebben jullie dat toen toch niet gedaan!'

Antonio keek haar aan met iets van hulpeloosheid. Ik zag het voor me, dat gezeul met dat lijk. Logisch dat ze er zo snel mogelijk vanaf wilden.

Jarno nam Daniela's hand maar ze weerde hem af. 'Zijn geest is er nog,' fluisterde ze, 'soms denk ik dat hij niet echt dood is. Het was maar een messteek...'

'Daniela!' riep Vicky.

'Neem van mij aan dat die schoft morsdood is,' zei Antonio.

Maar Daniela sloeg haar handen voor haar gezicht en bleef haar hoofd schudden. Toen schoof don Claudio zich naar voren in de kring, nam haar handen weg van haar gezicht en dwong haar hem aan te kijken.

'Hij kan je geen kwaad meer doen.'

'Maar hij kwelt mij nog steeds.'

'Emilio is dood,' zei hij met die stem die uit een diepe ruimte onder hem leek te komen, 'ik weet dat hij dood is.'

Daniela zei op klagende toon: 'Maar hoe weet u dat, oom Claudio? Hoe kan ik daar zeker van zijn! Hij hangt om mijn kind heen! Ik zie het voor mijn ogen. Ik ben bang voor hem! Ik ben bang voor mijn eigen kind! Hij is vervloekt!'

Don Claudio schoof nog dichter naar Daniela toe. Hij had die kleine bruine meisjeshanden zo kunnen breken, zo broos waren ze.

'Omdat ik zelf het lichaam van Emilio geborgen heb,' verklaarde hij.

Er ging een schokgolf door de kring heen. Ik zag hoe Vicky, Antonio en Jarno elkaar verbijsterd aankeken. Maar ze zeiden niets. Ik zag hoe Daniela opkeek naar don Claudio. Hoe ze hem geloofde. Hoe haar wenkbrauwen omhooggingen in een onuitgesproken vraag.

Don Claudio keek de kring rond en zei droog: 'Ik heb hem diep in een grot gelegd. Dat leek me verstandiger.'

Niemand zei iets. Ook don Claudio keek zwijgend voor zich uit. Om zijn sterke mond, waarvan de lippen maar nauwelijks over dat grote gebit pasten, lag iets wat op een glimlach leek. Geheimzinnig en zelfs een beetje ondeugend.

Een grot. Twintig passen in het donker. Een sarcofaag. Daarachter een groot zwart gat... Ik slikte. Maar ik durfde niets te vragen. Iets in don Claudio's blik naar mij legde me het zwijgen op.

Vicky kwam plotseling in beweging. 'Een sigaret!' barstte ze los, 'wordt dat niet hoog tijd? Ik heb de hele avond nog niet gerookt!'

Don Claudio sloeg zijn ogen ten hemel en maakte een gelaten gebaar. Toen stonden we allemaal op.

23

Ik liep als laatste naar buiten. De mist was nu zo massief dat het leek alsof Vicky daar alleen stond te roken, geleund tegen het hek van de veranda. Alsof de anderen van de aardbodem verdwenen waren. Ik snoof de koude lucht in mijn longen, vol geuren van vochtig gras, nat hout en rook.

Vicky keek naar beneden, in gepeins verzonken. Onbenaderbaar. Daarom liep ik langs haar heen, de mist in. Ik ontwaarde drie mannenfiguren die in de bosjes broederlijk naast elkaar stonden te plassen. Ik zag Daniela uit de mist opdoemen vanachter de blokhut.

'Stolalola.'

Iets in Vicky's stem deed mij bliksemsnel omkijken.

'Hoe weet je...'

'Daar gaan we het zo over hebben.'

'Van wie heb je dat woord.'

'Het is je bijnaam, hè?'

'Er is iemand die mij zo noemt, ja. Maar het bestaat niet dat je die kent.'

Ik voelde opeens een hand op mijn schouder. Don Claudio stond achter mij. Even meende ik dat hij dacht dat Vicky en ik ruzie hadden. Misschien hadden we dat ook wel.

'Rook nu, spreek later,' zei don Claudio tegen Vicky. Vicky haalde haar schouders op, tikte de as van haar sigaret. Ze reikte hem glimlachend aan Antonio, die bij ons kwam staan en een trekje nam. Daarna sloeg hij zijn armen om Vicky en mij.

Ik rechtte mijn rug.

Antonio zei: 'Ik heb een geweldige honger.'

Ik scheurde mij los van die twee grote warme mannenlijven.

Snel liep ik langs de blokhut op weg naar het primitieve toilet. In mijn verwarring kon ik het zowat niet vinden.

'We zullen straks eten,' zei don Claudio toen we weer in de kring zaten, 'als deze sessie voorbij is. Als het werk gedaan is.'

Niemand protesteerde. De matébeker ging rond en iedereen zoog aan het pijpje alsof zijn leven ervan afhing. Toen ik de maté gedronken had, verdween het holle gevoel in mijn maag.

De kleine Martín lag rustig te slapen in ons midden. Het was nu warm in de blokhut en ik trok mijn trui uit. Ik snoof mijn eigen lichaamsgeur op. Ik rook Pachamama.

In de zwarte ketel op het gas stond het water te zingen. Een zacht klagend, Arabisch gezang.

Ik zat in spanning te wachten op de eerste woorden. Maar ook vol vertrouwen. Het werk zou spoedig gedaan zijn. Ik verlangde naar het einde.

Don Claudio keek de kring rond.

'Wie?' vroeg hij.

Jarno en Daniela zwegen. Antonio kuchte.

Ik zag Vicky in beweging komen, strijdlustig bijna. Onze ogen troffen elkaar.

'Papa heeft steeds gezegd: als mij iets overkomt, vertel het Marisa.'

'Ga dichter bij elkaar zitten,' beval don Claudio.

Ik schoof naar Vicky toe. Er was geen haar op mijn hoofd die eraan dacht te protesteren. Ik had Vicky's handen wel willen pakken, maar op Vicky's gezicht lag een koelte die mij op afstand hield.

'Ik heb mama een brief geschreven... na alles wat er gebeurd was. Dat heb ik je al eerder verteld.'

'Ja. Ze reageerde ijskoud, zei je.'

'Ik schreef eerst dat het een ongeluk was. Ze stuurde een brief terug, dat papa allang niet meer bestond voor haar, dus dat het niets uitmaakte.'

Nu greep ik Vicky's handen en ze liet het toe. De pijn vloog over haar gezicht.

'En zij bestond allang niet meer voor mij, dus ik had het zo kunnen laten. Klaar. Uit.'

'Maar dat deed je niet.'

'Nee. Ik schreef in een tweede brief dat het geen ongeluk was, maar dat papa vermoord was.'

Je vader heeft de dood gekregen die bij hem past.

'Ze wilde er niets mee te maken hebben. Ik kreeg de indruk dat ze me niet eens geloofde! Toen heb ik haar gebeld. Ik wilde haar duidelijk maken dat ze zo niet mocht reageren. Maar ze was er niet. Ik kreeg ene Philip aan de lijn.'

'Onze manager,' fluisterde ik, 'hij regelt... regelde de concerten van mam en mij.'

'Juist. Ik zei dat ik jou wilde spreken.'

'Mij?'

'Ja, natuurlijk! Ik ging ervan uit dat je op de hoogte was van mijn laatste brief.'

'Ik wist niets van je brief!'

'Ik wilde weten waar jij stond.'

'En ik was er niet! O god!'

'Je was er wel! Mam was er niet, maar jij wel! Ik hoorde je zingen op de achtergrond!'

De hitte sloeg door mijn hele lijf.

'Je stond daar toonladders te zingen en je eigen vader was vermoord!'

'Vicky, ik wist van niets!'

Ik staarde Vicky in het gezicht, maar ik zag de serre voor me in het Amsterdamse grachtenhuis. Ik zag Philip voor me die heimelijk telefoneerde in de voorkamer.

'Wat zei Philip?' vroeg ik schor.

'Hij zei: "Stolalola mag onder geen beding hier iets van weten, Vicky. Je vader heeft een ongeluk gehad en daarmee basta."'

Vicky deed de stem van Philip treffend na.

'Stolalola! Ik wist eerst helemaal niet over wie hij het had! Ik kreeg een hele hoop over mij heen. Hoe ik het in mijn hoofd haalde contact met jou te willen opnemen. "Hoe durf je!" Ik hoor het hem nog zeggen met die geaffecteerde stem. Toen zei hij dat er een Argentijnse onbeschofterik langs was geweest die hem had lastiggevallen met vragen over de familie.'

'Een Argentijnse...?'

'Ja. Wie denk je dat dat geweest is die Philip lastigviel?'

Vicky haalde diep adem.

'Dat had Philip buitengewoon vervelend gevonden. Alsof hij het mij verweet! "Doe me een genoegen en zorg dat er niet nog eens zo'n Argentijnse indringer bij ons op de stoep staat die het wil aanleggen met Marisa!" Hij had Emilio naar Argentinië verwezen, daar kon hij papa vinden met zijn twee dochters. Ik vroeg Philip of hij die indringer van Daniela had verteld. Dat was inderdaad het geval.

"Ik kreeg hem anders de deur niet uit," zei hij. "Maar Stolalola weet niets van dat alles, noch van die onverkwikkelijke moord op haar vader, noch van het feit dat ze een halfzus heeft. Dat moet zo blijven."

Zo zei hij het precies! Een onverkwikkelijke moord, daar had hij het over! Toen hij dat gezegd had, brak hij het gesprek af.'

Het duizelde me.

'Dus Philip had gesproken met papa's moordenaar!'

'Met papa's toekomstige moordenaar. Ja. God weet wat Emilio Philip voor informatie ontfutseld heeft.'

'Philip wist dus van Daniela! Waarschijnlijk al jarenlang.'

'Natuurlijk! Mam moet hem dat verteld hebben.'

'Maar waarom wist ik het dan niet!'

'Toen Daniela net geboren was, moest papa papieren opsturen in verband met de hele nasleep van de scheiding. Toen heeft hij het mam geschreven. Hij was zo trots op Daniela! Mama schreef terug dat ze zijn oudste dochter niet wilde belasten met de wetenschap dat ze een halfzusje had.'

Sprakeloos keek ik Vicky aan.

'Begrijp je wat het betekent, Marisa?'

Ik knikte, maar kon niets zeggen. Vicky kneep mijn vingers zowat fijn.

'Dat zij al die jaren... ' Ik kon niet verder. Vicky vulde mij ongeduldig aan: 'Dat zij al die jaren voor jou verborgen heeft gehouden dat papa een dochter van Laura had en jij een zusje en dat zij dat geheim wilde meenemen in haar graf!! Ze wilde niet het risico lopen dat jij ooit hier zou komen!'

'Ze wilde me voor zichzelf houden,' fluisterde ik. 'En ik had niets in de gaten.'

'Maar het is Philip geweest die Emilio van Daniela heeft verteld!' ging Vicky verder. 'Hij gaf dat zelf toe. Papa heeft dat nooit gedaan! In de dreigbrieven stond wel dat Emilio zijn dochters ook wilde treffen, maar dat hij van Laura een derde dochter had, kon Emilio nooit van papa zelf gehoord hebben!'

Philip die zo vaderlijk kon zijn. Philip die samen met mijn moeder alles voor mij regelde. Philip die zo betrouwbaar had geleken, zelfs in zijn bezorgdheid toen ik naar Argentinië wilde. Philip die zich zo vreemd hitsig was gaan gedragen...

'Stolalola,' hoorde ik Vicky zeggen, 'bij het horen van die naam ontzonk me de moed verder contact met je te zoeken. Wie was je in vredesnaam geworden? Mama en Philip hadden vakkundig een muur om je heen gebouwd en jij liet je dat welgevallen. Stolalola. Vol met negatieve ideeën in je hoofd over je eigen vader. Ideeën die je al die jaren nooit geverifieerd hebt. Dat klopt toch? Je slikte alles zomaar voor zoete koek. Stolalola! Toen je hier kwam, wist ik echt niet wie of wat ik moest verwachten! Wat ik zag was een prachtige vrouw, een schoonheid, volgens Antonio, maar wie was je eigenlijk. Een zangeres zonder stem. Een gevallen sopraan. En verder?

Was je maar tijdig over je haat heen gestapt. Dan was het niet zover gekomen. Als je eens wist hoe papa al die jaren hoopte dat jij hier in Argentinië zou komen om zijn werk over te nemen, zijn levenswerk. Jij was immers de zangeres van de familie! Jij had volgens hem veel meer talent dan ik. Jij was muzikaal veel begaafder, zei hij altijd. Marisa zou een groot zangeres worden als ze haar vleugels maar durfde uitslaan, onder de klauwen van mam vandaan. Hij bleef al die jaren hopen. "Als mij iets overkomt, laat het Marisa weten!" zei hij. Ik had intussen de hoop allang opgegeven. Je was onbereikbaar gebleken.

En toen belde je! Twee jaar na papa's dood belde je, verdomme! Het was te laat.'

Vicky's woorden bleven in de stilte hangen.

Het was of de anderen om mij heen zaten als rechters, die over mij oordeelden als over een gevallen Cordelia. Ze zouden mij terugsturen naar waar ik vandaan kwam. Dit was het land van mijn vader, maar ik had het recht niet om hier te zijn, laat staan van zijn land te houden. Want wat betekende die liefde na twintig jaar van verraad?

'Maar er was iets wat me trof,' zei Vicky peinzend.

Ik wachtte roerloos tot ze verderging. Ik wist wat er zou komen.

'Het had te maken met die tango.'

'Volver,' fluisterde ik.

'Wat was dat toch met die tango?' Vicky's stem was even zacht. 'Ik kan het geen woorden geven, maar... je werd als een snaar in trilling gebracht, zodra die tango alleen maar ter sprake kwam. Het maakte me bang. Het leek wel of je wist dat Emilio... '

Ik hoorde de klaagstem van de bandoneon ver weg, maar dringend als een roep uit een andere wereld. Papa Tango. Mijn droom. Het lied dat al die tijd in mij had geleefd als een onbegrepen stem van de overzijde, als een boodschapper van mijn vader, als een engel op bezoek.

'Je kwam om rust te zoeken voor je stem. Dat had je me op de mouw gespeld. Maar waarom ben je hier gekomen, Marisa? Waarom?'

Ik schrok op van Vicky's stem.

Bijna had ik haar geantwoord.

Toen voelde ik hoe don Claudio achter mijn rug naderbij kwam. Zijn adem kriebelde in mijn hals. Ik onderging de druk van zijn zware handen op mijn schouders.

Hij zei: 'Don Martín heeft zijn dochter geroepen. Ze is gekomen. En ze heeft haar vader ontmoet. Ze was bereid om met haar zusters de afgrond in te gaan toen dat nodig was. Laat dat genoeg zijn.'

Een moment had ik de vreemde sensatie dat het mijn eigen vader was die daar achter mij zat.

'Waarom zo laat?'

'Heb je de stem gehoord van je zuster, Vicky?'

'Ja.'

'Hoe kun je dan zeggen dat het te laat is?'

In de stilte trok don Claudio langzaam zijn handen van mijn schouders. Ik bleef de druk ervan voelen.

'Don Martín wist dat zijn dochter zou komen. Tijd is een relatief begrip. Ruimte evenzeer. Don Martín wist van een ander gebied. Daar tellen die begrenzingen niet. Maar zijn dochter kwam precies op tijd. Zij mocht niet eerder komen. Don Martín had haar nu nodig.'

Ik wist dat er een glimlach om zijn lippen lag, al kon ik dat niet zien. Ik hoorde het in zijn stem.

Epiloog

'Wat een tekst.'

Ik legde de partituur van 'La Resentida' op de stapel muziek op de piano. Antonio liet zijn handen rusten op de toetsen.

'Zelfs een wrokkige vrouw is in Argentinië een *zamba* waard. Het was een van de lievelingsnummers van je vader.'

'Het is schitterend. Vooral dat *"busca en mi pecho la calma, doña de mi alma"*... Zoek aan mijn borst de rust, meesteres van mijn ziel.'

Ik speelde nog steeds met vuur, dat wist ik. Ik keek weg van zijn glinsterende ogen en neuriede de frase.

'Je doet het prachtig.'

Niet zijn woorden maar zijn stem bracht mij in staat van verrukking. Toen ik opkeek, ging hij nuchter verder: 'Jerónimo pakt hier een instrumentaal intermezzo van acht maten. Enfin, je zult het vanavond wel horen.'

Ik knikte en keek uit het raam. De winterzon scheen naar binnen. Boven de verre bergen straalde een strakblauwe lucht. Het was de vierde week van mijn verblijf op de eeuwenoude *estancia*. Ik was intens van deze plek gaan houden. Toen de anderen een paar dagen na die avond in de blokhut van don Claudio waren teruggekeerd naar Casa Feliz, was ik in Tafi del Valle gebleven. Op uitnodiging van Domingo was ik zijn gast. Hij leerde mij paardrijden en zelfs kaas maken. Zijn houding ten opzichte van mij getuigde van diep respect.

Hij noemde mij soms La Martina.

Ik vroeg mij af of hij iets wist van de afgrond.

Bijna elke dag kwam don Claudio vanuit zijn berghut naar beneden om mijn stem te trainen. Ik veroverde een geheel nieuw stemgebied, lager, dieper en rijker dan ooit.

Zelfs de boventonen begonnen terug te keren.

Ook was hij begonnen mij wegwijs te maken in de verschillende folkloristische stijlen van de Argentijnse muziek. Hij kende honderden liederen. Er ging een wereld voor me open. Ik leerde het verschil tussen de Argentijnse *zambas* en de Braziliaanse *sambas*. Ik zat hele avonden muziek te luisteren en te worstelen met het ritme van de *chacareras*.

Nu waren de bewoners van Casa Feliz weer overgekomen voor een lang weekend, ondanks de steeds nijpender economische crisis. Vicky had bij aankomst met bravoure de flessen wijn in de keuken van de *estancia* gezet. Mooie volle wijnen.

'Al hebben we straks niks meer te vreten, Mendoza zal er altijd zijn!' En ze had mij omhelsd. Warm en vrolijk.

Vanavond zou de hele *hermandad* aanwezig zijn. Ze hadden gewild dat ik een paar nummers zou zingen bij hun orkest. Tango's, *milongas, zambas*.

Die middag had ik met Vicky en Antonio vast wat liederen doorgenomen. Iets van de vroegere opwinding voor een optreden kwam weer naar boven.

'Al verdienen we geen peso in deze barre tijden, het orkest gaat naam maken met onze nieuwe zangeres!' had Vicky gezegd. 'Papa wilde dat je "Volver" zong, tegen dood en duivel in. Die komt dus boven aan ons repertoire.'

'Vind je echt dat dat kan?'

'Absoluut. Denk maar aan die avond in Casa Feliz! De mannen praten er nog over. Je had het gezicht van Jerónimo moeten zien! Ik heb hem nog nooit zo zien kijken. Hij verheugt zich enorm op vanavond, dat kan ik je wel zeggen. Hij heeft het nodig; Domingo vertelde me net dat Jerónimo een blauwtje heeft gelopen, dus we moeten hem een beetje verwennen.'

Vicky's viool lag uit te hijgen op een lage tafel, naast haar mobieltje. Vicky zelf was in de keuken om Daniela te helpen de thee te bereiden.

'Wat glimlach je toch?' hoorde ik Antonio's stem.

'Deze muziek maakt me gelukkig, dat had ik niet verwacht.'

'Is het alleen de muziek?'

Ik draaide me af en keek in de spiegel tegenover me boven het donkere dressoir.

Antonio stond op en kwam achter me staan.

'*Hermosa*,' zei hij. Opnieuw bracht de klank van zijn stem trillingen teweeg in mijn onderbuik.

Ik deed mijn ogen dicht en zei zacht: 'Antonio, die nacht...'

Hij legde zijn hand op mijn heup. Hij wilde iets zeggen, maar hoe kon ik dat verdragen?

Het moest blijven zoals het was. Daarom draaide ik me om en zei: 'Nog één keer "La Resentida"?'

Ik was plotseling buiten adem en ik liet de partituur bijna uit mijn handen glippen.

'Kan ik als vrouw eigenlijk wel zo'n tekst zingen?'

'Natuurlijk. Waarom niet? Je bent vertolker van wat een man voelt. Dat doe je uitstekend.'

Hij ging weer achter de piano zitten en liet zijn handen over de toetsen gaan in klagende mineurakkoorden.

Ik staarde naar zijn rug.

'Herinner je je nog,' ging Antonio verder, zacht doorspelend, 'dat je tegen mij zei: het is voorbij? Ik breek met de muziek.'

'Ja, in de tuin van Casa Feliz.'

'Je ziet, in Argentinië ontkom je niet aan de muziek.'

'Nee. Je had gelijk. Daar heeft papa wel voor gezorgd.'

Het akkoord vloeide uit tot een intro.

Net toen ik de eerste regel wilde inzetten, ging de mobiele telefoon van Vicky af.

Antonio liet een plotselinge dissonant horen, trok een gezicht tegen mij, terwijl hij opsprong en het apparaatje van de tafel greep.

Ik wilde met de tekst in de vensterbank gaan zitten toen ik zag dat Antonio mij wenkte.

'Voor jou,' zei hij.

'Voor mij?'

Ik stond verwonderd op en liep naar Antonio toe. Hij legde de telefoon in mijn hand. Onze vingers raakten elkaar. Ik draaide me af en drukte het apparaat aan mijn oor.

'Hallo?'

Eerst hoorde ik niets. Toen, veraf een zware mannenstem als een echo: 'Hallo?'

Mijn hart leek stil te staan. Het was de stem van Philip.

'Ja?'

'Hallo? Met wie spreek ik?'

Opeens hoorde ik hoe Vicky gelijk had. Nooit eerder had ik opgemerkt hoe geaffecteerd Philip klonk.

'Philip?' zei ik aarzelend.

'Wie is dat?'

'Ben jij dat, Philip?'

'Ja. Met wie spreek ik? Is Marisa er? Ik zou graag even met Marisa spreken.'

Ik voelde hoe mijn hart in mijn keel klopte. Ik had me omgedraaid en zag hoe Antonio naar me keek. Ik bleef hem aankijken toen ik met mijn nieuwe zware stem zei: 'Marisa is... is er op dit moment niet.'

'Met wie spreek ik dan? Is Vicky er ook niet?'

Ik likte mijn lippen. 'Nee.'

Het bleef stil daar in Amsterdam.

'Je spreekt met Daniela,' zei ik plotseling. Ik liet mijn 'r' lekker rollen. Ik grijnsde even naar Antonio.

Opnieuw een lange stilte aan de andere kant van de oceaan.

Antonio grijnsde verwonderd terug.

'Daniela.' Philips stem was opeens een stuk zachter. Ik stelde me voor hoe zijn hangwangen steenrood werden. Hoe zijn schouders nog verder zakten. Glad als een bourgognefles.

'Ik ... eh, hum, weet jij wellicht iets van Marisa?'

'Zeker weet ik dat. Ik ben immers 'aar zus.' Ik kon het niet laten. 'Het gaat 'eel erg goed met 'aar.'

Zou hij het spel meespelen?

'Dat is fijn om te horen.' Philip kuchte omslachtig en herstelde zich weer. 'Zeg, Daniela, ik heb een boodschap voor haar. Wees zo goed haar te zeggen dat er een vacature is hier in Amsterdam, op het conservatorium. Een vacature voor záng. Belcanto. Ik heb haar aanbevolen. Als ze wil kan ze in september beginnen. Maar dat heeft uiteraard wel consequenties voor de duur van haar verblijf in Argentinië. Dat wil je wel aan haar doorgeven, Daniela?'

Hij sprak de naam Daniela overdreven nadrukkelijk uit.

'Ik denk niet dat Marisa daar ienteresse ien 'eeft.'

'Onzin,' zei Philip, 'daar ken ik haar te goed voor.'

Ik merkte door de telefoon hoe gespannen hij was. Ik kon dat voelen door al die duizenden mijlen heen. Ik hoorde hem ademen.

'Tenzij er een mogelijk'eid is voor specialisatie,' zei ik.

'Specialisatie? Waar héb je het over?'

'Tangozang.'

'Pardón?'

'Tangozang. Sí. Marisa, zij is zich op het ogenblik aan het specialiseren in tangozang. Daar gaat zij haar leven aan wijden. Net als haar vader.'

'Tangozang? Zij? Met haar talent?'

Een gevoel van misselijkheid drong zich aan me op en ik hield het telefoontje even van mijn oor. Ik keek in de ogen van Antonio. Hij verstond geen woord van wat er allemaal gezegd werd. Zelfs met de telefoon een eind van mijn oor vandaan hoorde ik nog de stem van Philip oreren.

'Luister eens, Daniela, zeg tegen Marisa dat ik haar zo snel mogelijk zelf wil spreken. Dat is van het grootste belang, hoor! Ze heeft mijn nummer.'

Hij zei nog een heleboel meer.

Ik gaf de telefoon aan Antonio en maakte een gebaar dat hij kon afsluiten. Ik wilde geen moment langer dat apparaat vasthouden waaruit die stem zomaar ongevraagd in mijn oor gedrongen was.

Antonio drukte op een knopje en legde het mobieltje op een tafeltje. Hij keek mij van opzij aan. Ik zag dat zijn hand op het apparaatje trilde.

'Ga je terug?' vroeg hij. 'Ga je terug naar Amsterdam?'

Ik was een moment niet in staat iets te zeggen. Ik kon alleen maar verward in die ogen terugkijken. Het enige wat ik wist was dat het onverdraaglijk zou zijn hem niet meer te zien. Zelfs al was hij de geliefde van Vicky en had ik geen enkel recht op hem.

Bovendien was ik te veel van Argentinië zelf gaan houden, van mijn nieuwe vaderland, van de Argentijnen.

'Nee, ik blijf. Hoe zou ik weg kunnen gaan.'

Maar meteen draaide ik me van hem af en liep naar het raam. Zo zou het dus altijd zijn. Zo moest het zijn. Het was goed zo. Het hing als een verbond tussen ons beiden. De tranen die ik voelde hadden tot mijn verwondering niet zo veel te maken met verdriet. Het was een veelomvattender sensatie waarin verdriet en vreugde slechts een plaats hadden.

Terugkeren... hoe zou ik kunnen!

Een klein leven in het koude Amsterdam, voor altijd ten prooi aan het verlangen terug te gaan naar het land van mijn vader. God, dacht ik, scheur me los uit het dwingende, doordenderende rad van lotsbestemmingen. Ik wil niet als papa opnieuw twintig jaar verspillen. Ik leef nu. Ik hoor hier. In dit verscheurde land. Ik geef mijn zanglessen wel híér. Desnoods onbetaald. Desnoods lijd ik straks honger, hier in Tucumán.

In de grote woonkamer van de *estancia* stonden die avond lange tafels gedekt voor een groot gezelschap. Ongeveer dertig gasten zaten daar geanimeerd te praten en te roken. We deden ons te goed aan de Argentijnse wijn. De maaltijd was eenvoudig en bestond uit een dikke soep en versgebakken brood met zachte witte kaas. Behalve de *hermandad* waren er veel vrienden van Domingo uitgenodigd, onder wie een groepje plaatselijke musici. Ze waren allemaal gespecialiseerd in folkloristische muziek. Allemaal hadden ze mijn vader gekend. Toen Vicky mij aan hen voorstelde als oudste dochter van don Martín, was ik getroffen door de warmte waarmee ze mij begroetten.

Bij de grote schouw was een klein podium gecreëerd. Het werd regelmatig bezet door een paar gitaristen en zangers. Ik was onder de indruk van hun muzikale kwaliteiten. Voortdurend stegen er bravo's en lachsalvo's boven de muziek uit, maar vaker nog zong het gezelschap luid mee met bekende *zambas*. De stem van don Claudio – een octaaf lager dan alle andere – gaf aan de liederen een intense kracht en kleur. Hij zong de poëtische, soms melodramatische teksten, met koddige ernst.

Als er een *chacarera* klonk, stonden Daniela en Jarno op om samen te dansen. Dan klapte en stampte het publiek mee met het opzwepende ritme. Voor het eerst hoorde ik Daniela schateren.

Ik zat tussen Jerónimo en een indiaanse gitarist, aan het eind van een van de tafels. We spraken over Tafí del Valle met zijn eeuwenoude *estancias*.

'Wat is er toch gebeurd?' had Jerónimo tegen mij gezegd, 'de schoonheid van Tafí straalt van u af.'

Tegenover mij zat Antonio. Daar was ik mij scherp van bewust. Hij droeg een roze overhemd, dat van boven openstond zodat zijn behaarde borst zichtbaar was. Mijn ogen werden er steeds naartoe getrokken. Ik moest mijzelf tot de orde roepen. Al enkele malen hadden onze blikken elkaar gekruist. Ik voelde me betrapt. Uit alle macht probeerde ik mij op Jerónimo te concentreren.

Ik had weinig gegeten. Mijn lijf was in een staat van grote opwinding. Jerónimo zorgde ervoor dat mijn glas steeds bijgevuld werd. Helemaal niet verstandig.

Ik keek opzij naar Vicky, die naast Antonio in druk gesprek was met een van de plaatselijke musici, eveneens een violist. Ik zag Antonio's handen trommelen op de rand van het tafelblad. Ergens in mijn ziel stond de tango klaar.

Toen Antonio opnieuw mijn ogen zocht, stonden wij beiden tegelijk op.

Het kleine podium was overvol, alle orkestleden van de *hermandad* waren daar verzameld. Alleen de piano stond lager, schuin naast de verhoging. Ik kon als zangeres contact houden met de pianist. Ik stond vooraan, te midden van de musici. Ik voelde mijn borst zo open en ruim als het uitzicht op de berg van de stilte.

Het korte intro van de tango stierf weg en ik ademde diep in.

'Yo adivino el parpadeo
de las luces que a lo lejos
van marcando mi retorno...'

Het publiek was één groot lichaam dat als betoverd naar me opzag. Een groot dier dat ik temde met mijn stem. Zacht, vooral zacht, want ik moest het dier verleiden. Antonio steunde mij met subtiele akkoorden en kietelende loopjes.

'Son las mismas que alumbraron
con sus pálidos reflejos
hondas horas de dolor...'

Diepe uren van pijn kende iedereen hier in deze ruimte. Dat zag ik aan al die ogen. Ik wachtte op Mauricio's bandoneon die met een hartverscheurende kreet binnenbrak. En het was of ik mijn vader verwelkomde met:

'Y aunque no quise el regreso
siempre se vuelve al primer amor.'

Ik genoot van de arpeggio's van Jerónimo's gitaar afgewisseld met zijn strakke akkoorden, die de tango het dwingende ritme gaven en die een stevig draagvlak vormden voor de emoties in mijn stem. En ik begreep plotseling sterker dan ooit hoe nodig dat ritme was; hoezeer het de felste emoties in bedwang hield.

Ik zong door, de woorden proevend in mijn mond, de melodielijn volgend als een bergpad omhoog. Het lied trok me mee, mijn verhaal in, het verhaal van mijn droom, van mijn vader: Papa Tango. Ik zag de vergezichten die Pachamama voor me bereid had, ik zag de donkere grot en voelde de intense spanning bij het opnieuw betreden van die ruimte waar ik mij zingend bewoog tussen leven en dood, liefde en haat, verwachting en wanhoop, op weg naar de overwinning.

'Volver...'

Ik hoorde Vicky's viool als een hoge vrouwenstem. Ik zag mijzelf weer staan op het vliegveld, in de *baños*. Ik zag in de aankomsthal Vicky's gestalte daar tussen al die mensen en ik hoorde haar lichte stem: *'Somos hermanas.'*

'Sentir...'

Mijn blik trof die van Daniela. Zij zat midden tussen het publiek naast Jarno en keek in fascinatie naar me op. De kleine Martín lag slapend tegen haar schouder. We hielden elkaars blik vast en ik had de vreemde ervaring dat ik in het gezicht van Laura keek. Alsof Laura zelf daar tussen de mensen zat en luisterde naar het lievelingslied van haar geliefde.

'Vivir...'

Mijn stem trilde in een heftig vibrato dat opgevangen werd door een gebroken akkoord van Antonio. Het sneed door mijn lijf. Hij keek naar me op in een strakke stilte tussen twee akkoorden en ik wist dat dit voortaan de taal was waarin wij elkaar herkenden en feilloos verstonden.

'que lloro otra vez...'

Don Claudio was opgerezen. Hij keek mij over de hoofden van alle aanwezigen aan. Hij stond daar als een oude profeet. Als een triomfator. Hij had zijn grote gebit ontbloot in een brede lach. Hij was de eerste die begon te applaudisseren. In mij barstte het lied uit in een kreet van vreugde die zich mengde met de kreten van bijval van het publiek. Ik keek in dat oude stralende gezicht van don Claudio dat plotseling jong was, en het was of mijn vader daar stond.

Ik moest huilen en lachen tegelijk.

Ik was thuisgekomen.

Met dank aan

Mijn dank gaat uit naar Stephen, mijn levensvriend; naar Elisabeth, mijn bondgenoot; en naar Heleen, mijn moedige vriendin in Argentinië.

Ook dank ik Sarina, mijn uitgeefster, voor de fijne samenwerking.